산티아고 그 두 번째,
포르투갈 길

산티아고 그 두 번째,
포르투갈 길

정선종 지음

작가와비평

이 책을 사랑하는 우리 딸 은이에게 보낸다.

도전과 사랑 그리고 기억의 여정

산티아고 순례길을 두 번이나 완주한 70대 부부의 이야기는 그 자체로 놀랍고 감동적입니다. 이 책의 저자는 나의 오랜 친구로, 우리는 대학 동기이자 같은 회사의 입사 동기이며, 그의 결혼식에서 내가 증인을 설 정도로 가까운 사이입니다. 그는 도전과 열정, 사랑으로 가득 찬 인생을 살아왔습니다.

그는 항상 새로운 도전을 두려워하지 않았습니다. 진정한 골프 마니아였던 그는 직장 은퇴 후 미국 골프대학 유학 길에 오릅니다. 골프의 이론과 실무를 익히고 졸업 후에는 한국으로 돌아와 대학에서 강의도 하며 유수의 골프클럽 경영을 책임지기도 하였습니다. 70대 중반에 접어들었지만 지금도 싱글 수준의 골프 실력을 유지하고 있지요.

그는 사람을 좋아합니다. 친구, 선배, 후배들과 어울리기를 좋아하고, 술도 즐기며 언제나 주변에 사람들이 모입니다. 따뜻한 인간미와 유쾌한 성격 덕분에 늘 많은 사람들의 사랑과 존경을 받고 있습니다. 그는 자주 "먹고 싶은 것 먹고, 하고 싶은 것 하다가 죽고 싶다"라는 말을 하곤 합니다. 그는 몸과 영혼이 자유로운 조르바의 삶을 동경하는지도 모르겠다는 생각을 했습니다. 이러한 그의 인생 철학이 이 책에도 고스란히 담겨 있습니다.

이번에 다시 산티아고 순례길, 특히 포르투갈 루트를 도전하게 된데에는 그에게 특별한 사연이 있습니다. 30년 전, 그가 삼성전자 포르투갈 법인장으로 근무하던 시절, 사랑하는 딸을 현지에서 교통 사고로 잃는 비극을 겪었습니다. 그 30주년이 되는 해에 다시 이 길을 걷게 된 것은 단순한 여행이 아니라, 딸에 대한 추모와 사랑을 담은 깊은 여정입니다.

그의 걷기에 대한 열정은 그야말로 대단합니다. 7년 전에 산티아고 순례길을 처음 완주한 이후 에베레스트, 알프스를 비롯한 해외 트레킹 코스를 두루 섭렵하였습니다. 코로나 기간에는 국내 코리아둘레길해파랑, 남파랑, 서해랑과 지리산둘레길을 완주할 정도로 걷기 마니

아입니다. 이번 산티아고 순례길 2차에 이어 곧 뉴질랜드 밀포드 등 또 다른 해외 트레킹 코스 도전에 나설 계획이라고 합니다. 3차 산티아고 순례길을 혼자서 걸어보겠다는 꿈도 가지고 있습니다. 이쯤 되면 '워킹 중독증'이라는 말이 어울릴 정도입니다.

산티아고 길에서 그는 어떤 생각을 하며 걸었을까? 이 책 서문에 "걷는 것도 중독이다. 걷기에 빠지면 계속 새 길을 찾게 된다"라고 하면서 나이 먹었다고 주저앉아 있을 수만은 없다고 얘기합니다.

적어도 끝까지 걷지는 않았다

언젠가 읽은 책 『달리기를 말할 때 내가 하고 싶은 이야기』에서 저자인 무라카미 하루키가 한 말이 생각납니다. 고통스럽다는 것은 모든 스포츠의 전제 조건이며, 아픔은 피할 수 없지만 고통은 선택하기에 달렸다고 합니다. 달리면서 "힘들다"라는 것은 피할 수 없지만 "이젠 안 되겠다"라는 것은 본인의 의지라는 것이지요.

1차 산티아고를 걷고 와서 그가 쓴 책의 제목이 『천천히, 꾸준히 그러나 끝까지!』인 것을 보면 순례길을 걸으며 저자도 이와 비슷한 생각을 한 건 아닐까 싶습니다. 아직까지는 안 되겠다고 주저 앉은 적이 없지만 이제는 나이도 있고 하니 끝까지 걷겠다는 무리수는 두지 않았으면 좋겠습니다.

　이 책을 읽는 내내 마치 함께 걷는 듯한 느낌을 주는 저자의 섬세한 묘사와 사진 풍경들은 여러분을 순례길의 동반자처럼 이끌 것입니다. 또한, 길 위에서 만난 사람들과의 소중한 인연은 따뜻한 감동을 선사하며, 저자가 이 길을 걸으면서 얻은 깨달음과 지혜는 우리에게 도움을 줄 것입니다. 이 책을 통해 도전과 열정, 사랑을 함께 경험해 보시기를 청합니다.

2024년 어느 여름날

김낙회(토마스) 전 제일기획 사장, 현 한국광고총연합회 회장

새로운 도전을 마다하지 않는 아름다운 발걸음

저자로부터 추천의 글을 써줄 수 있느냐는 연락을 받았을 때 조금 망설이다가 오케이라는 답변을 했다. 여기에는 그럴만한 이유가 있다. 저자와는 직장생활 끝 무렵에 같은 업종골프장 경영에서 만나 교분을 쌓기 시작했다. 동향인 데다 은퇴 후 지금까지 거의 매주마다 서울 근교 산행을 같이 하고 있다. 또 그동안 서울둘레길, 한양도성길을 같이 완주했고 해파랑길, 남파랑길, 서해랑길, 지리산둘레길, 이순신백의종군길까지도 부분 부분 같이 걸었다. 지금도 수시로 골프도 같이 치고 막걸리도 마시면서 다음은 어디를 걸을까 의논하는 사이다.

저자로부터 약 40여 일간 혼자가 아닌 두 부부가 동반으로 포르투갈 순례길을 걷는다고 들었을 때 참 대단하다는 생각과 좀 무모하다는 생각이 동시에 들었다. 매일 매일 바뀌는 잠자리, 입맛에 맞지 않는 음식, 걷는 속도의 차이 등등 어려움이 많을 텐데! 국내에서도 힘든데 더구나 타국에서?

하지만 "아무것도 시도할 용기를 갖지 않는다면 인생은 대체 무엇입니까?"라는 빈센트 반 고흐의 말을 메모해 둔 기억이 떠올랐다. '인생은 새로운 것을 시도할 때 가치가 있는 거구나' 하는 생각이 들면서 저자를 심적으로나마 응원해야겠다는 마음을 가졌다. 저자가 매일 카카오 스토리에 올리는 글과 사진을 읽고 보면서 수시로 댓글을 달아줬다.

이 책은 저자의 두 번째 순례길의 기록이다. 첫 번째 책은 7년 전인 60대 중반에 산티아고 순례길 프랑스 루트 800km를 걷고 와서 쓴 것이다. 그런데 이번에는 70을 훌쩍 넘긴 나이에 또 다른 순례길 포르투갈 루트 700km를 걷고 와서 썼다. 두 책 모두 매일매일 걸으면서 보고 느끼고 생각한 것을 적은 저자의 인생관이 스며든 여행기다. 가는 곳마다 그 도시와 그 길에 깃들어 있는 시간과 공간의 의미가 생생하게 전해지고 있다. 마치 내가 같이 걷고 있는 듯한 착각이 들곤 했다. 특히 30여 년 전 저자가 주재원 생활을 했던 곳이어서 정이 들었던 나라이고 또한 크나큰 아픔을 겪었던 나라이기에 더욱 더 포르투갈에 대한 연민을 느끼는 듯하다.

여행은 아는 만큼 보인다라는 말이 있다. 이 책을 들고 나도 포르투갈 순례길을 걸어보고 싶다는 충동이 든다. 인생 후반기에 본인이 원하는 삶을 영위하며 살아가는 저자의 인생이 부러울 따름이다.

2024년 여름

김민성 전 송추 컨트리 클럽 사장

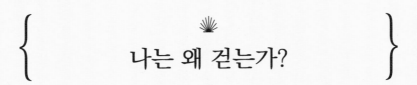

나는 왜 걷는가?

두 번째 산티아고 길을 떠난다. 왜 나는 이 길 카미노를 또 다시 걸으려고 하는 걸까?

이런 말이 있다. "세상에는 두 부류의 사람들이 있다. 그 한 부류는 산티아고 길을 걸은 사람이고 또 한 부류는 그 길을 걷지 않은 사람이다. 그리고 산티아고 길을 한 번도 걷지 않은 사람은 있지만 산티아고 길을 한 번만 걸은 사람은 없다."

한번이라도 이 길을 걸어본 사람들에게 산티아고 길이 얼마나 매혹적인지, 또 얼마나 유혹하는 길인지를 간결하게 잘 설명해 주는 표현이다. 결국 나도 그렇게 되고 말았지만, 산티아고 길을 걸어본 사람에게는 참으로 와닿는 말이다. 걷는 것도 중독이기에 걷기에 빠진 사람은 새로운 길을 계속 찾게 된다. 그리고 산티아고를 한 번이라도 걸어본 사람은 이 길을 다시 찾게 된다. 심지어는 이 길을 8번, 10번째 걷고 있다는 사람도 만난 적이 있다.

두 번째 산티아고 길은 당초 2020년 봄, 내 나이 칠순을 기념해서 걷기로 했었다. 그런데 코로나 팬데믹이 길을 막았다. 우리나라에서 유일하게 리스본 직항을 운항하던 아시아나 항공도 운항을 취소했다. 일정을 연기할 수밖에 없게 됐다. 아쉽기는 했지만 차라리 잘됐다는 생각도 들었다. 걷기를 강행한다 해도 숙소, 식당 등이 문을 닫았을 것이고 그런 상황에서 포르투갈이 우리를 받아줄지도 의문이었다. 코로나가 잠잠해지려면 몇 년이 더 걸릴지도 알 수 없는 상황이었다. 빨라야 1년 아니 2~3년 뒤가 될지도 모른다고 생각했는데 눈 깜빡하는 사이 4년이란 세월이 흘러가 버렸다.

그래도 코로나는 내게 큰 선물을 남겨줬다. 해외를 못 나가게 되니 결국 국내에서 길을 찾았다. 4년간 코리아둘레길 4,500km 중 해파랑길 750km, 남파랑길 1,470km, 서해랑길 1,800km를 걸었다. 그리고 지리산둘레길 300km도 걸었다. 코로나가 아니었으면 생각도 못했을 테니 이 얼마나 큰 선물인가?

이제 내 나이 어느덧 70을 넘겨 중반으로 치닫고 있다. 나이 먹었다고 그냥 주저앉아 있을 수만은 없다. 다행히 아직 두 다리는 성하다. 아내의 무릎이 다소 걱정이 되기는 하지만 아직은 견딜만 하다. 또 떠나는 거다.

파울로 코엘료Paulo Coelho는 그의 책 『순례자』에서 배는 항구에 있을 때 가장 안전하지만, 항구에 머물기 위해 만들어진 게 아니라고 말했다. 나이 먹었다고 집에서 안주하고 있으면 확실히 편하고 안전할 것임은 틀림없다. 그러나 배가 항구에 정박해 있으려고 만들어진 것이 아니듯 집에 안주하고 있으라고 나이를 먹은 것은 아니지 않은가? 산이 높은 것을 확인하려고 산에 오르는 것이 아니듯, 거기 길이 있음을 확인하기 위해서 그 길을 걷는 것 또한 아닌 것이다. 산이 거기 있어도 내가 오르지 않으면, 길이 거기 있어도 내가 걷지 않으면 산도 길도 내게는 아무런 의미가 없게 된다. 힘들게 오르면서 걸으면서 고생도 하고 후회도 하지만 그 과정을 통해서 더욱 성숙해지고 내 삶의 의미를 찾는 것이 아닌가 하는 생각을 해본다.

독일 언론인 알렉산더 폰 쇤부르크Alexander von Schoenburg는 『우아하게 가난해지는 방법』이라는 그의 책에서 가난해지는 그 순간 맘만 먹으면 우아하게 사는 길이 열린다고 했다. 주머니는 가볍되 시간은 넉넉한 백수가 주머니는 두둑하되 시간에 쫓기며 사는 사람들보다 훨씬 더 우아하고 인간적인 삶을 누릴 수 있다. 남은 생은 돈과 시간의 노예가 되기보다 몸과 영혼이 자유로운 우아한 조르바Zorba의 삶을 누리며 살아가고 싶다.

순례자는 빠름보다 느림을 추구한다. 나도 이제는 빠름보다는 느림의 미학을 배워야 한다. 빨리 걷기보다는 느리게 천천히 가자.

7년 전 걸었던 첫 번째 카미노에서는 정신없이 걷기만 했다. 누가 채찍질하는 것도 아니고 시간이 없는 것도 아닌데 왜 그랬을까? 경주하는 것도 상을 주는 것도 아닌데 얼마나 빨리 여정을 끝내느냐 하는 것은 아무런 의미가 없다. 그보다는 이 길에서 얼마나 보고 느끼고 생각하며 걷는지가 더 중요하다. '아는 만큼 보인다'는 말도 있지만 그 보다 걷는 이들에게는 '걷는 만큼 보인다'라는 말이 더 와닿는다. 앞만 보지 말고 옆도 보고 뒤도 돌아보면서 주변 정취에 풍경에 취해도 보면서 천천히 걷자. 멋진 마을을 만나면 사람 냄새도 맡아 가면서 머물며 쉬어 가자. 때로는 멍을 때려도 좋다.

그런데 나는 왜 걷는가?

나이가 들었으니 건강을 위해서? 틀린 말은 아니다. 노년의 최고 운동은 걷기니까. 걷는 게 좋아서? 그것도 맞는 말이다. 나는 걷는 병에 걸렸다. 그것도 중독 수준이다. 그렇다고 마냥 그냥 걷기만 할 것인가? 뭔가 더 좋은 의미를 부여할 수는 없을까?

김형석 교수는 그의 저서 『백년을 살아 보니』에서 인생의 가장 보람 있는 일은 남을 위해 사는 것이라 했다. 젊어서는 호구지책을 위해서, 가족을 부양하기 위해서 일했다. 중년에는 일을 위해서, 내가 좋아하는 것을 찾아서 일했다. 그러나 지나고 보니 가장 좋은 일, 보람있는 일은 김형석 교수 말대로 남을 위해 또 사회를 위해 봉사하는 일이 아닐까 하는 생각이 들었다. 그렇다면 마냥 걷기보다 의미있는 일을 찾아 볼 수는 없을까? 봉사하며 걷는 방법은 없을까?

1차 산티아고를 걸을 때 미국에서 온 조셉Joseph이라는 친구를 만나 며칠을 함께 걸었다. 그는 1마일을 걸을 때마다 지인, 친지들이 각각 50센트씩 적립해서 난민지원 기금을 모은다고 했다. 산티아고를 100km쯤 남겨둔 지점이었는데 그때 이미 2만 불쯤 모았다고 했다. 바로 그거다. 예를 들면 나도 1km를 걸을 때마다 천 원씩을 적립한다고 가정해 보자. 1년에 1천km쯤을 걷는다면 1백만 원을 적립하게 된다. 내 주위에 있는 친지나 모임에서 얼마씩을 태워준다면 수백만 원, 어쩌면 수천만 원도 가능할지 모른다.

그러면 이 돈을 어디에 기부하지? 불우 이웃, 보육원, 노인 복지등 국내와 아프리카 아동 교육, 구호 등 해외 봉사도 가능하다. 그렇지만 큰돈도 아닌데 너무 거창하고 번거롭다. 내 주변 가까이에작은 도움을 필요로 하는 분들이나 단체는 없을까?

그러다가 무릎을 탁 쳤다. '청소년폭력예방재단'이 있다. 몇 년전 '푸른나무재단'*으로 이름이 바뀌었다. 명예 이사장으로 있는김종기 삼성 선배가 설립자다. 30년 전 내가 딸내미를 잃고 절망에 빠져 있을 때, 이분은 학교 폭력으로 외아들을 잃는 큰 아픔을겪었다. 이후 좋은 직장을 팽개치고 학교폭력 예방재단을 설립하

▲ 2021년 후원금 전달 후 김종기 명예이사장과 함께

여 지금까지 30년 가까이 그 일을 계속하고 있다. 본인이 소유한 수백억 원 가치의 서초동 빌딩까지 재단에 기부한 훌륭한 분이다. 정부, 국가가 해야 할 일인데 개인이 사재를 털어가며 고군분투 하고 있는 것이다. 우리나라 미래를 이끌어갈 청소년들이 지금 학교 폭력으로 사이버 폭력으로 신음하고 있다. 의지와 사명감이 없으면 할 수 없는 일이다.

그래, 그거다. '푸른나무 재단'에 후원을 하자. 김 선배에게 내 생각을 얘기하니 "기가 막힌 아이디어다. 당신은 걷기만 해라. 재단 홍보자료로 활용하겠다"라며 엄청 좋아한다. 2021년 남파랑을 걷고와서 처음 후원을 시작한 이후 지금까지 매년 계속해 오고 있다. 반대할 줄 알았던 가족들도 흔쾌히 동의를 해줬다. 일부 삼성 동료 후배를 비롯한 주위 친지들도 동참을 해주고 있다. 김종기 선배를 비롯한 재단 간부들과 BTTBlue Tree Trekking라는 걷기 모임을 만들고 매 분기마다 걷기 행사를 계속하며 재단 후원도 하고 활동을 익히고 배우고 있다. 아주 적은 금액이지만 학교 폭력 예방에 기여를 한다고 생각하니 얼마나 보람 있고 기쁜지 모른다. 앞으로도 내가 걷는 한 이 후원은 계속될 것이다.

> 푸른나무재단(The Blue Tree Foundation)
> 학교 폭력의 심각성을 시민사회에 알리고 학교 폭력의 예방과 치료를 위한 활동을 목적으로 설립된 비영리공익법인(NGO). 홈페이지(www.btf.or.kr)에 들어가면 활동과 후원 관련 내용을 자세히 볼 수 있다.

왜 포르투갈 길인가?

　두 번째 산티아고는 2017년 처음 걸었던 프랑스 길Camino Francés 이 아닌 포르투갈 길Camino Português을 택했다.

　포르투갈 길은 산티아고 길 중에서 프랑스 길 다음으로 많은 사람들이 걷는 루트이다. 리스본에서 출발해서 산타렝, 토마르, 코임브라, 포르투를 거쳐 산티아고Santiago de Compostela까지 가는 640km의 길이다. 그러나 대부분의 사람들은 리스본에서보다는 포르투갈 제2의 도시 포르투에서 출발을 한다. 리스본에서 포르투까지는 먹고 자는 인프라가 취약할 뿐 아니라 도로를 따라 걷는 길이 많아 소음 공해와 위험 공포에 시달려야 하니 사람들이 기피하는 구간이다.

　그렇지만 이 길 또한 프랑스 길 못지않게 오랜 역사를 간직하고 있는, 의미 있는 야고보 성인의 길이다. 2천 년 전에 로마 기병들이 달렸을 그 로마가도Roman Road를 걸어 본 적이 있는가? 천여 년 전에 만든 돌포장 길을 아직도 그대로 사용하고 있는 소위 마름돌 Cobblestone 길을 걸어보라. 아랍 무어인들을 물리치고 포르투갈이라는 나라를 세우면서 건설한 마을과 도시의 골목길을 걸어본 적이 있는가? 천 년의 역사를 간직한 채 마을마다 서 있는 고딕 또는 로마네스크 건축 양식의 성당에서 기도를 하고 미사를 올려 보라. 대항해시대 세계를 주름잡던 포르투갈의 영화가 고스란히 담겨 있는 그곳에서 무엇을 보고 느낄 수 있을까? 세계 최대 성모 발현 성지 파티마에 가보라. 무릎으로 광장을 걷지는 못한다 해도 무릎 꿇고 기도는 해봐야 하지 않겠는가?

투박하지만 친절하고 정 많은 포르투갈 시골 사람들과 어울려 보라. 우리네 시골음식 만큼이나 숙성시킨 재료들로 우려낸 매콤새콤한 포르투갈 음식 맛을 보았는가? 시골 포도 농장 오크통에서 막 꺼내 온 레이블 없는 병Naked Bottle, 그 포도주 맛에 취해는 보았는가? 작열하는 태양 아래 땀 흘리며 걷다가 만난 시골 카페에서 사그레스Sagres 생맥주 한 잔을 들이켰을 때의 그 맛을 아는가? 한 많은 여인이 피를 토하듯 절규하는 노래 파두, 아말리아 호드리게스 Amália Rodrigues의 〈검은돛배Barco Negro〉를 들어보라.

{ 사랑하는 딸을 기억하며 }

포르투갈은 나에게는 특별한 나라이다. 1985년 삼성전자에 근무할 때 첫 해외 출장지가 포르투갈이었고, 1990년부터 94년까지 4년 반 동안 주재 생활을 한 곳이기도 하다. 그러나 그 이유보다는 사랑하는 딸을 잃고, 가슴에 묻고 온 곳이기에 더욱 애증이 뒤섞여 있는 나라이다.

1994년 1월 6일은 비가 오고 바람이 몹시도 부는 날이었다. 학교 수업을 마치고 집으로 돌아오던 우리 딸 아이는 학교 앞에 있는 역에서 기차를 기다리고 있었다. 당시 이 역 건널목에는 지하도나 육교는 물론 차단기 같은 안전 장치가 전혀 없었다. 내 딸은 그때 등에는 가방을 메고 한 손에는 바이올린을 들고 다른 한 손으로는 우산을 받쳐 쓰고 있었다. 세찬 비바람 속에 거대한 기관차는 기적소리도 없이 역으로 들어서고 있었고 한창 피어오르는 14살 꽃봉오리는 그렇게 지고 말았다.

　부모가 돌아가시면 산에 묻고 자식이 죽으면 가슴에 묻는다고 했던가? 주재 생활을 접고 귀국한 우리 부부는 한동안 회한과 원망, 고통 속에 헤어 나오지를 못했다. 그런데 그 아이는 우리 부부에게 기적과도 같이 놀라운 선물을 보내왔다. 그때 내 나이 45살, 아내 나이 43살에 생각지도 못할 새 생명을 갖게 해준 것이다. 누나가 살아 있었다면 태어나지 않았을, 어쩌면 태어나지 못했을 그 동생의 탄생은 엄마를 모성으로 일깨워 우리 가정을 정상으로 되돌려 놓았다.

　금년 2024년은 그 딸내미를 떠나보낸 지 30년이 되는 해이다. 그 동안 우리 가족은 포르투갈을 세 번 찾아가 딸을 추모했다. 1999년 5주기, 2004년 10주기, 2014년 20주기 그리고 이번이 30주기로 그 네 번째 방문이다. 나이를 고려할 때, 아마도 우리 부부에게는 이번이 마지막 추도식이 될 듯하다.

　미리 연락을 취했더니 학교에서 추모식을 잘 준비해 주었다. 우리 키만했던 추모수는 10m도 넘게 훌쩍 자랐고 대리석 하얀 추모석은 깨끗이 닦여 있다. 교장 선생님을 비롯한 학교 임직원, 이제는 중년 여인이 된 친구들, 은퇴한 연세 많은 선생님들 그리고 당시 나와 함께 근무했던 삼성전자 직원 등 30여 명이 모였다. 참석하지 못한 친구들을 위해서는 유튜브 생중계까지 해주었다. 여기 저기서 많은 조화를 보내줬고 삼성전자에서는 학교에 대형 TV 세트를 기증해 주었다. 교장 선생님, 가르쳤던 선생님, 친구의 추도사가 이어진다. 시간이 많이 흘렀지만 어제의 일처럼 생생한 기억들이 그리움을 다시 불러온다. 하지만 이제 원망보다는 모두에게 감사하는 마음으로 추도식을 마쳤다.

이제는 길을 걸을 차례. 딸내미를 생각하며 걷는 길, 머지않은 날 하늘에서 다시 만나게 될 우리의 사랑하는 딸 '은'이를 기억하며 걷는 길이다. 그래서 이번 산티아고 순례길 포르투갈 루트는 '은'이를 위한 길, '은'이의 길이다.

2024년 8월
정선종(스테파노)

일러두기

🐚 지명이나 고유명사는 현지어(포르투갈, 스페인)를 기준으로 표기하였습니다.
　　(단, 리스본Lisboa 등 익숙한 지명은 예외)

🐚 포르투갈 길 경로는 각 장 본문 시작 전 지도에 간략히 표시하였습니다.

🐚 사진은 저자와 동반자가 직접 찍고 스케치는 아내가 했습니다.

제1장

Before the Camino

3월 12~14일

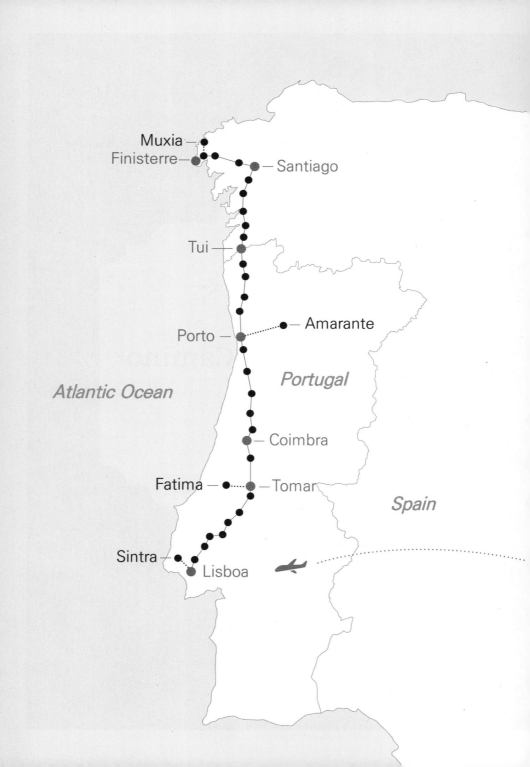

Muxia

Finisterre

Santiago

Tui

Amarante

Porto

Atlantic Ocean

Portugal

Coimbra

Fatima — Tomar

Spain

Sintra

Lisboa

출국

3/12, 화

이제 걷는 길도 다닐 만큼 다녔고 산티아고도 두 번째인데도 잠이 안 온다. 엎치락뒤치락거리며 설치다가 새벽 2시 반에 일어나 거실로 나와 마지막으로 한 번 더 짐을 점검해 본다. 넣었던 짐 꺼내고 꺼냈던 짐 다시 넣는다. 처음 가는 산티아고도 아니건만 출발 며칠 전부터 짐을 쌌다가 풀었다 하기를 반복한다. 보통 일반 해외여행을 갈 때야 필요한 물품 이것저것 대충 캐리어에 쑤셔 넣으면 되지만 산티아고는 다르다. 무려 40여 일 동안 이 놈을 메고 700km 이상 걸어야 하는데 줄일 수 있는 한 줄이고 줄여서 최대한 가볍게 꾸려야 하기 때문이다.

산티아고를 걸을 때는 머리카락 한 올의 무게도 느낀다고 한다. 그래서 누군가는 산티아고 길을 떠날 땐 짐을 싸는 게 아니라 버리는 것이라고 했다. 필요한 것들 목록을 적어 놓고 꺼내 놓은 다음 정말 없으면 안 되는 것들만 골라 넣고 빼내기를 몇 번이나 반복한다. 마지막으로 핸드폰과 충전기를 뽑아 챙겨 넣고 배낭 무게를 재본다. 아내 배낭은 6kg, 내 것은 9kg이다. 산티아고 배낭 무게는 자기 체중의 1/10을 넘기지 말라 했거늘, 오버다. 걸으면서 물과 간식거리까지 챙겨 넣다 보면 내 배낭은 10kg을 족히 넘을 듯하다.

바지 2벌, 티셔츠 2장, 팬티 3장, 양말 3켤레, 우비, 침낭, 세면도구, 보조 배터리, 충전기, 선글라스, 선크림, 비상약, 처방약… 고혈압약, 고지혈증약, 전립선약, 뇌 영양제 등등 45일치나 되는 약들이 한 보따리다. 7년 전 첫 번째 산티아고에 갈 때만 해도 이렇지 않았다. 그 사이에 나이는 60대에서 70대 중반으로 접어들었고 약 종류는 덩달아 늘어만 간 것이다. 하는 수 없다. 이쯤에서 짐싸기는 끝내고 일단 짊어지고 가자. 걷다가 보면 틀림없이 더 버리게 될 테다.

새벽 6시에 이번 산티아고 여정을 함께 하기로 한 김수봉 사장이 전화를 했다. 원래는 공항에서 10시 반에 만나기로 했는데 좀 일찍 떠나잔다. 8시부터 비가 온다고 하니 길이 막힐 듯하다고. 아침은 공항 라운지에서 먹기로 했지만 남은 음식을 치워야 한다며 아내가 냉장고를 뒤진다. 시리얼에 우유, 생두부까지 긁어 먹다 보니 배가 부르다.

자는 막내 놈을 깨워 출발 인증샷을 찍고 배웅을 받으며 집을 나선다. 엄마, 아빠가 없으면 불편할 텐데 놈은 오히려 좋아하는 기색이다. 한 달 반 동안 잔소리에서 해방될 테니 자유인이 된 것이다. 밥이야 배달시켜 먹으면 될 테고 속옷 빨래 정도야 세탁기가 해결해 주는데 별로 불편할 것도 없다. 엄마, 아빠 없는 동안 한두 번쯤은 친구들 불러 집에서 술 파티를 벌일지도 모른다. 아껴 뒀던 양주, 와인이지만 이젠 물려줄 때도 됐으니 모른 척하기로 한다.

집을 나서는데 정말 빗방울이 떨어진다. 공항 리무진 버스를 탈까 하다가 전철을 타기로 마음을 바꾼다. 버스가 편하긴 하지만 비 오는 날 출근 시간에 걸렸으니 시간을 장담할 수가 없다. 강변역에서 2호선을 타고 홍대입구역에서 공항철도로 갈아타면 인천공항 2터미널역까지 1시간 50분이다. 리무진 버스는 빠르면 1시간 반, 교통 체증에 막히면 2시간도 장담할 수가 없다. 더구나 우리 부부는 지공도사지하철 공짜가 아닌가? 18,000원 곱하기 둘이면 36,000원을 아낄 수 있다.

홍대입구역에서 공항철도로 막 갈아탔는데 또 김수봉 사장으로부터 전화가 걸려온다. 홍대입구를 지나고 있단다. 이런, 돌아보니 같은 열차 같은 칸에 앉아 있는 게 아닌가. 앞으로 한 달 반 동안을 계속 같이 다닐 건데 그 사이를 못 참는다. 인연은 인연인가 보다. 김 사장 부부와는 참으로 연이 깊다. 40년 전 삼성전자 직장 동료로 만났지만 부부끼리도 자주 어울리는 사이다. 같은 종교에 술 좋아하고 수시로 골프도 같이 친다. 무엇보다 아내들끼리도 걷는 걸 좋아하고 성격이 맞다 보니 더 자주 어울리게 된다. 제주 올레길, 코리아둘레길, 알프스, 파타고니아를 함께 걸었다. 함께는 아니었지만 히말라야 트레킹, 산티아고 프랑스 길도 완주했다. 남편끼리 친하다고 반드시 그 부인들도 친한 건 아니다. 부인들끼리도 소위 '케미'가 통해야 한다. 친한 친구 사이가 부인들 때문에 서먹해지는 경우도 여러 번 보았다.

이 길, 산티아고 포르투갈 길은 당초 2020년 3월에 같이 걷기로 계획했었다. 하지만 코로나 여파로 연기했다가 이번에 다시 떠나게 된 것이다. 앞으로 40여 일 동안 여러 우여곡절을 겪으며 걷게 되겠지만 아무쪼록 사고 없이 탈 없이 즐겁게 걸을 수 있으면 좋겠다.

인천에서 스페인 마드리드까지는 비행기로 14시간 반이나 날아간다. 우크라이나 사태로 러시아 영공을 피해 우회하다 보니 2시간 이상 더 걸리게 된 것이다. 비즈니스 좌석이라 해도 지루하기 짝이 없다. 서울 기준으로는 낮 시간이니 잠도 오지 않는다. 영화를 보다가 책도 보다가 간식까지 세 끼를 먹는다. 케이지에 갇혀 사육 당하는 닭 신세다. 돌아올 때는 마일리지 업그레이드 좌석도 없다 하는데 이코노미석에서 웅크리고 앉아올 걱정이 벌써부터 태산이다.

▲ 없으면 안 되는 것만 챙겼는데도 나는 9kg, 아내는
6kg이다. 나이가 들어가니 약만 한 보따리다

▲ 공항철도, 김수봉 사장 부부를 같은 칸에서 만났다. 40여 일을 붙어 걸을 건데 뭐 벌써부터 …

현직 때 출장다니며 쌓아 놓은 마일리지가 대한항공만 3백만 마일이 넘었다. 회사 덕분에 은퇴하고 나서도 십수년간 잘도 써먹었는데 이제 그것도 거의 바닥이 났다. 비즈니스 티켓을 사려면 이코노미석 가격의 세 배 가까이를 줘야 한다. 열 몇 시간 불편함을 참으면 되는데 자기 돈 내고 타기에는 아무래도 아깝다. 나이가 들어가니 증후군 정도는 아니더라도 이코노미석에 갇혀 장시간을 견디는 것은 정말 힘들다. 그동안 마일리지 업그레이드 가능한 이코노미 티켓을 주로 애용해 왔는데 앞으로가 걱정이다.

마드리드 공항에 내리니 저녁 7시 반. 저녁은 기내식으로 해결했으니 생략기로 한다. 내일 아침 비행기로 리스본으로 떠나야 해서 공항 인근 호텔을 미리 예약해 뒀다. 택시 기사에게 주소를 보여주고 10여 분 달려 근처에 왔는데 간판이 안 보인다. 자세히 보니 벽에 손바닥만한 간판이 붙어있다. A&Z라는 호텔인데 사람도 없고 문도 잠겨 있다. 잠시 당황하다가 호텔에서 보내준 이메일을 읽어보고 그 이유를 알게 됐다. 무인 호텔이다. 번역기를 돌려 시키는 대로 휴대폰을 터치하니 현관문이 열린다. 카운터도 없다. 방 번호 찾아 또 휴대폰을 터치하니 방문이 열린다. 침대 위에 달랑 타월 두 장 있을 뿐 아무것도 없다. 샤워실도 화장실도 방문 열고 나가야 있는 공용 공간이다. 그래도 산티아고 순례길 알베르게 벙크베드Bunk Bed에 비하면 이건 양반이다. 이제 시작일 뿐이다. 미리 예행연습 한다고 생각하니 마음이 편하다.

리스본으로

3/13, 수

10시쯤 겨우 잠이 드나 했는데 깨어보니 새벽 2시다. 서울 시간 저녁 6시, 그나마 그 정도라도 잔 게 다행이다. 엎치락뒤치락거리다가 휴대폰 들고 구글 문서를 열어 어제 하루를 기록한다. 이제부터는 매일 그날 보고 느끼고 생각한 것들을 글로 써서 구글 클라우드에 저장해 놓을 예정이다. 책을 낼 건지 말 건지는 나중에 결정한다 해도 일단 기록은 남겨 놓아야 한다. 기록을 다시 카카오 스토리에 사진과 함께 올려 놓고 나니 새벽 5시다.

김 사장이 새벽에 카톡을 보내왔다. 잠도 안 오고 배도 고프니 일찍 공항으로 가자고 한다. 7시에 우버를 부르니 5분도 안 돼 렉서스 세단이 나타난다. 가격도 어제 타고 온 택시보다 저렴하다. 우리나라에도 '우버'가 있었지만 2015년인가에 사라졌다. '타다'가

▲ 마드리드 공항의 새벽

인기를 끌다가 그것도 사라졌다. 논란의 소지는 있지만 결국 택시 노조의 힘에 밀려 우리나라 소비자만 골탕 먹는 것이다. 노조도 문제지만 표를 의식해 눈치만 보는 정치인들이 더 문제일 수도 있다.

처음엔 마드리드에서 1박을 하는 대신 버스나 기차를 타고 리스본으로 갈 생각이었다. 인터넷 검색을 해 보니 기차는 느리고 불편한 데다 너무 시간이 많이 걸린다. 버스도 밤새 6시간을 달려가지만 불편하긴 매일반이다. 항공편을 검색해 보니 놀라운 가격이 나와 있다. 일찍 예약을 한 덕인지 리스본까지 가는 에어유로파Air Europa의 항공료가 인당 40유로가 채 안 된다. 1시간 남짓이면 싸고 편하게 갈 수 있는데 무엇하러 기차나 버스를 타겠나?

에어유로파는 스카이팀 멤버라서 밀리언 마일러인 우리는 엘리트 플러스Elite Plus 서비스를 받을 수 있다. 돈을 내고 부치려고 했던 스틱도 무료 화물로 보낸다. VIP라운지도 이용할 수 있다. 푸짐한 아침 식사 역시 공짜다.

10시 반에 마드리드 공항을 이륙했는데 리스본 공항에 착륙하니 10시 40분이다. 1시간 시차가 있기 때문이다. 포르투갈은 영국과 같은 세계 표준시 GMTGreenwich Mean Time를 사용한다. 지도에서 볼 때 포르투갈은 이베리아반도 서쪽 스페인 갈리시아 지방과 같은 경도를 유지하고 있는데 왜 그럴까? 여기에는 보이지 않게 작용하는 그럴 만한 이유가 있으니 잠시 살펴보기로 하자.

12세기 레콩키스타Reconquista* 이전까지 포르투갈과 스페인은 로마와 아랍의 지배를 받은 같은 나라였다. 13세기 국가 설립 이후 포르투갈은 대항해시대를 열며 16세기 초까지 전성기를 누렸

*Reconquista
이베리아반도에서 가톨릭 왕국들이 이슬람 세력인 무어족을 축출하기 위해 벌인 국토회복 운동으로 무려 781년(711~1492)이나 계속 되었다. 이 얘기는 이슬람 세력이 이베리아반도를 800년 가까이 지배하였다는 얘기도 된다. 포르투갈에서는 남쪽 알가르브(Algarve)를 회복시킨 1249년에, 스페인에서는 그라나다(Granada)를 탈환한 1492년에 완료되었다.

지만 1580년부터 60여 년간 스페인의 지배를 받았다. 그래서 포르투갈 사람들은 스페인을 싫어하고 스페인 사람들은 포르투갈을 얕잡아 보는 경향이 있다. 우리나라와 일본 간의 관계와 비슷하다. 스페인에 가로막힌 포르투갈은 오히려 바다 건너 영국과 친하고 교류도 깊다.

여기에는 역사적인 이유가 있다. 19세기 초에 나폴레옹이 영국을 고립시키기 위해 대륙봉쇄령을 내리지만 포르투갈은 영국과 교역을 계속한다. 이에 스페인에 있던 프랑스군은 포르투갈을 여러 번 공격하지만 포르투갈-영국 연합군은 이를 모두 물리친다. 그런 연유로 포르투갈과 영국은 더욱 가까워지게 된다. 그래서 포르투갈 사람들은 영어도 잘 한다. 개인적 생각이지만, 지리적인 이유보다는 이러한 배경이 있기에 포르투갈은 시간대도 영국과 같은 GMT를 택한 것이 아닌가 싶다. 1980년대 스페인과 포르투갈 모두 사회노동당이 집권을 하고 EC에 가입하면서 관계가 개선되기는 했지만 국민들 의식 속에 있는 불신의 뿌리는 여전히 남아있는 상태다.

리스본 공항에 도착하니 잘생긴 운전기사가 우리를 맞아 준다. 삼성전자 구주총괄과 현지 법인에서 딸내미 추도식 행사 소식을 듣고 우리 일행을 위해 기사가 딸린 차까지 어레인지 해준 것이다. 현역 은퇴 이후 해외여행을 다닐 때마다 느끼지만 무슨 인복을 타고 났는지 후배들의 환대와 도움을 많이 받고 있다. 이럴 때마다 항상 생각나는 인생 철칙, 아니 삶의 철학은 "있을 때 떠나는 사람에게 잘해주고, 떠날 때 머문 자리 아름답게 만들어라."라는 말이다. 현직 때 모셨던 선배 사장님의 말씀인데 내가 항상 이렇게 한 것만은 아니지만 두고두고 가슴에 새기며 매사에 임했기에 은퇴 후에도 그나마 이런 대접을 받는 것이 아닌가 하는 생각을 하게 된다.

차를 타고 우선 리스본 대성당으로 향한다. 순례자 여권Credencial을 받아두기 위해서다. 리스본 대성당은 산티아고 길 포르투갈 루트의 출발점이다. 성당 안에 발급 센터가 있는데 10시나 되어야 문을 열기 때문에 모레 아침 일찍 걷기를 시작하려면 미리 순례자 여권을 받아 둬야 한다.

프랑스 생장St. Jean Pied de Port에 있는 프랑스 루트 안내센터와는 많이 다르다. 직원도 무뚝뚝하고 여권에 적어야 할 순례자 인적 사항은 묻지도 않는다. 알아서 적으라는 투다. 한 장에 2유로짜리 크

*John Brierley
산티아고 길 여러 루트의 안내 책자를 펴냈다. 내가 알고 있는 한 포르투갈 루트 안내 책자로는 유일하다. 우리나라 서점에도 프랑스 루트 안내책은 많지만 포르투갈 루트 안내책은 없다. 인터넷으로 직구가 가능하지만 현지 안내센터에서 구하는 쪽이 훨씬 편하다.

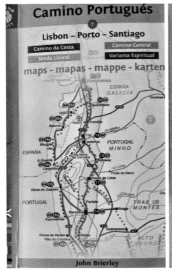

▲ 존 브리얼리의 안내 책자　　　　　▲ 순례자여권 크리덴셜

리덴셜 두 장과 20유로짜리 존 브리얼리John Brierley*의 포르투갈
길 안내 책자Camino Portugués 영문판을 함께 샀다.

　잠시 리스본 대성당Sé de Lisboa을 돌아본다. 12세기 중반 세워진
로마네스크 양식 건물이다. 리스본 주교성당이라고도 부른다. 내
가 좋아하는 파두 가수 아말리아도 이곳에 잠들어 있다. 포르투갈
에 4년을 살았음에도 이 성당은 처음이다. 이탈리아나 스페인에 있
는 대성당들보다 규모도 작고 내부 장식도 단순하다. 내가 포르투
갈답다고 하자 김 사장 부인 안 여사는 사람들을 닮아 소박, 순박하
다고 한다. 좋은 표현이다.

▲바스쿠 다가마 세계일주를 기념해 세운 벨렝 타워 스케치

▲발견 기념탑

리스본 북서부 카스카이스Cascais 해변에 있는 호텔로 가면서 옛
추억을 되살려 볼 양으로 리스본 몇몇 명소를 잠시 둘러보기로 한
다. 제로니무스 수도원Mosteiro dos Jerónimos은 관광객들로 붐비고
있다. 16세기 초 포르투갈 전성기에 건설된 고딕 건물로 바스쿠 다
가마Vasco da Gama가 이곳에 묻혀 있다. 관광객들이 서 있는 줄이
어마어마하게 길다. 입장은 포기다. 인근 벨렝 타워Torre de Belém
와 발견 기념탑Padrão dos Descobrimentos에도 사람들이 많다. 벨렝
탑은 바스쿠 다가마의 세계일주를 기념해 세운 기념탑이다. 발견
탑은 대항해시대를 연 엔히크Infante Dom Henrique, O Navegador 왕자
서거 500주년을 기념해 1960년에 세운 기념탑이다. 인증샷만 찍
는다. 모두 대항해시대를 연 기념물들로 유네스코 유산에 등재되
어 있는 명소들이다. 포르투갈인들의 자존심의 상징이기도 하다.

여기서 포르투갈의 대항해시대와 관련해 우리나라와 연관된 재
미있는 역사적 사실 하나를 소개한다.

역사적으로 우리나라에 온 최초의 서양인이 포르투갈인이라는
사실을 알고 있는 사람은 그리 많지 않을 듯하다. 우리는 교과서
에서 17세기 중엽 제주도에 표류해 온 네덜란드 사람 '하멜Hendrik
Hamel'을 최초의 서양인이라 배웠다. 그러나 실제는 그보다 100여
년이나 앞선 1542년 포르투갈 사람 '페르낭 멘데스 핀투Fernão
Mendes Pinto'라는 인물이 우리나라에 온 최초의 서양인이라고 한
다. 이는 1990년대 초 리스본대학에서 박사학위 논문을 준비하고

있던 한국외국어대학교 강병섭* 교수에 의해 밝혀진 사실이다. 다만 하멜 일행은 수년간 잡혀 살다가 일부는 탈출해 돌아가고 일부는 결혼해 가정도 이루며 정착을 했지만, 핀투 일행은 그냥 지나쳐만 갔으니 최초의 서양인이라고 하는 데는 이견이 있을 수는 있다.

포르투갈의 대항해시대는 15세기 초에 시작됐다. 포르투갈 선단은 1488년에 아프리카 대륙 끝 희망봉을 돌아 동으로 동으로 진출하게 된다. 인도의 서해안에 위치한 고아Goa, 말레이시아의 말라카Malacca, 인도네시아의 티모르Timor를 거쳐 1513년에는 중국의 마카오Macao까지 진출하게 된다. 한동안 마카오에 멈춰 있던 선단은 1542년 핀투 일행을 태우고 다시 중국을 떠나 동으로 향한다. 그해 7월 본선은 제주도 해안에 정박을 하고 식수 조달차 선원 3명을 보트에 태워 상륙을 시키게 된다. 그런데 불행히도 상륙한 선원들은 제주 관군에게 체포돼 모두 참수를 당했다고 한다. 상륙한 선원 중엔 아프리카에서 데려온 흑인이 포함돼 있었는데 흑인을 본 적이 없던 제주 관군은 이들을 괴물(?)로 취급, 참수형에 처한 것으

*강병섭
박사학위 논문으로 '한포 교류사'를 준비하면서·자료를 찾던 중 당시 핀투 선단에 동승하고 있던 선교사가 교황청(?)에 보고하기 위해 작성한 기록을 발견했다고 한다. 다만 이후 이 논문이 발표되어 공식적으로 이 사실이 우리나라 역사적 사실로 인정이 됐는지 확인하지는 못했다.

▲카실랴스 언덕에서 바라본 리스본 항구, 왼쪽에 4.25다리가 보인다

로 추측된다.

　이를 본 핀투 일행은 제주도 상륙을 포기하고 동으로 이동하게 된다. 1593년에 일본에 상륙한 포르투갈인은 조총을 포함해 발달된 서양 문물을 전수하게 된다. 주지하듯이 이로부터 정확히 50년 뒤인 1592년 일본은 도요토미 히데요시를 앞세워 포르투갈 기술로 만든 조총을 들고 임진왜란을 일으키게 된다. 역사에 가정이라는 것은 없다지만 이때 우리나라가 먼저 포르투갈의 기술을 전수받았다면 우리 역사가 어떻게 변했을까?

　리스본에서 테주강을 가로지르는 4.25다리*를 건너가면 왼쪽 카

*4.25다리(Ponte 25 de Abril)
1966년에 완공된 길이 2,278m의 현수교다. 샌프란시스코의 금문교와 비슷한 모양인데 실제로 같은 회사에서 건설했다고 한다. 이름은 건설 당시에는 독재자 총리였던 '살라자르(Salazar)' 다리였다가 혁명기념일인 4월 25일을 기념하여 바꾸었다. 바스쿠 다가마 다리가 건설되기 전까지는 리스본을 남북으로 연결하는 유일한 다리였다.

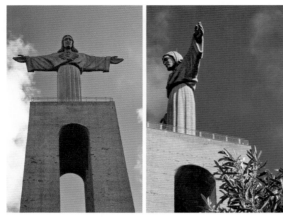

▲ 테주강 건너 카실랴스 언덕에 서 있는 예수상 Cristo Rei

실랴스Casilhas 언덕 위에 대형 예수상이 보인다. 크리스토 레이 Santuário Nacional de Cristo Rei다. 크기는 조금 작지만 브라질 리우 데 자네이루에 있는 예수상과 비슷하다. 식민지 브라질에 세워진 것을 보고 포르투갈이 본토의 자존심을 걸고 세웠다고 하는 설이 있다. 이곳은 리스본항의 아름다운 풍경을 가장 잘 조망할 수 있는 명소다.

호텔은 카스카이스 긴슈Guincho 해변에 있는 무샤슈Estalagem Muchaxo인데 500년도 더 된 건물을 개조한 4성급이다. 세계적으로 유명한 서핑 해안을 내려다보는 멋진 뷰를 자랑하는 곳이다. 체크인이 3시부터라 해서 옆에 있는 식당을 찾아 점심부터 먹기로 한다. 파루레이루Faroreiro, 등대지기란 뜻의 이름을 가진 고급 식당이다. 주재 시절 본사에서 손님이 오면 꼭 모시고 왔던 해산물 전문 식당이다. 30년도 더 지났건만 웨이터는 아직도 나를 알아보고 반겨준다. 10년 전에 왔을 때도 할아버지였는데 아직까지도 일을 하고 있다.

옛 추억을 되살려 해물죽Arroz de Marisco과 화이트 와인 '주세마리아 폰세카José Maria da Fonseca'를 주문한다. 옛날 우리끼리는 새우죽이라고 불렀던 음식이다. 삐리삐리로 불리는 매운 소스를 쳐서 먹으면 정말 맛있다. 이 화이트 와인은 주재 시절부터 즐겨 마셨던 건데 와인 전문가인 김 사장도 감탄을 한다. 포르투갈에 와서 첫 식사이니 오늘 점심은 내가 쏜다.

호텔 체크인을 하고 바로 인근에 위치한 신트라Sintra시 관광길에 나선다. 김 사장 부부는 포르투갈 방문이 다섯 번째라고 한다. 웬만한 유명 관광지는 다 섭렵했지만 신트라에 있는 옛 국왕 여름별장

신트라페냐성

페나성Palácio da Pena은 못 봤단다. 기사에게 말했더니 지금은 엄청난 관광객이 몰려 사전 예약을 하거나 몇 시간 길게 줄을 서야만 입장을 할 수 있다고 한다. 아쉽지만 이곳도 포기다.

별수 없이 유라시아 대륙의 최서단 땅끝탑이 있는 호카곶Cabo da Roca으로 향한다. 변한 것 없이 옛날 그대로 대륙의 끝을 알리는 상징탑이 서 있다. 규모는 조금 작지만 우리나라 동해안 울주군 간절곶*에도 이 탑을 복제해 세워 놓았다. 날씨가 좋으니 탑 아래에는 버스킹이 한창이고 사람들로 북적인다. 인증사진 몇 장 찍고 신트라 시내 구경에 나선다.

신트라는 오래된 역사 도시다. 원래는 수도원이었던 곳인데 15세기 초부터 왕실 여름 궁전으로 사용된 신트라 왕궁Palácio Nacional de Sintra이 들어서면서 번성한 마을이다. 아름다운 건물들이 산자락을 수

*간절곶
한반도에서 새해에 해가 가장 먼저 떠오르는 곳(Cape)으로 알려져 있지만 포항 호미곶 일출과 계절에 따라서 앞뒤가 조금 바뀐다고 한다. 유라시아 대륙의 동쪽 끝에 위치한 우리나라 울산시와 서쪽 끝에 있는 포르투갈 신트라시가 자매 결연을 맺으면서 상징적으로 간절곶에도 카보다호카 땅끝 탑을 복제해 세워 놓았다. 이 탑에는 포르투갈의 시인 카모에스(Luís Vaz de Camões)의 '여기 육지가 끝나고 바다가 시작되는 곳…(Aqui … Onde a terra se acaba eo mar começa…)'으로 시작하는 유명한 시구가 새겨져 있다.

▲호카곶 땅끝 탑과 우리나라 간절곶 복제탑, 십자가는 없다

▼호카곶 등대

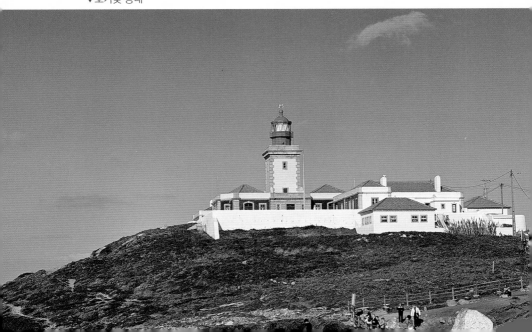

▲ 아내가 스케치한 신트라 시가지 풍경

놓고 있다. 골목마다 작은 카페와 예쁜 기념품 가게들이 늘어서 있
다. 우리도 카페에 앉아 포르투갈 에스프레소 비카Bica를 마시며 추
억 속에 푹 빠져 옛 얘기들을 꺼내 나누다 보니 어느덧 해가 기운다.

서둘러 카스카이스 시내로 내려와 이한훈 사장 부부와 조우한다.
이 사장은 내가 포르투갈 법인장 시절 공장에서 TV 생산을 책임졌
던 동료 주재원이다. 마침 유럽 여행 중인데 딸내미 추도식에 맞춰
오늘 포르투갈로 날아와 준 고마운 동료다. 내일 추도식에서는 대
표로 기도까지 해주기로 했으니 더 이상 고마울 수가 없다.

카스카이스 중심가 식당을 찾아 역시 옛 추억을 되살려 음식을

주문한다. 사르디냐 Sardiña, 정어리와 바깔랴우Bacalhao, 말린 대구 요리에 주앙 페레즈João Perez 백포도주다. 역시 포르투갈 음식은 맛있다. 우리 입맛에 딱 맞는다. 거기에 추억의 맛을 더하니 더할 나위 없는 최고의 만찬이다. 아주머니들은 더 좋아한다. 오늘 저녁은 이한훈 사장이 사겠단다. 또 고맙다.

추도식 그리고 Fado

3/14, 목

새벽 3시에 잠을 깬다. 그래도 5시간 이상 푹 잤으니 다행이다. 오늘 있을 딸내미 추모식 때 읽을 추도사*를 한 번 더 점검해 본다. 아무래도 영어로 해야 하는 만큼 신경이 더 쓰인다.

창밖을 보니 새벽에 비가 내렸나보다. 하늘이 흐리고 바람도 제법 분다. 딸 은이가 다녔던 학교 '생 줄리앙St. Julian's School' 교정에는 추모수가 서 있다. 자카란다Jacaranda라는 수종인데 6월이 되면 보라색 꽃을 예쁘게 피운다. 그 나무 앞에서 열리는 야외 추도식이라 날이 좋아야 할 텐데 비가 오면 문제다. 다행히 아침을 먹으면서 보니 구름이 조금씩 걷히고 있다. 긴슈 해변에는 이른 새벽인데도 서퍼들로 붐비고 있다.

▲ 딸내미 30주기 추모식, 30여 명이 참석했다

11시에 식이 시작되지만 좀 일찍 출발해서 30년 전 사고가 있었던 카르카벨로스Carcavelos 기차역을 먼저 둘러본다. 사고 당시에는 아무런 안전 시설이 없었던 역인데 많이 변했다. 사고 직후 지하도가 생겼고 이제는 안전 펜스도 설치되어 있다. 당시 우리 딸 은이의 사고는 학교뿐 아니라 지역 사회에서도 큰 안전 이슈가 됐었다. 지금 보니 이 시설들은 딸내미가 학교 후배들의 안전을 위해 남겨 준 고마운 선물이다.

10시 반에 학교 정문에 들어섰다. 그동안 이메일로 행사를 상의했던 아브레우Mr. Abreu 씨가 미리 나와 우리를 반갑게 맞이한다. 은이 친구들, 선생님들, 함께 근무했던 옛 삼성직원들, 학부형들까지 30여 명이 속속 도착한다. 생각보다 훨씬 많은 분들이 참석해 줬다.

학교 측에서는 추모식 안내 팸플릿을 만들어 참석자들에게 나누어 준다. 은이 사진이랑 프로그램이 인쇄돼 있다. 운동장에 들어서니 추모수 앞에 햇볕을 가려줄 하얀 텐트가 쳐져 있고 의자들이 가지런하게 놓여있다. 연단과 추모석 옆에는 화환과 꽃다발들이 여럿 놓여 있다. 전 SEPSamsung Electronics Portugal 법인장이었던 김종수, 김정환 사장이 꽃을 보내왔다. 삼성전자 구주 총괄 성일경 부사장이 기증한 대형 TV도 놓여 있다.

그동안 추모수가 많이 자랐다. 심을 때 사람 키 정도였는데 30년이 지나는 동안 10여m 크기의 건장한 나무로 자란 것이다. 봄을 맞아 가지마다 새잎들이 파릇파릇 돋아나오고 있다. 나무 밑에 있는 하얀 추모 대리석에는 'In Loving Memory of Our Friend Eun Chung, 4 Jan. 90' ~ 6 Jan. 94' 글씨가 선명하다. 오늘 참석하지 못한 은이 친구들을 위해서 모든 행사는 실시간으로 유튜브 생중계를 해준다고 한다.

기대 이상의 행사 준비이고 생각보다 훨씬 많은 분들의 참석이다. 얼마나 감사하고 고마운 일인가. 은이도 이 시간 하늘에서 우리를 내려다보며 감사의 미소를 짓고 있을 거란 생각이 든다. 11시 식이 시작되자, 모간Mr. Paul Morgan 교장 선생님의 인사말Opening Address에 이어 나 그리고 선생님과 친구의 추모사가 이어진다. 같은 반 절친이었던 주아나Joana가 추모시를 읊을 때는 모두의 눈시울이 붉어진다.

▲ 추모수 앞 추도사

▲ 6월에 찍은 추모수 Jacaranda

She was a flower,

A sweet melody…

아브레우 씨가 오늘 추도식을 찍은 사진과 동영상 그리고 추도사까지 모두 정리해서 이메일로 보내주겠다고 한다. 행사장에 놓여 있던 은이 사진이 액자인가 했더니 포르투갈 전통 아줄레주Azulejo 타일로 만들었다. 식후 아브레우 씨가 사진 타일을 들고 와서 기념으로 가져가란다. 잘 됐다. 용인 천주교 공원묘지에 있는 딸내미 납골당에 놓아 두면 좋을 것 같다는 생각을 해본다.

식이 끝나자 참석자 모두가 보드 룸Board Room에 모여 티타임을 갖는다. 선생님들은 모두 노인이 됐고 친구들은 머리 희끗한 중년 부인이 되었다. 우리 딸도 살아있으면 마흔네 살, 저렇게 변한 모습일까?

5주기, 10주기, 20주기에 이어 이번 30주기는 우리 가족의 네 번째 추도식 참석이다. 나와 아내는 이번이 마지막이 될 듯하다. 2034년 40주기 때는 내 나이 이미 80대 중반인데 장거리 여행은 어려울 것이다. 그래서 추모사에서 학교에 부탁을 했다. 학교가 이 곳에 있는 한 이 추모수가 후배 학생들을 지켜주는 수호신이 될 수 있도록 잘 가꾸어 달라고. 교장선생님이 맺음말에서 그렇게 하겠다고 답을 해준다.

일부 참석 가능한 분들을 학교 인근에 있는 포르투갈 식당으로 초대해 점심을 함께 했다. 출장 중인 전 법인장 김종수 사장을 대신에 참석해 준 부인 신 여사, 두 아이의 학부형인데 올 때마다 은이 추모수를 돌아본다는 한국 학부형 김 여사 그리고 같이 근무했던 SEP 동료 앨리스Alice, 엘리아나Eliana 모두가 고맙다. 아마도 오늘이 우리가 함께하는 마지막이 아닐까 생각하니 가슴이 멍해져 온다. 식당 앞에서 단체 기념 사진 찍고 모두를 안아주며 아쉬운 작별을 고한다.

▲ 추도식에 참석해 준 고마운 동료 그리고 부인들

▲리스본 루소 식당 파두 공연 장면

포르투갈에 왔으면 파두Fado 공연은 보고 가야지. 기사에게 부탁해 리스본 시내에 있는 루소Luso라는 유명 파두 공연식당을 어렵게 예약했다. 벌써 관광 시즌이 시작됐는지 식당마다 초만원이란다. 파두는 포르투갈 전통 민요지만 리스본 파두*와 코임브라 파두는 많이 다르다. 코임브라 파두에 대해서는 뒤에 따로 얘기하기로 하자. 파두는 포르투갈 말로 '숙명'이라는 뜻인데 굳이 우리나라로 따지면

*리스본 파두
포르투갈의 전통 음악으로, '숙명' 또는 '운명'을 뜻하는 라틴어 'fatum'에서 유래했다. 주로 두 대의 기타(포르투갈 전통기타와 일반기타)와 콘트라 베이스와 함께 연주된다. 기원에 대해서는 다양한 설이 있지만 1820년대 리스본에서 시작되었다는 것이 정설로 여겨진다. 리스본 파두는 포르투갈의 역사와 문화 특히 바다로 나간 사람들에 대한 그리움과 이별에 관한 내용이 많다. 그래서 슬픈 감정을 담아 노래를 부른다. 그런 연유에서 주로 검은 옷을 입고 숄을 걸친 여자 가수가 부른다. 대표적인 가수로는 우리나라의 '이미자'라 할 수 있는 파두의 여왕 '아말리아 호드리게스'가 있다.

슬프고 애절한 전통 트로트 가요쯤
으로 생각하면 되겠다.

커다란 식당이 사람들로 가득찼
다. 수백명 아니 그보다도 더 많다.
거의가 단체 관광객인 듯하다. 음
식 맛은 별로다. 이 많은 사람들의
주문을 받아서 만들고 서빙을 해
야 하는데 음식 맛이 좋을 리 없다.

▲ 1991년 출장길, 리스본 공항 대합실에
서 당시 71세의 아말리아를 만났다

그런데 듣다 보니 노래가 이상하다. 남녀가 여러 명이 돌아가면서
부르는데 내가 아는 그것과는 좀 다르다. 애절, 슬픔, 숙명을 얘기하
기보다 리듬이 경쾌하고 좀 경박한 느낌이다. 내가 좋아하는 파두
의 여왕, 아말리아 호드리게스*, 그녀의 명곡 〈검은 돛배Barco Negro〉
가 듣고 싶다.

*아말리아 호드리게스(Amália Rodrigues, 1920~1999)
포르투갈을 대표하는 파두 가수이자 국민 영웅이다. 가난한 집안에서 태어나 제대
로 된 음악 공부도 못하고 혼자 노래를 배웠다. 17살에 한 카페의 사장에게 발탁되
어 밤무대를 뛰면서 프로에 입문하게 된다. 1954년 프랑스 영화 〈Les Amants Du
Tage〉에서 검은 숄을 걸치고 〈검은 돛배〉를 부르면서 일약 세계적인 명성을 얻게 된
다. 1999년 10월 그녀가 타계하자 포르투갈 정부는 3일간의 애도 기간을 선포하고
국장으로 장례식을 치루었다. 리스본 대성당에 묻혔고 그녀가 살던 리스본 작은 집
은 추모 박물관으로 운영되고 있다. 나는 1991년 출장길에 리스본 공항에서 그녀를
만난 적이 있다. 동양 젊은이가 알아 보고 인사를 하니 엄청 기뻐하며 같이 사진을 찍
자고 하던 얼굴이 지금도 생생하다.

Today we are gathered here again, after 30 years, to remember our beloved Eun. Thank you everyone, Eun's friends, teachers, school officials, and Samsung colleagues for attending today.

January 6th 1994 was the day Eun, who was on her way home from school, died in a train accident at Carcavelos Station. It was a rainy and windy day and there were no safety facilities at the station crossing.

After sending Eun, our family went through a difficult time with a lot of sadness and pain. I also resented Portugal and the school at that time.

But Eun didn't just leave us. She gave a meaningful gift to her school and our family. When I came back here five years later, after Eun passed away, I saw that an underpass had been installed at Carcavelos Station. It was a gift she left behind for Saint-Julian's junior students to ensure they can get to and from school safely.

She gave our family an even greater present. She left behind a new younger brother to take her place to the family instead. That younger brother has now grown into a full-fledged 29-year-old young man. Even though he couldn't be here today, he is a wonderful young man who is now working at Samsung, following in the footsteps of his retired father and elder brother.

Thanks to Eun's great gift, St. Julian's students can now safely attend school. By raising her younger brother, the new life she gave us, our family was able to overcome our sorrow and return to our daily lives. That's why my wife and I have been able to live the past 30 years with gratitude rather than resentment.

I believe that Eun, watching us from heaven at this moment, is smiling with gratitude too now.

Thank you Eun !
Thanks God for ensuring that her death was not in vain !

Lastly, I'm going to pay my special appreciation to St. Julian's school for nurturing this memorial tree so that we can remember and commemorate Eun for the past 30 years. On the 40th anniversary, the coming year of 2034, my wife and I may not be able to come here again because we are too old to take a long trip.

However, I hope that this tree will grow healthily for 50, even 100, or 1,000 years and become a guardian that protects the safety of future junior students of St. Julian's. I sincerely ask that the school authorities take good care of this tree as long as this school remains here.

Eun's classmates wrote a message and left it to her at the funeral 30 years ago.

"Eun is an angel. She is a flower. She is a sweet melody."

Thank You!

Tomar Ponte Velha

제2장

Lisboa ~ Tomar

7일간 163km

Muxia

Finisterre

Santiago

Tui

Amarante

Porto

Portugal

Atlantic Ocean

Coimbra

Fatima

Tomar

Spain

Sintra

Lisboa

화살표가 없다?

걷기 첫날 · 3/15, 금

리스본 대성당 ~ Santa Iria(25km)

드디어 리스본을 떠난다. 아니 걷기를 시작하는 날이니 리스본을 출발해 산티아고 순례길 포르투갈 길을 걷기 시작한다는 표현이 맞겠다. 리스본은 90년대 초 주재 생활 때부터 셀 수 없이 많이 왔던 곳이다. 다시 올 수 있을까 했었는데 또 왔다. 또다시 올 수 있을까? 이제는 정말 마지막이 될 듯하다.

하얀 벽에 빨간 지붕, 그 너머로 멀리 테주강이 보이는 풍경이 한 폭의 그림이다. 리스본은 포르투갈 사람들이 세계 5대 미항이라고 얘기할 정도로 자랑스러워하는 아름다운 도시이다. 대서양과 테주강, 몬산투Monsanto 언덕이 천혜의 환경을 제공했고 그 위에 18세기 대지진과 대형 화재를 극복하고 새롭고 더 멋진 도시로 재탄생시킨 곳이다. 마르케스 퐁발Marquês de Pombal*이라는 위대한 지도

자를 만났던 것도 리스본에게는 불행 중 다행이었을 것이다. 마지막이 될지도 모른다는 생각에 아쉬운 마음이 가득하다. 길을 떠나기 전 잠시 성당 주변 언덕에서 아름다운 시내 풍경을 내려다보며 사진으로, 마음으로 풍경을 담아둔다.

리스본 대성당에서 걷기를 시작하는데 처음부터 카미노의 노란 화살표가 보이지 않는다. 성당 주변을 이리저리 헤매다 겨우 하나를 발견하고 따라가는데 또 안 보인다. 하는 수 없이 김수봉 사장은 휴대폰으로 구글 맵을, 나는 안내센터에서 20유로나 주고 구매한 안내책을 펴들고 대충 방향만 정한 채 걷는다.

시내 골목을 빠져나와 기차역을 지나고 리스본항을 지나가도 화살표는 없다. 아니 우리가 다른 길을 걷고 있어 보이지 않는지도 모른다. 테주강을 따라 쭈욱 북쪽으로 올라가는 루트이니 방향을 잃

*마르케스 퐁발(Marquês de Pombal,1699~1782)
1750년대 포르투갈 총리. 활발한 대외무역과 각종 개혁정책으로 국내산업을 발전시켰고 국력을 키웠다. 1755년 11월 1일, 리스본 대지진이 발생하여 도시의 3/4이 파괴되자 그는 즉시 군대를 동원하여 보급품을 공급하고 피난처와 병원을 설치했다. 황폐화된 도시의 재건사업에 매진하며 "죽은 자를 묻고 산 자를 치유하자"는 모토를 내세웠다. 그는 건축가 산투스(Eugenio dos Santos)의 설계에 따라 리스본을 최고의 아름다운 도시로 재탄생 시켰다. 리스본의 대표적인 관광지 중 하나인 퐁발 광장(Praça do Marquês de Pombal) 은 그의 이름을 따서 지은 것이다.

▲ 빨간 지붕 하얀 벽, 리스본 시내 풍경

고 헤매지는 않겠지만 스페인 카미노에 견주어 보면 이건 좀 심하다는 생각이 든다. 아니면 우리나라 둘레길처럼 휴대폰에 카미노 앱을 깔고 걷도록 하면 어땠을까? 아, 그건 아닐지도 모르겠다. 아니 그건 아니다. 순례길이란 개나리 봇짐 하나 짊어지고 오롯이 두 눈으로 보며 두 다리로 걸어가는 길인데 IT 기기에 의존한다는 것은 순례자로서 순례길을 모독하는 행위일 수도 있다. 길을 잃으면 찾아가고, 길 표시 없으면 물어가고 그래도 없으면 만들며 가는 그런 길이 돼야 한다. 그리고 보니 이 말은 고故정주영 회장이 했던 말인 듯하다. "길이 없으면 찾아라. 그래도 없으면 만들어라." 코리아둘레길 해파랑길을 걸으면서 보았던 울산 현대자동차 공장 벽면에 써있는 글이다.

▲ 리스본 대성당 출발

▲ 화살표를 찾았다. 반갑다

떠날 때부터 가랑비가 오락가락하더니 하루 종일 그런 날씨다. 방수 재킷을 벗고 입기를 반복한다. 귀찮기는 하지만 그래도 시원해서 걷기에는 좋다. 길도 평지라서 힘은 덜 든다. 남편들이 속도 조절을 해주고는 있지만 아내들이 걱정했던 것보다 잘 걷고 있어 그나마 다행이다.

10시 반에 출발해 3시간 가까이 걸었는데도 리스본 시내를 벗어나지 못하고 있다. 10km쯤 걸었으니 배가 고플 때가 됐다. 우선 점심부터 해결하자. 큰 길가에 중국 식당이 보인다. 요 며칠 계속 포르투갈 음식만 먹어서인지 아내들이 반긴다. 우선 사그레스Sagres 맥주부터 한 잔씩 들이켠다. 맥주는 카미노에서 물과 함께 필수 음료다. 아니 물보다도 훨씬 많이 마시게 되는 에너지원이다. 리스본에서 스페인 산티아고까지 거리는 약 640km이지만 우리는 대륙의 끝 피니스테레Finisterre까지 더 걸을 것이니 전체 거리는 700km가 넘는다. 이 길을 걸으면서 얼마나 많은 맥주를 마시게 될까? 최소 30일 이상을 걸어야 할 텐데, 하루 두 번 500cc씩을 마신다 해도 30,000cc나 된다.

유럽에서 가장 길다는 바스쿠 다가마 다리를 지나면서 길은 강을 버리고 왼쪽으로 꺾어든다. 그런데 여기서 결국 길을 잃고 말았다. 안내 책자는 도로를 피해 언덕길로 가라고 하는데, 구글 맵은 도로를 따라 가라한다. 화살표나 이정표가 없는 길에서는 대장 말을 들어야 한다. 내 주장을 고집하다 보면 결국 충돌이 생겨 함께 걷지 못할 수도 있다. 이번 길에서는 김수봉 사장을 대장으로 추대했다. 잘 걷기도 하지만 길 눈이 밝다. 꼼꼼하고 IT기기에도 능해 길 찾고 숙소 찾고 식당 찾는 데 도사다. 무조건 따라야 한다.

2차선 도로를 따라간다. 갓길이 없거나 있어도 좁다. 차들이 씽 씽 달린다. 대형 트럭이나 버스가 지나갈 때는 겁도 난다. 출발하기 전에 읽었던 유일한 포르투갈 루트책『산티아고 어게인』에서 정보를 얻기는 했지만 이 정도일 줄은 몰랐다.

그렇게 또 10km쯤을 걸어 목적지 산타 이리아Santa Iria에 도착하니 5시 반. 먹고 쉬며 천천히 걷기는 했지만 7시간 동안 겨우 25km를 걸었다. 걷는 내내 우리처럼 배낭을 메고 걷는 페레그리노Peregrino, 순례자는 한 사람도 만나지 못했다. 우리가 길을 잘못 들었거나 헤맨 탓도 있었겠지만 기본적으로 이 구간에는 걷는 이들이 별로 없다는 얘기다. 생각해 보니 그럴 만도 하다는 생각이 든다. 길 표시도 제대로 돼 있지 않은데 자동차 소리 시끄럽고 위험한 도로를 따라서 가는 길이니 이 구간은 건너뛰고 걷는 이들이 많을 수밖에 없다. 대부분의 포르투갈 길 순례자들은 리스본보다는 포르투에서 출발한다. 리스본에서 출발한다 해도 기차 타고, 버스 타고 리스본 구간을 건너 뛰고 산타렝이나 토마르에서 걷기를 시작한다.

▲ 유럽에서 제일 길다는 바스쿠 다가마 다리

산타 이리아에 있는 미라테주Miratejo라는 호스탈Hostal에서 배낭을 벗는다. 아침에 부킹닷컴으로 예약을 했는데 식당도 겸하는 깨끗한 숙소다. 값은 더블 침대방이 50유로, 인당 25유로 치고는 가성비가 좋은 숙소다.

7년 전 프랑스 루트를 걸을 때는 우리 부부만 걸었기 때문에 미리 예약을 하지 않더라도 숙소 구하기가 쉬웠다. 그러나 이번에는 넷이서 움직이다 보니 사전에, 최소한 하루 전에는 묵을 곳을 정해야

▲비 오고 바람 부는 날, 화살표도 없는 시끄럽고 위험한 도로를 따라 25km나 걸었다

한다. 그러다 보니 숙소도 알베르게보다는 호스탈이나 호텔을 예약하게 될 듯하다. 안내 책자에도 알베르게 전화번호가 나와 있기는 하지만 부킹닷컴Booking.com이나 호텔스닷컴Hotels.com을 통해 예약하는 편이 훨씬 쉽고 편하기 때문이다. 또 순례길이기는 하지만 나이 든 아내들을 위해서 가급적 시설이 좋은 곳을 골라야 한다.

숯불구이 후랑구Frango, 닭고기에 비토키Bitoque*를 주문했는데 숙소에서 운영하는 식당인데도 음식이 맛있다. 한국 드라마를 좋아한다는 식당 아가씨가 쾌활하고 친절하다. 생맥주 한 잔씩 그리고 알렌테주Alentejo 레드 와인을 세 병이나 비웠다. 와인 브랜드가 파두의 여왕 '아말리아'다. 첫날부터 취했다.

*비토키(Bitoque)
소고기 구이에 계란 후라이, 감자튀김, 샐러드를 얹은 포르투갈 전통 음식.

아프면 안 돼요!

2일 차 · 3/16, 토

Santa Iria ~ Alverca ~ Vila Franca(20km)

숙소 식당에서 커피 한 잔에 빵 한 조각으로 간단히 아침을 해결한 뒤 8시 20분쯤 길을 나선다. 구름은 끼었으나 시원하여 걷기에는 좋은 날씨다.

오른쪽으로 테주강을 두고 철길을 따라 빌라 프랑카Vila Franca까지 약 20km를 걷는 길이다. 그런데 오늘도 또 길을 잘못 들었다. 강으로 갈라지는 지점을 놓쳐 N10 지방도로로 들어선 것이다. 되돌아가자니 왔던 시간이 아깝고 건너가자니 철길이 가로막고 있다. 하는 수 없다. 길이 다시 만나는 알베르카Alverca까지 10km 정도를 그냥 가기로 한다. 아무런 볼 것도 없는 지루한 길이다. 역시 시끄럽고 위험한 길이다.

▲ 길을 잘못 들어 N10 도로를 따라가다가 알베르카에서 카미노 화살표를 만났다

  시작할 때는 잘 걷던 보살님<small>김 사장 부인 별명</small>의 걸음이 갑자기 느려
진다. 발가락이 부르텄는지 아프단다. 이제 겨우 시작인데 벌써부
터 아프면 큰일이다. 산티아고 길에서는 이런 경우 옵션이 두 가지
다. 심할 경우엔 걷는 걸 포기해야 하지만 보통은 택시를 타고 먼저
목적지에 가서 쉬게 하는 것이다. 그래도 계속 걷기를 원한다면 동
키서비스Donkey Service*를 이용해 짐은 숙소로 보내고 몸을 가볍게

*동키 서비스(Donkey Service)
산티아고 순례길에서 배낭을 저렴한 가격으로 다음 도착지 숙소까지 대신 옮겨주는
서비스. 대부분의 숙소에서 제공하며 비용은 숙소마다 거리에 따라 다소 차이가 있다.

한 후 걷도록 하는 방법이 있다.

　7년 전 처음으로 카미노를 걸을 때는 천천히 걷더라도 오롯이 두 다리로 끝까지 걸어야 한다는 것이 우리 부부의 철칙이었다. 이름이 순례길인데 그 길을 걷는 우리도 순례자다워야 할 것 같다는 생각에서다. 배낭도 끝까지 메고 걸었다. 적당한 짐은 져야 한다는 게 내 인생 철학이고 카미노는 그런 길이라고 생각했기 때문이다.
　그러나 지금은 다르다. 나는 가능하면 원칙을 지키겠지만 아내는 아니다. 무릎도 시원치 못한 사람인데 같이 와준 것만으로도 대단하고 고마운 일이 아닌가? 70을 넘긴 나이에 무리를 하다가 다치거나 병이라도 나면 큰 낭패가 아닐 수 없다.

　알베르카 마을에서 드디어 원래 카미노를 다시 만난다. 오랜만에 조개 문양 안내 표시를 보니 반갑기가 그지없다. 파티마로 가는 순례길 표시도 같이 붙어있다. 이 구간은 4월 말부터 5월 13일 성모 발현일까지는 노란 조끼를 입고 걷는 파티마 순례자들로 붐빈다고 한다.

　12시를 넘기는 시간, 아침을 부실하게 먹은 탓에 배들이 많이 고프다. 알한드라Alhandra 마을, 테주 강변에 식당이 보인다. 포르투갈 전통 요리인 '바깔랴우Bacalhao*'와 '비토키'를 맛있게 먹는다. 어제 과음을 했는데도 생맥주가 꿀꺽꿀꺽 잘도 들어간다. 걸으면

▲ 알한드르라, 시멘트 조형물 위에 착시 그림을 그려 놓았다

다 이렇게 되기 마련이다. 부르트고 고장난 발 다리가 아니라면 웬
만큼 피곤했던 몸 컨디션은 반나절이면 다 회복되고 맥주맛도 되
돌아오게 된다.

> *바깔랴우(Bacalhao)
> 뼈는 걷어 내고 소금에 절여 말린 대구(Cod Fish). 대표적인 포르투갈 전통 음식으
> 로 물에 불려 소금기를 빼내고 요리를 한다. 대항해시대 선원들의 영양 공급을 위해
> 장기간 보관이 가능하도록 개발한 음식이라고 한다.

▲ 빌라 프랑카로 가는 길에서 보는 테주 강변 풍경

　알한드라 마을부터 빌라 프랑카까지 약 5km는 아름다운 강변 산책길이다. 도로만 따라 걷다가 풍경 좋고 편한 길을 만나니 반갑다. 걸음이 가볍다.

　강변 길이 끝나는 곳에서 오늘의 종점, 빌라 프랑카가 나타난다. 인구 약 14만 명의 제법 큰 도시인데 투우로 유명한 곳이다. 오랜만에 포르투갈 투우를 보면 좋을 텐데 시즌이 5월부터 시작된다.

　투우하면 우리는 흔히 스페인을 생각하게 되는데, 포르투갈에서도 투우는 매우 유명하다. 5월부터 10월까지 전국 웬만한 큰 도시에서는 주말이면 투우를 구경할 기회가 많다. 한마디로 스페인 투우는 격렬한 듯하지만 지나치게 잔인한 반면 포르투갈 투우는 보다 인간적이면서 코믹한 구석이 있다. 스페인 투우는 창과 칼을 든, 말을 탄 투우사에 의해 상처를 입고 지칠 대로 지친 황소를 마지막 순간Moment of Truth에 목등에서 가슴으로 긴 칼을 관통시켜 피를 토하게 하여 쓰러지게 한다. 열광하는 관중을 향해 피가 흐르는 칼을 들고 뽐내는 투우사는 영웅이 되고, 죽은 황소는 다른 소에 의해 질질 끌려 퇴장하게 된다.

그러나 포르투갈에서는 투우장에서 절대 소를 죽이지 않는다. 소를 지치게 하기까지는 스페인과 비슷하지만, 포르투갈 투우의 절정은 성난 황소와 인간이 대결하는 순간이다. 이때부터 투우사들은 무기를 사용하지 않고 위험하지만 정정당당하게 맨몸으로 대결을 펼친다. 투우사들이 달려드는 황소의 뿔을 잡고 쓰러뜨리게 되면 투우사의 승리가 되지만 실패했을 경우엔 매우 위험하여 큰 부상을 입거나 죽는 경우도 있다. 이렇게 해서 쓰러진 소는 다시 일어나지만 공격력을 잃고 미녀(?) 암소 떼의 호위를 받으며 퇴장하게 된다. 물론 상처 받은 황소는 결국 도살장으로 가게 되겠지만 훌륭히 싸운 황소를 여러 암소가 위로하듯 호위하며 퇴장하게 하는 발상은 일면 인간적이기도 하고 일면 코믹한 분위기를 자아낸다.

빌라 프랑카에 있는 DP라는 호스탈에 도미토리Dormitory, 여러 명이 자는 공동 침실 룸을 잡았다. 2층 침대 2개가 있는 방이다. 숙박료는 인당 20유로. 두 부부가 한방을 쓰니 샤워나 화장실이 좀 불편

▲ 빌라 프랑카 시내에 있는 투우 동상

하기는 하지만 알베르게에 비하면 상전이다. 걷다가 가끔은 공용
알베르게조차 없는 곳을 만날 수도 있을 터, 그런 때는 동네 소방
서 마룻 바닥에서 자야 할지도 모르는데 이 정도의 불편함은 아무
것도 아니다.

이른 시간에 도착한지라 오후에는 시내를 돌아보며 노천 카페에
앉아 생맥주도 마시면서 망중한을 즐긴다. 작지만 깨끗하고 예쁜
도시다. 앞으로는 계속 이렇게 여유를 즐기며 걸어야 한다.

저녁 7시에는 토요미사에 참석한다. 말은 못 알아듣지만 가톨릭
미사 의식은 전 세계 어디를 가나 똑같다. 휴대폰에 있는 매일미사
앱을 연다. 귀는 포르투갈 말을 듣지만 눈으로는 우리 글을 보는 미
사가 되었다. 안전, 평안의 순례길이 되기를 기도한다.

저녁은 6유로짜리 순례자 메뉴. 애피타이저는 샐러드, 메인 음식은 감자튀김에 구운 닭고기다. 하우스 와인은 역시 무한 리필 공짜다. 어제 과음했는데 공짜라고 또 많이 마시면 안 된다. 오늘은 딱 한 병만이다.

◀ 도미토리 2층 벙크베드

No Pain, No Gain

3일 차 · 3/17, 일

간밤에는 두 번이나 자다 깨다를 반복하다가 4시에 일어나 휴대폰을 꺼내 들었다. 아무래도 두 부부가 같은 방을 쓰다 보니 코 고는 소리에 화장실 가는 소리 등 숙면을 취하기가 쉽지 않다. 아내는 2시가 될 때까지 쌍코골이 소리에 잠을 제대로 못 잤다고 볼멘소리를 한다. 나이가 들어서일 수도 있겠지만 아직은 이 환경에 적응이 덜된 탓일 거다. 1차 산티아고 때도 그랬다. 며칠 걷고 적응이 되면 수십 명이 같은 방을 쓰는 공영 알베르게에서 대포 소리가 스테레오로 들려도 잘 자게 된다.

오늘은 빌라 프랑카에서 아잠부자Azambuja 마을까지 20km를 걷는다. 오른쪽에는 테주강이 흐르고 왼쪽으로는 철길이 달려가는 평탄한 길이다. 형형색색 들꽃들이 길을 따라 지천에 깔려 있다.

눈이 즐겁다. 클로버, 엉겅퀴, 양귀비, 데이지… 아는 꽃 이름은 거기까지다.

　숙소를 나서서 한 2km쯤 왔을까, 뒤에서 발걸음 소리가 들린다. 이 길에서 처음 만나는 카미노 순례자다. 스웨덴에서 왔다는 30대쯤으로 보이는 여인이다. 오늘 아침 숙소 식당에서 우리를 봤단다. 얼마를 같이 걷다가 여인이 앞서간다. 반갑지만 우리 아줌마들 걸음이 느리니 계속 같이 걸을 수는 없다. 인연이 있으면 어디선가 또 만나게 되겠지. 원래 카미노란 만났다가 헤어지기를 반복하는 그런 길이니까.

　20km를 걷는 내내 쉬고 마실 곳이 보이지 않는다. 기차역이 보여 들어섰더니 아무 것도 없다. 철길을 건너 멀리 마을에 가면 뭔가 있을 법은 하지만 갔다가 되돌아오는 수고까지 감당하기에는 시간이 아깝다. 그냥 물이나 마시고 가자.

빌라 프랑카 테주강 마린 요트클럽의 아침

▲왼쪽으로는 철길, 오른쪽으로는 강을 따라 가는 길이다

플랫폼에서 잠시 쉬고 있는데 배낭을 멘 노부부가 들어선다. 80세는 족히 돼 보이는 프랑스인 부부다. 남편이 아프고 힘들어 한단다. 우리가 일어서려고 하니 부부도 같이 따라 나선다. 그런데 아내가 남편 것까지 앞뒤로 배낭을 두 개나 메는 것이 아닌가? 남편 어깨는 이미 한쪽으로 기울어져 있고 걸음걸이도 수상하다. 마음은 굴뚝 같지만 이 상황에서 우리가 도와줄 방법은 없다. 아잠부자까지는 7km 정도 남았으니 택시를 타거나 기차를 타도 될 텐데 무슨 이유일까? 어쩌면 저 분들도 순례자로서 약속을 지키려고 하는지도 모르겠다. 힘들다고 포기하면 그 인생은 그때부터 이미 거덜 나는 거다.

'끝까지 걷는다, 적당한 짐은 지고 간다.'

서양 속담에도 있지 않은가. 'No Pain, No Gain'이다. 부디 안전하게 숙소에 도착하시기를 빌어 준다.

▲ 화살표를 따라가야 하는데 질러서 간다고 위험한 철길로 들어섰다

카레가두Carregado역에서 카미노 화살표는 왼쪽으로 꺾어져 도로를 따라서 가라고 한다. 때마침 지나가던 동네 아저씨가 잘못된 화살표라며 오른쪽으로 가라고 한다. 아, 생각이 난다. 떠나기 전 읽었던 『산티아고 어게인』이라는 책에서도 이곳 얘기가 나온다. 돌아서 가도 길은 나오겠지만 동네 아저씨 얘기를 듣기로 한다. 얼마쯤 가다가 그 이유를 알았다. 잠시지만 철길 옆을 바짝 붙어서 걸어야 하는 위험 구간이 있기 때문이다. 때로는 인생에서도 위험을 감수해야 얻을 것이 생기는 경우가 있기는 하지만 길 표시를 그렇게 해 놓은 데는 다 이유가 있었던 거다. 조금 질러 가다가, 빨리 가다가 사고라도 생긴다면 그건 누구 잘못일까? 잘못된 법이라도 지키라고 하면 지켜야 된다. 다 이유가 있고 뜻이 있다. 법이라면 더욱 잘 지켜야 한다. 이 나이에 길에서 길에게 또 인생을 배운다.

종점을 5km쯤 남겨 놓았는데 보살님 걸음이 더 느려진다. 힘든 기색이 역력하다. 프랑스 부부의 경우를 보아서인지 김 사장이 아내 배낭을 벗겨 두 개를 함께 메고 걷는다. 부부란 이런 것인가? 젊어서는 헤어지면 남인데 나이가 들어가니 이제는 나보다 아내가 우선이다. 아름다운 사랑이고 애틋한 배려다.

안내서에 보니 아잠부자에 호텔이 하나 있다. 전화를 해 본다. 방 하나에 70유로란다. 산티아고 길에서는 엄청난 과용이고 사치다. 그러나 어제 잠도 제대로 못자고 오늘도 고생을 하고 있는 아내들을 편히 모시기로 한다. 체크인을 하는데 한국 사람은 처음이란다. 그럴 거다. 카미노를 걷는 순례자가 이런 호텔에서 묵는 경우는 거의 없을 테니까. 순례자가 무슨 호텔이냐고 나무라는 듯도 하여 한편으로는 부끄럽지만 아내들 핑계를 대고 오늘 밤은 호사를 누려보기로 한다.

▲아내 배낭까지 짊어진 김 사장

일요일이라고 호텔 식당은 문을 닫았다. 데스크에 물어보니 시내에 나가면 좋은 식당이 있다고 한다. 20분을 걸어서 식당을 찾아간다. 이곳도 닫았다. 일요일은 오후 4시까지만 오픈이라는 안내문이 붙어 있다. 맛있는 식당이라는데 아쉽다. 시내를 헤매다가 작은 식당 하나를 찾았다. 반갑게도 인당 15유로짜리 순례자 메뉴가 있다. 또 바깔랴우에 비토키 요리다. 어제도 먹었지만 그래도 맛있다. 앞으로 걸으면서 몇 번이나 이 음식을 더 먹게 될까?

편안한 밤이다. 아내가 좋아한다. 계속 호텔에서 묵을 수는 없겠지만 앞으로도 가능하면 먹는 것과 잠자리는 잘 해줘야 할 듯하다.

▲ 강가에 핀 들꽃 데이지(?), 잎은 코스모스 닮았는데…

200년 된 고택 체험

4일 차 · 3/18, 월

Azambuja ~ Valada ~ Porto de Muge(19km)

오늘은 어디까지 걸을까? 산타렝Santarém까지 가면 좋기는 한데 33km나 된다. 아줌마들 모시고 하루에 다 걷는 건 무리다. 중간에 있는 발라다Valada 마을까지는 17km인데 이후 산타렝까지 16km 구간에는 마을이 없다. 별수 없다. 오늘은 발라다까지만 걷자.

아잠부자를 떠나서 다음 마을 헤구엥구Reguengo까지 11km에도 마을이 없다. 넓은 벌판, 길게 뻗어 있는 농로를 따라 끝없이 한없이 걸어가는 길이다. 드넓은 벌판에 이름도 모를 노랗고 하얀 꽃들이 가득 펼쳐져 있다. 유채꽃은 알겠는데 하얀 꽃은 뭐지? 멀리서 보면 우리나라 메밀꽃 같기도 하고 개망초 같기도 한데 가까이서 보니 유채 종류인 듯하다. 아줌마들이 예쁜 꽃에 취했다. 쉴 곳은 없어도 꽃을 보며 걸으니 좋단다. 사진을 찍어주며 꽃 속의 꽃이라

▲ 농로를 따라 걷는 드넓은 들판

▲ 꽃 속의 꽃 할미꽃

▲ 저 예쁜 꽃을 트랙터로 갈아엎다니

고 놀려주니 환하게 웃으며 좋아한다. '꽃은 꽃인데 할미꽃이네요.' 혼자 속으로 하는 말이다.

그런데 얼마쯤 가다가 보니 농부가 트랙터로 그 꽃들을 갈아 엎고 있는 게 아닌가? 아하, 비료로 쓰이는구나. 불쌍하지만 죽어서 다시 새 생명의 거름이 되는 것이니 환생의 고통일 수도 있겠다. 그래야 다음 해에 더 예쁜 꽃을 피울 수도 있을 테니까.

우리의 삶도 그래야 하는데 요즘 세태를 보면 그게 아니다. 다음 세대를 위한 거름이 되기는커녕 나만을 위한, 오직 현재만을 위한 이기적인 삶이 젊은이들의 머릿속에 가득 찬 듯하다. 충忠이나 효孝는 아예 옛말이 됐고 후세를 위한 걱정조차 없어진 듯하다. 결혼 안 하고, 해도 애는 안 낳고, 나만 잘 살면 되는 세상으로 가고 있다. 물론 정치, 경제, 사회적인 탓도 있겠지만 이대로 가면 나라는 어디로 가나? 아니 인류의 존속 자체가 우려스러운 상황으로 가지 않을까? 세상 모든 생물의 기본 욕구는 종족 번식에 기반한다. 그것을 거부하는 것은 신의 섭리에 반하는 행위이다. 인간도 마찬가지인데 20세기에 들어오면서 인공으로 출과 생을 조절하며 신의 영역을 침범하더니 마침내 스스로 자멸의 길로 들어서고 있다. 결국 신의 영역을 침범한 대가를 치르는 것이 아닌가 하는 생각이 든다.

언젠가 이런 얘기를 친구에게 했더니 친구는 다른 의견을 피력한다. '불과 백여 년 전만 해도 우리나라 인구는 남북한을 합쳐 3천만 명이 못 됐다. 지금은 대한민국 인구만 5천만 명이고 북한까지 합치면 8천만 명에 가깝다. 세계 인구도 80억을 넘기고 있다. 백 년 전엔 20억 명도 안 됐다. 인구가 기하급수적으로 증가하다 보니 기후변화와 환경파괴로 지구가 폭발할 지경이다. 그러나 지구는 자정 능력이 있다. 보이지 않는 손에 의해 인구가 자동 조절되고 있는 중이다.' 어느 시점이 되면 다시 결혼과 출산이 정상 비율을 되찾게 된다는 얘기다. 듣다 보니 그럴듯한 논리다. 제발 그랬으면 좋겠다.

2시간쯤 걸었을까? 또 뒤에서 누가 따라온다. 독일에서 왔다는 남자다. 어제 만난 스웨덴 여자에 이어 이번 길에서 두 번째로 만나는 순례자다. 걸음이 엄청 빠르다. 또 만나겠지.

오늘은 아줌마들이 잘 걷는다. 3시간 동안 11km를 걸었으니 제법 빨리 걸은 셈이다. 보살님도 컨디션이 좋단다. 좀 쉬기도 했지만 아침에 먹은 진통 소염제가 효과가 있었나 보다.

3시간 만에 나타난 작은 마을 혜구엥구, 목이 마르다. 여기엔 카페가 있을까? 지나가는 할머니에게 옛날 엉터리로 배운 그 알량한 포르투갈 말로 물어 본다. "Tem café aquí?"이 동네에 카페가 있나요? 알아 듣는다. 말이 별거더냐? 통하면 다 말이지. 테주 강변에 있는 식당으로 들어선다. 내 그럴 줄 알았다. 앞서 갔던 독일인 친구가 앉아 있다. 두 번째 만났으니 통성명은 해야지. 뮌헨 사람 '다미르Damir'

▲ 200년 고택 Quinta da Burra. 초석을 보니 1849년이다

란다. 겉모습과 이름으로 미루어 보아 튀르키예계 독일인인 듯하다.

점심 먹고 길을 나서는데 햇볕이 뜨겁다. 덥다. 재킷을 벗고 반팔로 걷는다. 아침에는 쌀쌀한데 낮에 해만 나오면 덥다. 그래도 포르투를 지나 갈리시아에 들어서면 비 오고 추워질 수도 있다.

발라다 마을에서 알베르게 숙소는 찾았는데 침대가 3개밖에 안 남았다고 한다. 4명이 묵을 방을 찾아야 한다. 안내서를 보고 여기저기 전화를 하다가 5km쯤 전방에 있는 외딴집 부라Quinta da Burra라는 사설 알베르게에 어렵게 예약을 한다. 인당 25유로로 제법 비싸다. 초석礎石을 보니 200년쯤 된 포르투갈 전통 농가 주택이다. 중년여인이 운영하는데 오래돼서 시설이 좀 불편하긴 하지만 있을 건 다 있고 방도 넓다. 넓은 뜰에는 수백 년은 됐음직한 소나무가 서 있고, 제대로 관리는 안 되어 있지만 여기저기 옛날 잘 살았던 부농의 흔적

들이 남아 있다. 아내들은 분위기가 우중충하고 귀신이라도 나올 듯 괴기스럽다며 얼굴을 찡그린다. 생각하기 나름이다. 이런 때 아니면 포르투갈 농촌 고택 체험을 언제 해볼 수 있겠는가?

이 큰 집에서 중년 여인이 큰 개 두 마리 데리고 혼자 사는 듯하다. 시골 여인답지 않게 얼굴도 참하고 기품이 있다. 서툴기는 하지만 영어도 좀 한다. 여기저기 벽마다 많은 그림을 걸어 두었다. 여인이 직접 그린 듯한 추상화인데 분위기가 어둡다. 내 생각이지만 사연이 많은 여인 같다. 도시에 나가 살다가 시골 어른들 다 돌아가시고 남편도 죽자 고향에 내려와 홀로 사는 여인, 그림 그리며 고택을 지키고 있는 외로운 여인, 어쩌면 한이 많은 그런 여인이 아닐까? 먹고는 살아야 하니 어쩌다 우리처럼 지나가다 들르는 순례자들을 재워 주고 먹여 주며 살아가는 여인이다. 그림이 얘기해 주는 스토리는 그럴 것 같다는, 혼자 추측해 보는 생각이다. 오버인가?

카미노를 8번째 걷는 할아버지

5일 차 · 3/19, 화

Porto de Muge ~ Santarém(16km)

알베르게 여주인과 기념사진을 찍고 배웅을 받으며 8시에 걷기를 시작한다. 오늘은 산타렝Santarém까지 16km만 걸으면 되니 여유가 있는 날이다. 서울에서는 보기 힘든 파란 하늘, 맑고 깨끗한 공기가 상쾌하다. 아침 햇살에 눈이 부시다. 길은 왼쪽으로 드넓은 포도밭을 두고, 오른쪽으로는 테주강 뚝방을 따라 길게 뻗어 간다. 길가에 핀 유채꽃은 햇살을 받아 더욱 노랗다. 사진발 잘 받는 시간, 찰칵찰칵 걸음이 느려진다.

사진을 찍는다고 지체하고 있는데 멀리 배낭을 멘 순례자가 다가오는 것이 보인다. 수염이 하얀 할아버지인데 걸음이 엄청 빠르다. 패트릭Patrick이란 이름의 영국 사람이다. 산티아고 순례길만 8번째라고 한다. 북부 해안길, 카디스Cádiz 길, 바르셀로나Barcelona 길까

▲ 테주강 뚝방길 유채꽃

▲ 영국 할아버지 패트릭   ▲ 스웨덴 아가씨 티나

지 다 걸었다고 한다. 이번 포르투갈 루트 640km를 21일 만에 마칠 예정이라고 한다. 하루 평균 30km 이상 걷는다는 얘기다. 겉으로 보기엔 나보다 더 나이가 들었을 법한 할아버지인데 대단하다. 빨리 걷는 게 꼭 좋은 것만은 아니지만 그 열정과 체력만큼은 높이 사줘야 할 듯하다. 저 나이에 나도 이 길을 또 걸을 수 있을까? 그때 가봐야 하겠지만 한 번쯤은 이 카미노를 더 걷고 싶다. 이 양반이 걸었다는 카디스 길도, 바르셀로나 길도, 아니면 북부 해안길도 좋다. 지금 이 정도의 건강만 유지할 수 있다면 충분히 가능할 것 같다. 대신 그때는 혼자 걸을 거다. 시간은 많을 거고 경제적으로도 이 길을 걷는 것은 큰 부담이 안 된다. 문제는 건강과 체력인데, 그것도 조절만 잘하면 큰 문제는 안 될 듯하다. 하루에 10km, 아니 5km만 걸으면 어떤가? 내 인생을 정리도 해볼 겸 나이 80이 되기 전에 한 번 더 도전을 해보자.

오늘도 길에 쉴 곳은 없다. 잠시 엉덩이 걸칠 곳조차 없다. 하는 수 없이 포도밭 사이 시멘트 바닥에 배낭을 내려 놓고 쉬고 있는데 엊그제 그 스웨덴 아가씨가 다가온다. 이름이 '티나Tina'란다. 벌써 갔을 줄 알았는데 뒤에 있었다. 걸음이 빨라도 오래 쉬거나 볼거리라도 만나게 되면 뒤처질 수 있다. 카미노는 흔히 앞서다가 뒤서다가를 반복하는 그런 길이다.

처음 걷는 사람들은 걷기에만 몰두한다. 그러나 경험 많은 베테랑들은 다르다. 걸음은 빠르지만 쉬며 보며 여유를 즐긴다. 첫 번

째 걸을 때는 우리도 앞만 보고 걷기만 했다. 다리가 익숙해지면서
부터는 더 빨리 걸었다. 이번에는 천천히 뒤도 보고 옆도 보며 걷
자고 했지만 걷다가 보면 또 무슨 맘이 들지 알 수 없다. 걷기에 익
숙해지면 또 여유를 갖기보다 빨리 마치고 싶어지게 될지도 모를
일이다.

　포도밭 너머로 멀리 산타렝 언덕이 보이지만 아직도 8km쯤을
더 가야 한다. 지루한 길이다. 이렇게 지루할 때는 방법이 있다.
바로 음악이다. 7년 전에 걸을 때는 휴대폰에 음원을 다운 받아
와서 들었지만 이제는 바뀌었다. 코리아둘레길에서 그랬듯이 음
악 방송을 듣는다. CBS 음악 FM 레인보우, 참 좋은 친구다. 여기

포도밭 너머 멀리 보인다

▲ 포도밭을 따라 걷고 또 걷는다

는 아침이지만 서울은 오후다. 박승화의 〈가요속으로〉, 배미향의
〈저녁스케치〉, 김현주의 〈행복한 동행〉이 이어진다. 이름대로 행
복한 동행, 멋진 길동무가 되어 준다.

나는 걸으면서 가능하면 휴대폰으로부터 멀어지려 노력하고 있
다. 뉴스, 유튜브, 뱅킹, 주식 등은 아예 열어 보지 않고 있다. 그러
나 카카오 스토리 작성과 음악만큼은 어쩔 수 없다. Thank you
Rainbow!

산타렝 언덕 아래를 지나는데 길가에 사람 키보다 조금 커 보이
는 이상한 탑 하나가 서 있다. 가까이 가서 보니 침수 측정탑이다.
홍수가 날 때마다 테주 강물이 넘쳐 들판을 덮는 모양이다. 최고
높이는 1976년 9월 1.9m란다. 그 정도라면 이 주위 모든 들판은

완전 물에 잠겼을 터이고 엄
청난 피해가 발생했을 듯하
다. 침수기록 표시가 1980년
대 이후에는 없는 것으로 봐
서 이후에는 제방을 쌓는 등
치수治水를 제대로 하고 있는
듯하다.

▲ 침수 측정탑

4시간을 걸어 12시쯤에 산
타렝에 도착한다. 미리 예약
해 둔 호스탈 빌라 그라사Villa
Graça에 배낭만 내려놓고 점
심부터 먹기로 한다. 숙소에
서 소개해 주는 타스카Tasca라는 식당을 찾는다. 닭날개 튀김, 풀보
Polvo, 문어, 바깔랴우 요리를 주문한다. 참새가 방앗간을 찾았으니
어찌 그냥 있을 수 있나? 사그레스 맥주에 화이트 와인 한 병, 대낮
부터 살짝 취기가 올라온다. 맛있는 집이다. 저녁도 이 집에서 먹
기로 하고 예약을 해둔다.

오후에는 여유롭게 산타렝 시내를 돌아본다. 산타렝은 인구 3만
명 정도의 도시인데 그 역사는 로마시대로 거슬러 올라간다. 이름
은 성녀 '산타 이레네Santa Irene'*가 변형된 것이라고 알려져 있다.

드넓은 벌판 가운데 해발 130m 정도되는 언덕 위에 서 있는 성채 도시다. 산타렝 대성당Catedral de Santarém을 비롯한 르네상스 때 지어진 성당들 그리고 무어인 지배 시 세웠다는 성채와 성벽이 있다. 12세기 기독교 영토회복Reconquista 때 산타렝을 방어하는 주요 진입로 중 하나로 지금까지도 그 성벽이 잘 보존돼 있다. 성벽 위에 있는 '태양의 문 정원Jardin das Portas do Sol'에는 봄꽃이 한창이다. 리스본에도 같은 이름 '포르타스 도 솔'이라는 관광지가 있다. 언덕 아래로는 테주강이 굽이쳐 돌아 흐르고 넓은 들판에는 포도밭이 펼쳐져 있다. 포르투갈에만 있는 유명한 와인 비뉴 베르드Vinho Verde 도 생산한다고 한다. 비뉴 베르드에 대해서는 나도 잘못 알고 있었는데, 뒤에 에피소드를 얘기하겠지만, 포르투갈 말의 뜻으로는 '그린 와인'이지만 녹색 포도주를 의미하는 것이 아니다. 주로 포르투갈 북서부 미뉴Minho강 지역에서 생산하는데 수확한 지 얼마 안 되

*산타 이레네(Santa Irene)

포르투갈에서는 산타 이리아(Santa Iria)로 부르는 성녀다. 전설에 의하면 수녀원 학교에 다니던 이리아(Iria)는 브리탈드라는 귀족 청년의 구애를 받지만 자신을 하느님에게 바친 수녀라는 이유로 거절한다. 수녀원 스승이자 수도사인 헤미지오(Remi-gio)의 부적절한 행위 때문에 모함에 빠졌다가 이에 분노한 귀족 청년에 의해 살해(순교)된다. 타구스강에 버려진 동정녀의 시신은 신의 계시를 받은 수도원장 셀리우스(Celius)에 의해 손상되지 않은 채 발견된다. 후에 성인으로 추대된다. 시신이 발견된 마을 스칼라비스(Scalabis) 이름은 후에 Santarem(Santa Irene)로 바뀌었다.

는 포도로 만드는 덜 숙성된 '젊은 와인Young Wine'을 뜻한다. 이 지역에서 생산되는 모든 와인은 화이트, 레드, 로제 와인까지 포함해서 다 비뉴 베르드라 부른다고 한다. 지금은 시들해졌지만 한때 우리나라에서 유행했던 프랑스 와인 '보졸레 누보Beaujolais Nouveau'와 비슷한 개념으로 생각하면 될 듯하다.

▼ Portas do Sol 성벽 아래 테주강이 흐르고 그 뒤로 드넓은 포도밭이 펼쳐져 있다

▲타스카 식당

예약해 둔 타스카 식당엔 자리가 꽉 차 있다. 예약해 두기를 잘했다. 우리 예약석은 운치가 있는 야외 테이블인데 옆자리에 앉은 여인네들의 담배 연기가 자욱하다. 질식할 것만 같다. 하는 수 없이 주인에게 사정하여 실내로 자리를 옮겨 앉는다.

우리나라 같으면 어림도 없는데 아직도 이 나라 담배 문화는 변하지 않았다. 실내에서는 금연이지만 길거리건 야외 테이블이건 오픈된 공간에서는 아랑곳하지 않고 뿜어댄다. 담배 안 피는 사람들만 괴롭다.

익숙한 것들로부터의 결별

6일 차 · 3/20, 수

Santarém ~ Azinhaga(26km)

숙소에서 아침은 8시 반부터 시작이다. 너무 늦다. 숙소 인근 골목을 뒤져 7시에 오픈하는 카페를 찾았다. 빵과 주스와 커피 한 잔, 순례자의 아침 식사는 소박하다. 아니 스페인, 포르투갈 사람들은 저녁은 늦게까지 푸짐하게 먹는 반면 아침은 건너뛰거나 빵 한 조각에 커피 한 잔이 보통이다.

8시에 숙소를 나서는데 아침 공기가 더없이 신선하다. 포르타스 도 솔 공원 언덕을 꼬불꼬불 내려와 다시 넓은 벌판으로 들어선다. 포도밭, 포도밭 또 포도밭이다. 다음 마을 피게이라Figueira까지 11km는 계속 포도밭과 밀밭을 걸어가는 그런 길의 연속이다. 한낮으로 달려가는 시각, 작열하는 태양이 뜨겁다. 엊그제 내린 비로 포도밭 사이로 난 길은 진흙탕투성이다. 새순이 막 돋아나는 포도밭에서 두 여인이 나뭇가지를 손질하고 있다. 또 그 알량한 포르투갈 말로 "Bon dia! Muito trabalho!안녕하세요! 일이 많네요!"라고 하니 웃는다. 나이 지긋한 동양 아저씨가 이상한 어투로 포르투갈 말을 하니 웃긴다는 뜻일 게다.

피게이라 마을을 3km쯤 남겨 두고 길은 포도밭을 벗어나 도로를 따라간다. 좁은 2차선 도로에 큰 트럭들이 너무 속력을 내며 달린다. 위험하기 짝이 없다. 얼마를 가더니 길은 도로를 버리고 유칼립투스 숲으로 들어간다. 공기가 맑으니 숲으로만 들어서면 시원하다. 유칼립투스 잎의 향이 싱그럽다. 사우나에서 벌거벗고 맡았던 그 향이다. 호주가 원산지라는 이 나무는 건조한 기후에서도 잘 자라는 속성수라서인지 포르투갈과 스페인 길에도 엄청 많다.

▲끝없이 펼쳐진 밀밭길과 포도밭길을 걷는다

기름기가 많아서 화재에 취약하고 독성이 강해서 잎을 잘못 접촉하면 피부질환을 유발할 수 있다고 한다. 재미있는 것은 호주에서만 자라는 코알라에게는 이 잎이 주식이다. 오랫동안 적응을 하면서 몸이 해독 능력을 갖도록 진화했다고 한다.

지루하면 또 CBS 음악 FM 레인보우다. 박승화의 〈가요속으로〉가 막 끝나고 배미향의 〈저녁스케치〉가 시작된다. 마침 에릭 클랩튼의 〈Wonderful Tonight〉이 흐른다. 아내 손을 잡고 바라보며 "You are wonderful today!" 하며 목청을 높여 노래를 따라 불러본다. 김수봉 사장이 힐끗 보더니 낄낄댄다. 우리 아줌마 오늘 진짜 원더풀이다. 잘 걷는다. 오늘로 엿새째를 걷는데 이제 몸이 적응을 했나 보다. 아직까지는 걱정했던 무릎도 발목 알레르기도 다

▲진흙탕길

▲유칼립투스 숲, 시원하기가 그지 없다

오케이다. 아내 왈, 신발이 편해서라며 고맙단다. 떠나기 전에 캠프라인에서 새로 개발했다는 '산티아고' 중重등산화를 사줬다. 새 신발이라서 잘 맞지 않으면 어떻게 하나 걱정을 했었는데 다행이다.

배미향의 넌센스 퀴즈, 공중에 붕붕 떠 있는 왕은? 공중 전화, 아니 전하. 세종대왕이 만든 죽은? 미음이란다.

멀리 언덕 위의 하얀 집들이 점점 가까워지고 있다. 피게이라 마을이다. 저기에는 카페가 있을 것이다. 맥주가 고프다. 커피가 고프다. 김 사장이 인터넷을 뒤지더니 이 마을에는 식당도 있단다. 구글 지도 없으면 찾아가기도 힘든 골목에 자리한 허름한 집이다. 그런데 대박을 쳤다. 숯불구이 통닭에 삼겹살, 엄청 싸고 맛있다. 맥주는 기본, 하우스 와인까지 다 해도 인당 1만 원이 채 안 된다.

오전에 14km를 걸었다. 오후에는 12km를 더 걸어서 아지냐가 Azinhaga 마을까지 가야 한다. 처음으로 20km를 넘겨 걷는 날이다. 몸도 적응하고 탄력도 붙었지만 하루 20km씩 걷다가 갑자기 26km를 걷는 건 아줌마들에게 부담일 수 있다. 인생이 그렇다. 익숙함에서 벗어날 때가 더 힘들게 마련이다. 골프도 그렇다. 라베Life Best 스코어를 깨는 게 얼마나 힘든가? 예를 들어 싱글 골퍼의 경우 이븐 파가 라베라면 언더 파를 치고 싶은 욕심이 생긴다. 그런데 그 이븐 파는 가끔 치지만 언더 파는 안 된다. 그러다가 한번 언더 파를 치고 나면 그 스코어까지는 가끔 치지만 더 좋은 스코어를 기록하기까지는 또 엄청난 시간과 노력과 인내가 필요하게 된다. 걸음도 마찬가지다. 하루 20km까지 걷는 일은 익숙해서 쉬운데 그 거리를 넘기게 되면 그때부터는 엄청난 부담이 따라온다.

지금은 타계했지만 구본형이라는 분이 쓴 책 제목에 『익숙한 것과의 결별』이 있다. 오래 전 현직 때 접했던 책이라 자세한 기억은 없지만 현실에 안주하는 사람은 성공을 거둘 수 없다. 항상 변화를 추구하며 새로운 것에 도전을 해야 하는데 그러려면 익숙한 것들로부터의 유혹을 뿌리쳐야 한다라는 내용이었던 듯하다. 이건희 회장이 제2창업에서 강조했던 그 변화에 대한 얘기, "마누라와 자식 빼고는 다 바꿔라"도 같은 맥락일 거다. 조금은 다를 수도 있겠지만 길을 걷는 것도 비슷할 수 있다. 같은 몸 컨디션이라 해도 한계점을 조금씩 높여 가는 연습이 필요하다. 그래야만 오래 걸을 수 있고 많이 걸을 수 있다. 하루에 빨리 멀리 걷는다는 뜻이 아니다.

오늘 26km를 잘 견뎌야 한다. 무리하면 안 되지만 한계점을 올리게 되면 앞으로의 길이 편해질 수 있다. 다행히 우리 아줌마들, 힘은 좀 들었겠지만 잘 참고 견뎌줘서 목적지 아지냐가 마을에 무사히 도착했다.

숙소는 카사 데 아잔차Casa de Azzancha, 아잔차네 집이다. 집이 깨끗하고 깔끔하고 예쁘다. 방은 웬만한 5성급 호텔 수준이다. 웰컴 드링크Welcome Drink라며 맥주를 내 온다. 카미노를 걸으면서 웰컴 드링크를 주는 곳은 처음이다. 세탁기를 돌려 빨래까지 해준다. 아침 포함 부부당 85유로, 카미노 순례자에게는 싸지 않은 가격이지만 우리는 부부끼리니까 2인 가격 치고는 그런대로 봐줄 만한 수준이다.

저녁도 멋진 식탁에 정성스레 차려줬는데 아줌마들은 입에 맞지 않는지 잘 못 먹는다. 바깔랴우 음식이 보기에는 푸짐한데 먹어 보니 짜기만 하고 맛이 없다. 너무 많이 남겼다. 주인 아줌마에게 좀 미안하다. 같은 바깔랴우지만 손맛에 따라서 방법에 따라서 맛이 천차만별이다. 소금을 덜 뺀 듯하다. 포르투갈 사람들은 우리보다 음식을 훨씬 짜게 먹는다. 그래서 식당에서 음식을 주문할 때마다 "Pouco sal por favor제발 덜 짜게" 하고 미리 외쳐 둬야 한다.

▲ 웰컴 드링크 맥주, 그런데 공짜가 아니었다

도로 위의 무법자들

7일 차 · 3/21, 목

Azinhaga ~ Asseiceira(27km)

아침 7시, 숙소 여주인이 차려 주는 아침밥은 소박하지만 그런대로 먹을만하다. 오트밀 스프, 달걀 스크램블, 빵, 커피, 과일… 그런데 계산을 하면서 보니 숙박비에 저녁, 아침까지 부부당 130유로나 된다. 공짜인 줄 알았던 웰컴 드링크 맥주 값, 그리고 세탁비까지 다 받았다. 뒤통수를 한 대 맞은 느낌이지만 어쩌랴? 잘 자고 잘 먹었으니 감수하는 수밖에.

아침을 먹고 나자 여주인이 가는 길에 숙소가 많지 않으니 미리 예약을 하고 걷는 게 좋을 거라고 한다. 아는 집이 있으면 대신 예약을 해달라고 부탁을 한다. 여기 저기 전화를 하더니 모두 예약이 꽉 찼다고 한다. 그러더니 여기서 하루를 더 묵으면 어떠냐, 짐을 놓고 걷다가 전화하면 데리러 가고, 내일 아침에 다시 그곳까지 데려다 주겠다고 한다. 살짝 장삿속이 보이기는 하지만 우리 아줌마들 귀가 솔깃하다. 배낭을 숙소에 두고 맨몸으로 걷는다? 괜찮은 아이디어다.

아지냐가에서 골레가Golegã까지 가는 7km N365 지방도로는 2차선에 갓길이 없는 위험한 도로다. 지금까지 걸었던 길 중 가장 위험한 구간이다. 고속도로도 아닌데 웬 차들이 이렇게 씽씽 달리나? 버스에 대형 트럭, 트랙터, 승용차까지 경주라도 하는 듯하다. 자칫 목숨까지 위험할 수도 있다. 가끔 매너 있는 기사는 속도를 늦추거나 깜빡이를 켜고 서 있기도 하지만 이 좁은 도로에서 추월까지 하는 차들도 있다. 옛날 이곳에서 주재하던 때에도 포르투갈은 난폭운전으로 유명한 나라였다. 포르투갈 사람들은 친절하고 온순한 편이지만 운전대만 잡으면 폭주족으로 변한다. 지금은 모르겠지만 그 당시 90년대에는 전 세계 교통사고율 1위 국가가 포르투갈이었다. 좁은 도로에 음주, 폭주 운전을 하니 그럴 만도 하다. 30년 전 당시 주재원 리포트에 내가 썼던 글을 잠시 인용해 보기로 한다.

* 포르투갈 사람들의 국민성은 좋게 얘기하면 여유 있고 나쁘게 표현하면 좀 게으른 편인데, 이상하게도 운전대만 잡았다 하면 급해지고 난폭해진다. 신호 위반, 차선 위반, 속도 위반 어느 것 하나 제대로 지키는 것이 없다. 건널목에서 파란불이 노란불로 바뀌고 빨간불이 켜졌는데도 그냥 달리기 일쑤이며, 120km 제한 속도 고속도로에서 170, 180km 이상 달리

▲갓길도 없는 N365 지방도로를 위험하게 걷는다

는 것은 보통이다. 운전은 흐름을 타라고 했다. 모든 차가 다 빨리 달리면
그나마 나은데, 문제는 할머니 운전자나, 20년 이상 된 고물차 운전자들
이 남의 차는 아랑곳하지 않고 굼벵이 운전을 하는 데 있다. 또 차선이라
도 제대로 지키며 추월할 때만 추월선을 들어서면 좋은데 뒤차가 불을 번
쩍이거나 말거나 유유히 50, 60km로 달린다. 답답해진 뒤차는 지그재그
운전을 하게 되고 결국 사고를 내게 된다. 최근 들어 단속이 강화되고는 있
으나, 고질화된 이들의 습관을 고치는 데는 상당한 시간이 필요할 듯하다.

골레가 성당 앞 카페에서 미국에서 왔다는 여인 '재키Jackie'를 만
났다. 엊그제 스웨덴 여인 티나가 얘기하던 그 미국 여인이다. 이
길을 걷다가 만나면 모두 친구가 된다. 더구나 하루 종일 걸어야 겨
우 한 사람 만날까 말까 한 이 길에서는 더욱 그렇다. 지난 1주일
동안 만난 카미노 순례자는 독일 사람 타미르, 영국 사람 패트릭,

▲ 골레가 성당 제대와 아줄레주 벽화들

스웨덴 여인 티나, 그리고 미국 여인 재키 넷뿐이다. 참 이름은 모르지만 프랑스에서 온 노부부도 있으니 여섯이다.

　재키와 작별을 하고 골레가 성당에 들어선다. 우리 아줌마들이 기도를 하는 사이 성당 내부를 돌아본다. 성당 벽면이 모두 아름다운 포르투갈 전통 아줄레주Azulejos 타일로 장식이 되어 있다. 아줄레주에 그린 최후의 만찬은 처음 접한다.

그러고 보니 오늘이 큰 아들놈 생일이다. 전화를 하니 받지 않는다. 미역국이라도 먹었는지? 떠나기 전 미리 축하 파티는 해줬지만 엄마는 마음이 쓰이나 보다. 40대 중반의 중년인데, 며느리가 챙겨줄 텐데 무슨 걱정이람.

바르키나Vila Nova Barquina라는 마을에서 길은 이제 테주강과 헤어진다. 강은 우측으로 휘어져 올라가고 길은 아탈라이아Atalaia 마을을 거쳐 토마르Tomar로 올라간다. 그런데 이 마을이 심상치 않다. 강을 내려다 보는 언덕에 '카르디가Quinta Cardiga'라는 이름의 성채 같은 멋진 건물이 서 있다. 그런데 가까이에서 보니 관리가 안 돼있다. 페인트칠은 다 벗겨지고 귀신이라도 나올 것 같은 음산한 분위기이다. 사연이야 알 도리가 없지만 한때는 지역을 호령했던 대부호였거나 세도가의 집이었던 듯한데 방치해 둔 것 같아 아쉽다. 포사다Pousada*로 활용하면 좋겠다는 생각을 해본다.

*포사다(Pousada)
포르투갈은 옛 성이나 궁전 또는 역사적인 건물을 보존하기 위해 외부 모양은 유지하고 내부를 개조해서 호텔로 운영한다. 스페인에서는 '파라도르(Parador)'라고 부른다.

▲ 카르디가(Quinta Cardiga) 스케치

아탈라이아 마을에 도착하니 1시 반이다. 20km를 5시간 만에 걸었다. 시간당 4km 꼴로 걸은 셈이다. 배들이 한창 고픈 시간인데 이런 시골 마을에서 품격 있고 맛있는 식당을 만난 건 큰 행운이다. 어제 저녁을 시원치 않게 먹었던 아줌마들 얼굴에 금새 화색이 돈다. 코지냐 트라디쇼날Cozinha Tradicional이라는 포르투갈 식당이다. 숯불구이 닭요리 후랑구, 오징어 요리 칼라마리, 그리고 생맥주에 화이트 와인까지 푸짐하다. 우리는 먹기 위해서 걷는가? 걷기 위해서 먹는가? 걷기 위해서 먹긴 하지만 힘들게 걷고 나서 먹는 즐거움을 빼놓을 수는 없다. 그 즐거움이 있으니 이런 때에는 먹기 위해서 걷는다는 말도 틀린 말은 아닌듯 하다.

▲ 아탈라이아 마을에서 만난 식당

▲ 아탈라이아 마을가는 길

▲ 해발 165m 그로우 마을로 올라가는 길

점심을 먹고 그로우Grou라는 마을까지 7km를 더 걷는다. 유칼립투스 숲이 우거진 산길이다. 그로우는 해발 165m까지 올라가서 있는, 지금까지는 이 길에서 제일 높은 곳에 있는 마을이다. 처음으로 스틱을 꺼내 들고 언덕을 오르내린다. 그런데 길에 있는 자갈들이 둥글둥글한 몽돌이다. 이 산속에 웬 몽돌? 아하, 오래 전에는 강물이 흘렀던 곳인데 융기해서 산이 됐다는 증거다. 김 사장에게 얘기했더니 관찰력이 대단하다고 한다. 관찰력은 무슨 관찰력, 오래 많이 걷다가 보면 이런 곳을 자주 만나게 되니 알게 된 것일 뿐인데.

아쎄이세이라Asseiceira 마을에 도착하니 5시 반, 오늘 또 기록을 깨고 27km를 걸었다. 아지냐가 마을 아잔차 숙소 여주인에게 데리러 오라고 전화를 했더니 너무 늦었다고 택시를 타고 오란다. 아침에는 데리러 오겠다더니 마음이 달라진 거다. 장삿속에 또 당한 거다. 별수 없이 우버를 부른다.

아내들이 숙소에서 해주는 음식 맛이 없다고 오늘은 동네 식당을 찾아 나가서 저녁을 먹자고 한다. 허겁지겁 샤워하고 1km나 떨어져 있는 식당을 찾아간다. 오늘 너무 무리를 했는지 우리 아줌마들 제대로 먹지 못한다. 사내들도 술맛이 떨어졌다. 와인 한 병으로 끝이다. 점심을 너무 잘 먹은 탓인가?

카카오 스토리를 쓰다가 제대로 정리도 못하고 곯아 떨어졌다. 새벽에 휴대폰을 열어 보니 걸으면서 말로 쓴 글을 정리하지 않고 그냥 올려 놓는 실수를 했다. 에구, 누가 이미 이걸 읽었으면 어쩌지?

힘들게 하루에 25km 이상을 걷고 나서 저녁에 그날 보고 느끼고 생각한 것들을 글로 남기는 일은 정말 쉽지 않다. 저녁 먹으면서 와인이라도 한 잔 걸친 날이면 침대에 눕자마자 그냥 쓰러지기 마련이다. 7년 전, 프랑스 루트를 걸을 때는 애플 태블릿 PC를 들고 다니면서 새벽에 일어나 글을 썼다. 이제는 세상이 좋아졌다. 말로 글을 쓸 수 있게 된 거다. 걸으면서 문득, 언뜻 생각나는 것들을 말로 얘기하면 글로 바뀌어 저장이 된다. 한꺼번에 하루에 보고 생각한 것들을 다 글로 적는다는 것은 그리 쉬운 일이 아니다. 생각날 때마다 조금씩 말로 적어 둔다. 말로 적어 두면 오타도 있을 수 있고 발음이 시원치 않아서 이상한 글이 되기도 하지만 그래도 무슨 내용을 썼는지는 알 수 있다. 하루에 일어난 일을 기억해서 다 쓰는 것은 어렵지만 대충이라도 글로 써 놓으면 그것을 손질하는 일은 훨씬 쉬워진다.

드디어 아내의 발에도 문제가 생겼다. 신발이 편해서 좋다고 했는데 입이 방정이었던지 발가락에 물집이 잡힌 것이다. 물집은 보통 발가락 사이나 발바닥에 잡히는데 이상하게도 발가락 발톱 위에 생겼다. 오늘 산길을 오래 걸으면서 신발과의 마찰로 생긴 물집인 듯하다. 물집을 터뜨리고 일회용 반창고로 싸매 준다. 다행히 아프지는 않단다. 아직 시작일 뿐인데 아프면 안 된다.

생각은 다를 수 있다

8일 차 · 3/22, 금

Asseiceira ~ Tomar(12km)

아침을 먹는데 숙소 주인 헬레나Helena 아줌마가 묵으면서 느낀 점, 건의할 부분 있으면 얘기해 보라고 한다. 그렇지 않아도 얘기하고 가려 했는데 잘됐다. 몇 가지 건의를 한다.

이틀을 묵었는데 어제는 방 청소를 해주지 않은 것, 픽업해 주기로 약속하고 차를 태워 주지 않은 것, 웰컴 드링크 돈 받은 것 등등... 예상은 했지만 뭐가 문제냐는 반응이다. 포르투갈 사람들은 친절하지만 이해관계가 얽혔다 하면 완전히 달라진다. 요청도 안했는데 웰컴 드링크 주고 돈 받고, 빈방에 손님을 채우기 위해 차 태워준다 해놓고 택시 타고 오라 하고, 방 청소도 안 해 놓았다. 기분이 상하지만 싸울 수도 없고 어쩌랴? 그러면서 건의 사항을 얘기하라니, 무슨 심사인가?

어제 멈춘 곳까지 태워 주겠다는 말도 결국 공염불, 별수 없이 또 택시를 부른다. 어제 멈췄던 아쎄이세이라 마을까지 다시 30분을 달려가 8시 반부터 걷기를 시작한다. 어제 많이 걸어 뒀으니 오늘은 토마르까지 약 12km만 걸으면 된다. 여유가 있다.

오늘도 걷는 내내 대부분은 도로를 따라 가는 위험한 길이다. 역시 쉴 만한 카페도 없다. 그러다가 김수봉 사장과 작은 트러블이 생겼다. 카미노 화살표가 있는데도 김 사장은 구글 지도를 보며 지름길을 찾는다. 길이 있을 수도 있지만 잘못 들어서면 길을 잃거나 막혀 되돌아와야 한다. 그동안 많은 길을 걸으면서 수없이 시행착오를 겪어가며 배운 지혜. 잔머리 굴리다가 낭패를 본 게 어디 한두 번이었던가? 화살표가 없거나 길을 잃었을 때는 구글 지도가 유용한 수단이다. 그러나 화살표나 이정표가 있을 때는 따라가야 한다. 길을 만든 사람들이 화살표를 붙여 놓은 데는 다 이유가 있기 때문이다. 혼잣말로 "빨리 가려고 지름길 찾을 거면 차라리 차 타고 가지 뭐 하러 걷나?" 하고 중얼거려 본다.

저녁을 먹으며 김 사장과 합의를 한다. 자주 있는 일은 아니겠지만 오늘 같은 경우가 생기면 김 사장은 구글 맵, 나는 화살표를 따라서 가기로. 부부도 카미노를 걷다가 싸우고 헤어지는 경우가 있다는데 팬스레 트러블이 생겨 친한 사이 금이 가면 안 된다. 가능하면 양보하고 역지사지하며 걸어야 하지만 트러블이 예상될 때는 피하는 것도 방법이다. 생각이 다른데 내 생각만을 고집할 수는 없다. 다름을 인정하고 잠시 서로 다른 길을 걷다가 다시 만나면 된다.

▲토마르 입성. 심벌 마크가 템플 기사단 십자 방패다

   3시간 반을 걸어 12시에 토마르 시내에 들어선다. 이곳에서는 쉬
며 구경하며 2박을 하기로 한다. 역사가 깊고 볼 것도 많은 큰 도
시다. 우리 숙소는 바로 시내 중심가Historic Center에 있다. 부킹닷
컴을 통해 예약했는데 들어서서 보니 3개 층을 쓰는 방 2개짜리 아
파트 무인 에어비앤비다. 1층은 주방 거실, 2~3층은 침실이다. 샤
워룸과 화장실도 방마다 딸려 있다. 깨끗하고 가성비 좋은 숙소다.

   짐 풀어 놓고 바로 점심 먹을 식당을 찾는다. 줄곧 포르투갈 음
식만 먹었다고 아줌마들이 한식당이나 없으면 중국 식당이라도 찾
아보란다. 김 사장이 구글 맵 뒤지더니 가까이에 있는 중국 식당을
찾아낸다. 아줌마들 입이 귀에 걸린다. 점심을 먹고나서는 바로 관

광 모드, 성당에 들어가 기도하고 언덕에 있는 성채도 돌아보며 오랜만에 여유를 즐긴다.

　포르투갈은 로마의 지배를 받다가 5세기경부터 12세기까지 오랜 시간 아랍 무어족의 지배를 받았다. 토마르는 무어족의 중심도시였다가 12세기 기독교 영토회복 후 십자군 기사단의 본부가 되었던 도시다. 그래서인지 토마르시의 심벌 마크도 십자군 기사단이 사용했던 원형십자가 방패 모양이다. 시내에는 성당과 성채, 다리 등 많은 역사적 유물이 남아있는데 대부분 16세기 포르투갈의 전성기에 확장, 재건된 르네상스 양식들이라고 한다. 엊그제 산타렝에서 얘기했던 산타 이레네 성당도 이곳에 있어 들어가 보니 제대 뒤에는 성모나 예수 십자가 대신 이레네 성녀가 자리하고 있다.

　시내 중심가에서 바로 계단을 타고 오르면 토마르성Castelo Templario으로 올라간다. 로마 때부터 건설돼 무어족 지배 시절, 그리고 십자군 기사단까지 사용했던 성채라서 그런지 곳곳에 기독교는 물론 아랍 냄새도 물씬 풍긴다. 긴 회랑을 걷다가 보니 언뜻 스페인 그라나다의 알함브라 궁전과 비슷하다는 생각이 든다. 성채 내부에는 '그리스도 수도원Convento de Cristo'이라는 화려한 성당도 있다.

▲ 토마르 성벽

▲ 성 내부 회랑은 알함브라 궁전을 연상케 한다

▲ 그리스도 수도원 성당

▲ 템플 기사단 복장

파티마

9일 차 · 3/23, 토

9일 만에 처음으로 걷기를 멈추고 하루를 쉰다.

토마르에서 30km쯤 서쪽에 유명한 성모 발현 성지 파티마Fatima 가 있다. 나는 1985년 포르투갈 출장을 왔을 때 처음 이곳 파티마 를 다녀갔다. 이후 주재 시절에는 본사 출장자들을 태우고 수도 없 이 다녀갔던 곳이다. 김수봉 사장도 성지 순례차 여러 번 다녀갔 다고 한다.

포르투갈 카미노는 골레가에서 갈라져 파티마를 거쳐가는 루트 도 있지만 우리는 오리지널 루트 토마르 길을 택했다. 그렇지만 명 색이 가톨릭 신자인데 성지를 옆에 두고 그냥 지나칠 수는 없다. 하루를 쉬기로 했고 또 마침 토요일이니 미사도 봉헌할 겸 다녀오 기로 한다.

▲아침인데도 파티마는 순례자들로 북적인다

　토마르에서 파티마까지는 대중 버스도 다닌다. 그런데 오늘은 주말이라고 하루 두 차례밖에 없다고 한다. 내 상식으로는 주말에 더 많이 다녀야 할 것 같은데 잘 이해가 안 된다. 버스 시간에 맞춰 다녀오기가 어렵다. 택시를 타기로 한다. 30분도 채 걸리지 않는 거리다. 도착하자마자 바로 9시 미사다. 세계에서 네 번째로 크다는 성당, 성삼위 대성당Basílica da Santíssima Trindade에 들어선다. 전에 왔을 때에는 없었던 성당인데 성모 발현 90주년을 기념해서 2007

년에 봉헌되었다고 한다. 초석을 기증했다는 요한 바오로2세 교황
의 거대한 동상이 성당 앞에 서 있다.

대성당 앞 광장에는 전 세계에서 찾아온 인파들로 붐비고 있다.
너무나 많은 촛불을 봉헌하다 보니 굴뚝에는 검은 연기가 뿜어 나
오고 광장엔 촛농 냄새가 가득하다. 광장을 가로지르는 대리석 길
위에는 무릎으로 걸으며 기도하며 소원을 빌고 있는 사람들도 많
다. 아기를 안고 걷는 엄마, 아내 손을 잡고 걷는 남편, 아빠 손을
잡고 걷는 딸… 성모님도 사연 많은 사람들의 간절한 저 기도를 다
들어주시려면 참 바쁘시겠다.

▲촛불 봉헌하는 인파

파티마는 멕시코 과달루페Guadalupe, 프랑스 루르드Lourdes와 함께 세계 3대 성모 발현지로 유명한 성지다. 1917년 5월 13일부터 10월 13일까지 이곳 파티마에 6차례에 걸쳐 성모님이 발현했다. 10살 목동 루시아Lucia와 사촌 동생 7살 자신타Jacinta, 9살 프란시스쿠Francisco에게 나타나신 것이다. 성모가 매달 나타난다는 소문이 돌면서 매월 13일이 되면 수천 명의 신도들이 이곳에 모이기 시작했다. 마지막 날인 10월 13일에는 약 7만 명이 모였는데 거대한 빛과 함께 성모가 나타났다고 한다. 97세까지 살았던 루시아 수녀는 흰옷에 흰 망토를 걸치고 묵주를 든 양손은 가슴에 그리고 맨발로 구름을 밟고 서 있는 모습이라고 성모 발현을 증언했다. 1930

▲미사 장면

년, 교황청에서 발현지로 공식 인정하면서 파티마는 전 세계 수많은 순례자들이 방문하는 최대 성지가 되었다.

파티마를 다녀와서 점심 먹고 오후는 그야말로 완전 휴식 모드로 전환하여 망중한을 즐긴다. 참 좋다. 걷지 않았다면 쉰다는 게 이렇게 좋은 일인지 몰랐을 테다. 코임브라에 가면 또 쉬자. 포르투에서는 더 쉬어 보도록 하자.

▲ 성삼위 대성당 앞 요한 바오로 2세 동상

▲한 손엔 아기, 한 손엔 묵주⋯ 무슨 사연일까?

Porto Ponte de Dom Luís

제3장

Tomar ~ Porto

227km 11일

Muxia

Finisterre

Santiago

Tui

Amarante

Porto

Portugal

Atlantic Ocean

Coimbra

Fatima — Tomar

Spain

Sintra

Lisboa

카미노의 매력

10일 차 · 3/24, 일

Tomar ~ Tojal(24km)

오늘로 걷기 열흘 차에 접어든다. 오늘은 토잘Tojal 마을까지 약 24km를 걸을 예정이다. 안내서를 보니 가는 길에 있는 작은 마을에는 숙소가 없거나 적다. 미리 전화를 걸어 체크를 해보니 역시 문을 닫았거나 이미 예약이 다 찼다고 한다. 하는 수 없다. 걷다가 다시 택시 타고 토마르로 와서 하루를 더 묵을 수밖에. 숙소 주인에게 연락하니 오케이다. 차라리 잘됐다. 아줌마들은 배낭 없이 걸어도 되고 남편들도 짐을 가볍게 해서 걸을 수 있다.

오늘 아침도 라면이다. 어제 장을 봐온 감자랑 파, 달걀까지 넣고 끓이니 훨씬 더 맛있다. 비상식량으로 달걀을 삶아 바나나랑 싸서 배낭에 넣고 8시에 길을 나선다.

도심을 빠져나오니 바로 나바옹Nabão강을 따라 올라가는 숲길이다. 한적하고 걷기 좋은 흙길이다. 그런데 인공 폭포 삼거리에서 또 길을 잘못 들었다. 잠시지만 헛걸음을 했다. 노란 바탕에 검은 화살표를 노란 화살표로 순간 잘못 인식한 거다. 억울하지만 먼 길을 걷다 보면 그럴 수도 있다. 인생도 그렇다. 한 10분 손해 봤다고 뭐 크게 달라질 게 있겠는가?

강을 따라가던 길이 페니시 다리Ponte Peniche를 지나자 산으로 올라간다. 여기서부터는 해발 200~300m를 계속 오르내리는 힘든 길이 계속된다.

소이안다Soianda 마을까지 9km쯤 와서 작은 카페를 만난다. 일요일이라 대부분 카페가 문을 닫았는데 열어줘서 고맙다. 주인 아

▲화살표를 잘못 인식해서 헛걸음질을 했다

저씨가 영어를 잘한다. 한때 콩고와 남아공에서 일을 했다고 한다. 독일에서 왔다는 노부부가 벤치에 앉아서 커피를 마시고 있다. 우리 목적지보다 3km쯤을 더 가서 있는 코르티사Cortiça 마을에 숙소를 예약했단다. 그러면 오늘 총 27km를 걷게 될 텐데 이 산길에서 노인들이 너무 무리하는 게 아닐까?

토마르를 지나고 나니 걷는 이들이 제법 많이 보인다. 파티마로 가는 순례자들도 있다. 5월 13일 성모 발현일이 가까워지면 엄청 많은 사람들이 아래에서 위에서 파티마로 몰려 든다고 한다. 주로 노란 옷을 입고 단체로 걷는데 배낭은 메지 않는다. 배낭, 식품, 구급용품을 실은 자동차가 따라다니며 일정 구간마다 캠프를 치고 휴식과 음식을 제공해 준다.

▲ 카페에서 만난 독일 부부

▲ 파티마로 가는 순례자들

아줌마들 걸음이 엄청 느려진다. 14km를 걸어 세라스Ponte de Ceras 마을에 들어서는데 시간은 이미 한 시다. 배들도 고프다. 식당도 카페도 쉴 곳도 없다. 별수 없이 동네 담벼락에 기대어 메고 온 바나나와 달걀로 허기를 달랜다. 그런데 물까지 바닥이 났다. 아직도 10km는 더 가야 하는데 어쩌나? 이런 상황을 알기나 했다는 듯 마을 어귀 담벼락 기둥 위에 오렌지가 한 바구니 담겨 놓여있다. 목마르고 배고픈 순례자들 지나가다가 집어먹으라는 집 주인의 고마운 배려다. 지천에 깔려 있는 게 오렌지나무이지만 다 주인이 있는데 함부로 따 먹을 수도 없는 노릇이다. 그런데 이 마을에서의 감동은 이것뿐만이 아니다.

동네 어귀를 빠져나오는데 공사가 한창인 외딴집이 사람들 소리로 시끄럽다. 잘됐다, 물 좀 얻어 마시자. 또 그 알량한 포르투갈

▲담벼락에 걸터앉아 바나나로 허기를 달랜다 ▲목마른 순례자를 위한 오렌지 바구니

말로 "Tem água fria?시원한 물 좀 있어요?" 하니 잘생긴 아저씨 답변이 더 걸작이다. "Não cervezas?맥주가 아니고?" 엥? 이게 무슨 횡재냐? 맥주까지 주겠다고? 집안으로 들어서니 가족들이 모여서 할머니 생일잔치를 벌이는 중이다. 물통에 가득 물도 채워주고 맥주까지 한 병씩 얻어 마신다. 그냥 있을 수 있나? 생일 노래라도 불러줘야지. "Happy birthday to you!" 우리 넷이서 신나게 생일 노래를 시작하니 가족들이 모두 일어나 박수치며 따라 부른다. 언어는 다르지만 곡은 똑같다. 불청객 외국인이 나타나서 축하 노래라니. 아들 손자 며느리 모두 박수치며 깔깔댄다. 할머니 눈가에 이슬이 맺힌다. 떠나려고 하는데 주인 아저씨가 손을 잡으며 오렌지까지 한 움큼을 집어준다. 정 많은 포르투갈 시골 마을의 인심이다. 이런 것이 사람 사는 재미고 순례길의 마술이고 매력이다.

▲ Happy Birthday to You!

젊을 때부터 나는 속된 말로 얼굴이 좀 두꺼운 편이었다. 어렵게 학교를 다닌 탓에 나쁜 짓만 아니면 이것저것 다해가며 학비도 벌어야 했고 여기저기 기회가 되는 대로 손 벌려 가며 먹고 자면서 공부를 해야 했다. 직업도 한몫 했을 듯하다. 광고 대행사에서 AE*라는 역할도 그렇다. 대행사를 대표해서 광고주를 비롯한 내외부 상황에 적절하게 대처해야 하는 역할의 직업군이다. 그 덕(?)에 이런 길을 걸을 때 어려운 상황을 만나면 즉흥적인 대처를 잘하는 편이다. 김수봉 사장은 숫기가 없다며 그런 일을 못하겠다고 한다.

구글 맵을 뒤지던 김 사장이 아레이아스Areias라는 식당을 찾아냈다. 길에서 살짝 비켜난 곳이지만 안내판이 잘 돼있다. 식당에 들어서니 이미 시간은 2시 반, 문 닫을 시간이다. 시간이 늦었다고 가능한 건 바깔랴우뿐이란다. 시장이 반찬이라고 그래도 맛있다. 맥주 마시고 밥을 먹고 나더니 아줌마들 걸음이 정상으로 돌아온다. 오늘은 걷기 위해 먹은 거다?

토잘 마을 입구 주유소에서 걷기를 마치고 택시를 부른다. 그런

---

*AE(Account Executive)
정확한 우리말 표현은 없다. 광고 대행사에서 주로 영업, 기획을 담당하는데 광고주에 대해서는 대행사를 대표하고 대행사 내에서는 광고주를 대표하는 중요한 역할의 직군이다.

데 아까 만났던 그 독일인 부부가 주유소 담벼락에 기대어 기진맥
진 널브러져 있다. 식당을 못 찾아 점심도 굶었다고 한다. 예약한
숙소까지는 아직도 한 시간 이상 더 가야 하는데 더는 못 걷겠다고
한다. 에구, 내 그럴 줄 알았다. 그래서 이 길에서는 걷는 목표를
정하고 숙소를 미리 예약하는 게 아니다. 우리가 부른 택시가 도착
했다. 기사에게 저분들 먼저 태워 숙소 있는 코르티사 마을로 모셔
다드리고 다시 오라고 부탁을 한다. 택시기사도 돈 더 벌어서 좋은
일, 쩔쩔매던 남편 얼굴이 구세주라도 만난 양 환해진다. 내일 다
시 만나게 되면 자기가 맥주를 쏘겠단다.

이 길에서는 누가 언제 무슨 상황에 처하게 될지 모른다. 서로 도
와줘야 한다. 우리도 언제 누구로부터 무슨 도움을 받게 될지 알 수
없는 일이다. 좋은 일 했으니 맛있는 거 먹자. 토마르 시내 식당에
서 스웨덴 여자 티나를 다시 만난다. 우리는 실내에 자리를 잡았는
데 티나는 길에서 만난 듯한 사내와 창밖 야외 테이블에 앉아 맥주
를 마시고 있다가 우리를 보자 손을 흔들며 반가워한다. 창밖의 여
자 티나, 건배! 브라보!

오늘의 종점 토찰 마을 진입

레이타옹은 안 돼요!

11일 차 · 3/25, 월

Tojal ~ Ansião(24km)

어제 미니마켓에서 장을 봐왔다. 오늘 아침은 수제비다. 밀가루를 반죽하여 수제비 떠서 파, 양파, 감자, 호박을 썰어 넣는다. 기가 막힌 맛이다. 라면스프 덕분이다. 준비물 리스트에서도 얘기를 하겠지만, 입맛 까다로운 사람은 산티아고 길을 걸을 때 라면스프를 꼭 준비해 가길 강추한다. 가볍고 부피가 적은 것에 비해 그 효율은 엄청나다. 라면, 수제비, 비빔밥, 스프안 되는 게 없는 마법의 양념이다.

▲ 라면스프 수제비, 삶은 달걀은 간식용이다

7년 전 프랑스 길에서도 그랬지만 이번에 라면스프 들고 오길 정말 잘했다.

택시 타고 어제 멈췄던 토잘 마을 주유소에서 내려 9시에 걷기를 시작한다. 바람도 불고 추운 날씨다. 기온은 12도라는데 체감 온도는 5~6도 정도 되는 듯하다. 걷다 보니 더운 것보다 오히려 이런 날씨가 더 좋다. 걸으면서 열이 나니 이런 날이면 오히려 시원하고 상쾌하다.

10km쯤을 걸어 알바이아제레Alvaiázere 마을에 도착하니 11시 반. 점심 먹기엔 아직 이른 시간이지만 더 가면 식당이 없다. 여기서 먹자. 레이타옹Leitão 식당이 보인다. 포르투갈 전통 '새끼 돼지 통구이' 요리다. 옛날 주재 시절에 먹어 봤는데 맛있었던 기억이 난다. 우리나라에도 애저哀猪요리가 있다. 전라북도 진안 지방에서 즐겨 먹었다는 요리인데 진안과 붙어 있는 내 고향 금산에서도 먹던 음식이다. 그런데 우리 아줌마들이 그건 절대 안 된단다. 돼지고기는 잘 먹으면서 새끼 돼지 요리는 못 먹겠다는 건 순전히 심리적인 요인이다. 슬플 애哀자를 써서 그럴까?

▲레이타옹 식당 간판, 사진이 혐오스럽기는 하다

하는 수 없이 인터넷을 뒤져 주변 다른 식당을 찾는다.

식당을 찾아가는 길에서 보니 마을 공동 빨래터에서 동네 아줌마가 빨래를 하고 있다. 포르투갈 길을 걸으면서 이런 공동 빨래터를 종종 만나곤 한다. 요즘 세탁기 성능이 좋기는 하지만 재질에 따라서는 손빨래를 해야 하는 경우가 있기 때문이리라. 어릴 적 동네 우물가에서 빨래 방망이질을 하시던 어머니 생각에 잠시 걸음을 멈춘다.

▲ 알바이아제레 마을 공동 빨래터

시골 구석에 이런 멋진 식당이 있다니? 브라스Brás라는 이름의 로컬 식당인데 생선 구이와 스테이크 그리고 하우스 와인이 일품이다. 포르투갈 음식은 대부분 우리 입맛에 잘 맞기는 하지만 입맛

까다로운 아줌마들이 좋아하니 다행이다. '힘들게 걸어주는 것만으로도 고마운데 먹는 것과 잠자리는 맛있고 편하게 해줘야 한다.' 떠나기 전부터 남편들끼리 합의한 내용이다.

점심을 먹고 나서는데 비가 내리고 있다. 지난 열흘간 잘 참아 줬으니 이젠 올 때도 됐다. 비가 온다고 멈출 수는 없다. 비옷 입고 배낭 커버 씌우고 길을 나선다. 오후 걷는 내내 가랑비는 내리다 그쳤다 하기를 반복한다. 알바이아제레산Alvaiázere Alto으로 가는 길은 해발 485m까지 올라간다. 전체 포르투갈 루트 중에서 가장 높은 곳이다. 경사는 비교적 완만하지만 4~5km를 계속 올라가다 보니 힘이 많이 든다. 그런데 올라가는 길에서는 언제나 우리 아줌마가 선수다. 설렁설렁 걷는데도 가다 보면 저만치 앞서서 가고 있다. 내가 도저히 따라갈 수가 없다. 내 마누라지만 참 신기한 일이 아닐 수 없다.

그러나 올라가면 내려가야 하는 법, 내려갈 때가 문제다. 몇 년 전 아내와 함께 설악산 대청봉 등산을 한 적이 있는데 희운각을 거쳐 천불동 계곡으로 하산을 했었다. 가파른 돌계단길을 몇 시간씩 내려오고 나서 아내 무릎에 후유증이 생겼다. 무릎 연골에 이상이 생긴 것인데 너무 많이 써먹어 닳기도 했겠지만 무리를 한 탓이다. 병원에 다니며 약을 먹고는 있지만 회복이 잘 안 되고 있다. 평지나 오르막에서는 괜찮은데 내리막에서는 절절맨다. 대신 나는 심한 경사만 아니라면 내리막을 잘 걷는다. 내리막에서 아내 배낭을

▲ 김수봉 사장 자기도 힘들 텐데… 끌어주고 밀어주고

벗겨 내가 앞뒤로 멘다. 그리고 좀 심한 경사에서는 팔 부축까지
해주며 걷는다.

  8시간을 걸어 안시아옹Ansião에 예약해 둔 숙소 소피Casa Sophi에
도착한다. 집이 시내에서 멀리 떨어져 있다. 취사시설은 있지만 해
먹을 재료가 없다. 밥 먹는 일이 문제다. 샤워를 하려 하니 더운물
이 안 나온다. 저녁이 되니 추워지는데 난방도 잘 안 된다. 주인 아
저씨는 영어가 한 마디도 안 된다. 싼 숙소도 아닌데 예약을 완전
잘못한 것이다. 비도 맞고 고생하며 걸어준 아줌마들에게 미안하
다. 부킹닷컴에 연락해서 좀 심하게 뭐라고 해야겠다.

  비 오는 밤 난방이 시원치 않은 숙소, 감기라도 걸리면 낭패다. 짊
어지고 온 침낭을 꺼낸다. 가볍고 얇지만 오리털이라서 따뜻하다.

아이고 형님, 몰라 뵈었습니다

12일 차 · 3/26, 화

Ansião ~ Conimbriga(32km)

밤새 창을 때리는 빗소리가 시끄럽다. 아침에 일어나서 보니 비는 그쳤지만 오늘도 하루 종일 비 예보란다. 근처에 식당이 없으니 오늘 아침도 라면이다. 들고 온 라면 스프도 이제 바닥이 보인다.

8시에 숙소를 나와 안시아옹 시내로 들어서는데 에구, 드디어 비가 세게 내리친다. 허겁지겁 비옷 챙겨 입고 배낭 커버를 씌운다. 오전 내내 비는 오다 그쳤다, 해는 비쳤다 숨었다를 계속 반복한다. 높은 산은 아니지만 길도 올라갔다 내려갔다를 반복한다.

이번 길에서 고어텍스의 위력을 실감한다. 먼 길을 걸을 때 가장 중요한 것이 신발이다. 바닥이 딱딱하고 발목까지 올라오는 방수 기능 중등산화가 최고다. 바닥이 딱딱해야 돌길에서 발바닥을, 목

▲비 내리는 안시아옹

이 길어야 발목을 보호해 준다. 방한과 방수를 겸한 재킷도 필수다. 바지는 골프 비옷을 가져왔지만 상의와 신발은 고어텍스다. 폭우만 아니면 이것만으로 충분하다. 빗속에서 하루 종일 걸어도 속옷과 양말이 뽀송뽀송하다. 비닐 비옷을 준비해 온 김수봉 사장네는 고생을 많이 한다. 비가 그치고 잠시 햇빛이 나면 덥고 땀 배출이 안 돼 입었다 벗었다를 반복해야 하니 번거롭기가 그지없다. 우리 옷을 보고 부러워하면서 큰 도시 들어가면 우선적으로 고어텍스 재킷부터 사서 입겠단다.

내일 역사의 도시 코임브라Coimbra에 입성하려면 가능한 오늘 코님브리가Conimbriga까지 가두는 게 좋다. 안시아오에서부터 30km 정도 떨어져 있는 곳이다. 아줌마들이 비 오는 날 30km 이상을 걷는 것은 무리다. 아내들은 라바살Rabaçal까지 20km만 걷게 하고 점심 후 택시 태워 숙소로 보내기로 한다.

이번 길에서 내가 나에게 한 약속 중 하나는 '끝까지 걷는다'이다. 아내는 택시나 버스에 태워 보낼지라도 나만은 끝까지 걸을 것이다. 7년 전엔 아내도 이 약속을 지켰었지만 지금은 상황이 다르다. 그때는 우리가 60대였지만 지금은 70대다. 아내까지 내 원칙을 지키게 하는 건 무리다. 부부는 일심동체라 했으니 내 한몸 걸으면 아내도 같이 걸은 거나 마찬가지다.

2시가 넘어서 라바살에 도착, 순례자 식당을 찾아든다. 늦은 시간인데도 손님이 많다. 한눈에 봐도 대부분 순례자들이다. 다들 비가 오니 걷기를 멈추고 쉴 겸 먹을 겸 들어선 것이다. 어제 그 독일 노부부도 들어선다. 이 얘기 저 얘기 나누다 나이를 물어본다. 나보다 세 살이나 아래다. 이 할아버지 깜짝 놀라더니 웃으면서 고개를 크게 숙인다. '아이고 형님, 몰라 뵈어서 죄송합니다' 뭐 그런 뜻일 거다.

점심을 먹고 아줌마들을 택시에 태워 숙소로 보내고 사내들끼리 걷는다. 빈몸으로 걸으니 속도가 난다. 한 시간쯤 걸었을까, 각종 산티아고 순례길 표지와 상징물로 뒤덮인 공원인 듯, 농장인 듯, 카페인 듯 이상한 쉼터를 만났다. 호기심에 들어서니 수염이 하얀 나이 지긋한 아저씨가 우리를 반겨준다. 그런데 말이 한 마디도 통하지 않는다. 프랑스 분이다. 말이 안 통하니 사연을 물어볼 수도 없다. 미루어 보건대 이 길을 걷다가 길에 반해서 여기에 주저앉아 여

▲정원인 듯 카페인 듯 카미노 상징물들로 가득한 농장

▲괴짜 농장주 프랑스인 아저씨

▲마을이 끝날 때까지 안내를 맡아준 황구

생을 보내고 있는 게 아닌가 하는 생각을 해볼 뿐이다. 그런데 여기서 이상한 일이 벌어졌다. 농장 한 쪽에서 우리를 바라보고 있던 황구 한 마리가 우리를 따라 나선다. 아니, 마치 우리에게 길 안내라도 해주는 듯 앞서간다. 거의 3~4km를 그렇게 가더니 다음 마을이 끝나는 지점에서 뒤돌아 가는 게 아닌가! 7년 전 프랑스 길에서도 한 번 이런 경험을 한 적이 있다. 주인으로부터 교육을 받은 건지 스스로 익힌 건지는 모르겠으나 참으로 희한하고 기특한 일이 아닐 수 없다.

12km를 2시간 반 만에 주파해서 알베르게에 도착하니 아직 6시다. 안내 책자 기준으로 32km를 걸었는데 내 스마트워치는 35km를 나타내고 있다. GPS로 거리를 측정하는 것이니 틀릴 리가 없는데 왜 차이가 날까?

코님브리가 숙소가 전형적인 순례자를 위한 알베르게다. 벙크베드 열 개가 꽉 찼다. 미리 예약을 하지 않았으면 비 오는 날 애 좀 먹을 뻔했다. 모두들 물에 빠진 생쥐 꼴인데 나랑 아내는 뽀송뽀송하다. 아내가 좋은 옷, 좋은 신발 덕분이라며 환하게 웃는다. 열 명이 함께 묵는 벙크베드라서 아줌마들이 삐질까 봐 걱정을 했는데 의외로 좋아한다. 순례길인데 가끔은 이런 불편함을 즐길 줄도 알아야 한다나? 별일, 웬일이셔?

오랜만에 한 방에서 다양한 국적의 순례자들을 만난다. 프랑스인, 포르투갈인, 독일인 그리고 한국 사람도 있다. 처음으로 이 길에서 만난 한국인이다. 혼자 걷는 중년 여인인데 영어, 불어, 포르투갈어를 섞어가며 이 사람 저 사람과 수다를 떨고 있다. 좀 시끄럽다.

이 알베르게에는 식당이 없다. 다른 분들은 미리 알고 준비를 해

▲ 10명이 묵은 벙크베드 코님브리가 알베르게

왔는지 부엌에서 굽고 데운 음식을 먹고 있다. 와인과 맥주도 마신
다. 우리라고 그냥 있을 수 있나? 택시를 불러 타고 시내로 나간다.
숯불구이 통닭집이 보인다. 그런데 식당이 아니고 테이크 아웃만
하는 집이다. 삐리삐리Pili Pili, 매콤한 고추기름을 바른 통닭 두 마리 그
리고 맥주에 와인을 한 보따리 샀다. 그런데 비는 오는데 숙소로 돌
아갈 택시가 없다. 하는 수 없이 숙소 주인에게 전화를 하니 고맙
게도 우리를 픽업하러 오겠다고 한다. 다른 분들이 먼저 먹고 나간
식탁을 치우고 우리끼리 상을 다시 차렸다. 이런 날 이런 곳에서는
이만하면 훌륭한 잔칫상이다. 천장을 때리는 빗소리는 드럼인 듯
음악인 듯 분위기 따봉이다.

야호, 한식당이다!

13일 차 · 3/27, 수

Conimbriga ~ Coimbra(19km)

밤새 빗소리가 요란하더니 아침에는 잠잠하다. 새벽 6시부터 침대마다 부스럭부스럭 짐 챙겨 길 떠나는 사람, 아직도 코골며 자는 사람 가지각색이다. 착하고 친절한 주인 아저씨의 배웅을 받으며 7시에 알베르게를 나선다. 우리가 묵은 코님브리가 알베르게는 인당 15유짜리지만 수영장까지 겸비한 깨끗하고 시설 좋은 숙소다.

오늘은 코임브라까지 약 19km, 가볍게 걷는 날이다. 숙소 인근에 있는 바에 들어가 빵 한 조각에 커피 한 잔으로 아침을 대충 때우고 걷기 시작한다. 햇볕이 쨍하더니 금방 또 빗방울이 떨어진다. 간밤에 비가 많이 내렸나 보다. 길에 물웅덩이가 많이 생겨 모두들 피해서 걷느라 애를 먹는다.

세르나시Cernache 마을로 들어서는데 어제 한 방에 묵었던 프랑스 젊은 부부가 담벼락 밑에 주저앉아 있다. 부인의 발목이 붓고 아파서 더는 못 걸을 듯하여 택시를 불렀단다. 내 그럴 줄 알았다. 문제는 신발에 있다. 이 길에서 운동화라니, 몰랐거나 준비를 제대로 못해 자초한 고생이다. 대부분 카미노를 처음 걷는 사람들이 저지르는 실수다. 카미노를 동네 산책하는 길로 알면 곤란하다. 하루 이틀도 아니고 한 달 넘게 걷는 길이다. 고도가 높은 산은 없지만 한 달 가까이 7~800km를 걷는 먼 길이다. 그 안에는 별의별 암초들이 다 도사리고 있다. 그 중에 제일 발을 힘들게 하는 건 돌길이다. 푹신한 운동화가 발바닥을 편하게 할 거라는 믿음은 너무나 순진한 초보적 생각이다. 오히려 딱딱한 바닥의 중등산화가 이런 길에서는 체중을 골고루 분산하여 발바닥 부담을 덜어준다. 또 목이 긴 등산화를 신고 발목을 조여줘야 발목 접질림을 방지하고 내리막에서 쏠림을 막아줘 발가락을 보호해 준다. 가끔은 이 길에서 슬리퍼를 신고 걷는 사람도 보게 되는데 참으로 위험한 짓이 아닐 수 없다.

얼마쯤 걷고 있는데 그 젊은 남편이 뛰듯이 뒤따라온다. 아내는 택시에 태워 코임브라 숙소로 보내고 혼자 걷는단다. 한 십분이나 지났을까 뛰듯이 앞서가던 이 친구가 가지 못하고 서 있다. 사나운 개 한 마리가 으르렁대며 길을 막고 서 있는 거다. 어제는 길에서 기특한 안내견을 만나더니 오늘은 사나운 맹견을 만난다. 들개인지 목줄이 풀린 건지는 모르지만 금방이라도 달려들 기세다. 김 사장과 내가 스틱을 뽑아 들고 쫓아보지만 더 짖어대며 달려든다.
여럿이라서 그나마 다행이지 혼자 걷거나 겁 많은 여인네들에게는
참으로 무섭고 황당한 일이 아닐 수 없다. 그래서 이 길을 걸을 때
또 하나의 필수품이 스틱이다. 오르막 내리막에서 체중을 분산시
켜 무릎을 보호해 주는 역할도 하지만 오늘처럼 목줄 풀린 개를 만
나게 되면 호신 무기는 스틱뿐이다.

▲ 물웅덩이 길

▲ 운동화 신고 걷다가 발병 나 주저앉은 여인

▲ 길에서 사나운 개를 만났다

▲코임브라 입성 중, 옛날 성벽(Acueducto)을 허물고 고속도로를 뚫었다

    세르나시 마을을 지나자 해발 200m 남짓을 오르내리는 언덕길이
크루즈Cruz 마을까지 7km가량 계속된다. 오늘도 심한 내리막 경사
에서는 아내 배낭을 빼앗아 앞뒤로 메고 팔을 부축해 주며 걷는다.

    드디어 코임브라에 입성을 한다. '산타 클라라Santa Clara a Nova'
수도원 언덕에서 바라보는 몬테구Montego강과 그 너머 언덕에 펼
쳐진 코임브라 시가지 경관이 절경이다. 언덕 제일 높은 곳에 보
이는 건물들이 코임브라대학이라고 한다. 주재 시절 차를 타고 지
나가 보기는 했지만 머문 적은 없는 도시다. 코임브라대학과 도서
관, 산타 클라라 수도원, 성당 등 볼 것이 많은 곳이다. 내일은 하
루 쉬며 시내 관광을 해볼 예정이다. 저녁에는 필히 코임브라 파두
도 들어봐야 한다.

▲ 수도원에서 바라본 코임브라, 크레인 타워가 있는 곳이 코임브라대학이다

부킹닷컴을 통해 예약한 숙소가 이번에는 대박을 쳤다. 화장실, 샤워실이 딸려 있는 방 2개짜리 레지던스 아파트인데 2박에 160유로다. 하루 저녁 인당 20유로 정도이니 벙크베드 알베르게 수준의 가성비 최고 숙소다. 시내 중심가에 위치해 있어 걸어서 관광하고 먹거리도 찾아 다닐 수 있다.

김수봉 사장이 인터넷을 뒤지더니 이곳 코임브라에는 한식당이 있다고 한다. 30년 전 내가 주재할 때에는 리스본에도 한식당이 없었는데 코임브라에 한식당이 있다? 아내들이 난리났다. 지난 2주 동안 한식을 못 먹었으니 그럴 만도 하다. 고생도 많이 했으니 맛있는 거 실컷 드셔야지.

다운타운 먹자골목에 있는 '강남'이라는 식당을 찾아간다. 삼겹살에 등심에 달걀찜에 잡채, 김치는 또 얼마 만인가? 제대로 된 한식이다. 어? 막걸리도 있다. 처음 보는 브랜드다. 한 병에 15유로, 웬만한 와인보다도 비싸다. 한 병을 주문해 마셔 본다. 달기만 하고 맛이 형편없다. 실망이다. 그렇다면 소맥이다. 나는 원래 소주는 잘 마시지 않지만 여기서는 다르다. 기가 막힌 맛이다. 모두들 진짜 난리가 났다.

한참 신나게 먹고 있는데 한국 여인이 와서 인사를 한다. 주인이다. 축구 관련 일을 하는 남편을 따라왔다가 5년 전에 이 식당을 차렸다고 한다. 오픈 후 코로나 여파로 몇 년 고생을 했지만 최근에는 장사가 잘돼 인근에 '서울'이라는 분점을 또 오픈 했다고 한다. 홀에 손님이 완전 꽉 찼는데 한국 사람은 우리뿐이다. 이러면 성공한 거다. 한국 관광객보다는 로컬 손님이 많아야 한다. 로컬 입맛에 맞추다 보면 한식 고유의 맛을 내기가 어려운데 젊은 여인이 대단하다. 아내들이 코임브라에 머무는 동안은 계속 이 식당에 오겠다고 한다. "OK, Why not?"

▲ 코임브라 한식당 강남

▲ 삼겹살에 소맥파티, 아줌마들이 신났다

코임브라 관광

14일 차 · 3/28, 목

숙소가 시내 한복판에 있어 여러모로 편리하다. 한식당을 비롯해 푸짐하게 먹을 수 있는 식당이 지척에 깔려 있다. 바로 앞에는 핑구 도스Pingo Doce라는 큰 슈퍼마켓이 있어 필요한 것은 금방 사다 먹고 쓸 수 있다. 또 코임브라대학을 비롯한 산타 크루즈 성당, 신新 코임브라 대성당, 산타 클라라 수도원 등 주요 관광지가 거의 다 도보 거리에 위치해 있다.

오랜만에 느긋하게 아침을 깨운다. 숙소 바로 옆에는 아침 치고는 푸짐하게 먹을 수 있는 카페가 있다. 오랜만에 샐러드에 빵에 커피에 여유 있는 아침식사를 한다.

오늘은 관광하는 날, 그런데 하루 종일 비 예보다. 걸을 때는 우산이 거추장스러워 비옷을 입지만 시내 관광은 다르다. 핑구도스

산타 크루즈 성당 ▶

코임브라대학 올라가는 길 ▶

에서 5유로짜리 우산을 사들고 관광길에 나선다.

산타 크루즈 성당을 잠시 들러 기도하고 가파른 계단을 타고 코임브라 대학 언덕길을 올라간다. 코임브라의 역사는 로마시대로 올라간다. 아랍 무어족의 지배를 600년 이상 받다가 12세기에 영토를 회복하면서 코임브라는 13세기 중반 리스본으로 옮겨갈 때까지 포르투갈의 수도였던 곳이다. 대항해시대를 열면서 리스본이 중심이 되긴 했지만 역사와 전통은 코임브라가 더 오래됐다. 그 대표적인 상징이 코임브라대학이다.

별이 다섯 개인 대학은 처음 본다. 아니 대학에 별을 붙인 것을 본 게 처음이다. 코임브라대학은 1290년 교황청의 승인을 받아 설립된 세계 최초의 대학이라는 설이 있지만 남아 있는 기록은 16세기 초라서 정확히 언제 설립됐는지는 모른다고 한다. 지금도 전 세계 60개국에서 온 학생을 포함하여 2만여 명이 공부하는 곳이다. 코임브라를 대표하며 코임브라를 먹여 살리는 대학이다. 특히 바로크 양식의 건물인 '조안나나Biblioteca Joanina' 도서관은 6만여 권의 고서를 보관하고 있는 이 대학 최고의 명물이다. 유네스코 유산에 등재되어 있다. 코임브라대학의 도서관과 검은 망토로 상징되는 교복은 영화 〈해리포터〉의 모티브*가 되면서 더욱 유명세를 타게 된다.

미리 예약을 하고 시간 배정을 받아 어렵게 입장을 했지만 장서를 보관하고 있는 메인룸Noble Floor은 촬영이 금지되어 있어 아쉬

▲ 별이 다섯 개, 코임브라대학　　　　　　▲ 코임브라에서 제일 높은 곳, 대학 종탑

▲ 도서관 Intermediate Floor, 메인룸 Noble Floor는 촬영 금지

*〈해리포터〉의 모티브

해리포터의 작가 조앤 롤링(Joanne Rowling)은 실제 1990년대 초 포르투갈 포르투에서 영어 교사로 재직하면서 해리포터 배경에 대한 영감을 많이 얻은 것으로 알려졌다. 코임브라대학 그리고 포르투 렐루(Lello) 서점이 대표적인 예이다.

▲ 코임브라대학 광장 조각상

움이 남는다.

대학을 내려와 신新 코임브라 대성당Sé Nova de Coimbra에 들어서
는데 미사가 집전 중이다. 대주교가 집전하는 미사다. 제대가 흰옷
입은 성직자들로 꽉 찼다. 웅장한 파이프 오르간 반주에 성가대 합
창, 화음이 엄청나다. 내가 경험한 가장 웅장하고 엄숙한 최대의 미
사로 기록될 듯하다. 순례길에서 축복을 받은 것이다.

점심을 먹고 어제 잠시 들렀던 산타 클라라 수도원Convento de Santa
Clara으로 향한다. 인당 5유로씩 입장료를 내고 들어가 '아나Ana'라
는 직원의 안내를 받는다. 비가 내려 사람이 없는 덕에 우리 일행만
을 위한 단독 가이드가 돼줬다. 몬테구 강변에 있던 원래 구舊수도

▲ 코임브라 대성당 대주교 집전 미사

원Santa Clara a Velha은 대홍수 때 파괴되어 이곳에 신新수도원Santa
Clara a Nova을 세웠다. 수도원 대성당 제대에는 순례자 복장을 한 성
녀 이사벨Isabel 왕비의 상이 모셔져 있다. 그 뒤에는 은빛 찬란한 그
녀의 관이 있는데 이것은 새로 만든 것이고 수도원 안에 홍수 때 물
에 잠겼던 원래의 관이 따로 보관돼 있다. 수도원에 얽힌 얘기는 너
무 많고 길어 여기에 다 쓸 수는 없지만 우리에게 잘 알려져 있지 않
은 이사벨엘리자베스 왕비* 이야기는 따로 해야겠다. 1시간 동안 코임
브라의 역사, 종교에 대해 성심성의껏 설명하고 답변해 준 가이드
아나가 정말 고맙다.

저녁에는 코임브라 파두 공연을 본다. 파두 공연을 하는 식당도

있지만 우리는 공연만 하는 소극장을 예약했다. 코임브라대학 출신이라는 가수 세 명과 기타리스트 두 명의 공연이다. 악기는 같지만 노래는 리스본 파두와는 많이 다르다. 리스본 파두는 주제가 슬픔과 이별, 상실이다. 배 타고 떠난 남편을 그리며 바닷가에서 부르는 아내의 애절한 절규이다. 주로 여자가 부른다. 코임브라 파두는 사랑이다. 사랑을 갈구하는 코임브라대학 청년들이 여학생이 사는 집 창밖에서 부르는 간절한 구애의 노래다. 주로 남자가 부른다.

오늘은 하루 종일 비가 내렸지만 정말 오랜만에 역사, 종교, 문화를 배우고 즐기며 보낸 멋진 하루였다.

*이사벨(Isabel) 왕비

이사벨 왕비(1271~1336)는 스페인 아라곤 왕국 공주 출신이다. 포르투갈 데니스 왕의 왕비이자 성녀로 엘리자베스라고도 부른다. 왕비였지만 청렴하였고 가난한 사람과 환자들을 돌보며 산 독실한 신앙인이었다. 전쟁을 피하고 평화를 갈구하는 평화의 사도로서 스페인 왕국과 포르투갈 왕국 내 여러 사건의 중재를 맡아 화해를 시켰고 전쟁을 막아 냈다. 말년에는 모든 것을 다 가난한 이들에게 나누어 주고 코임브라에 있는 프란치스코회 수녀회에 들어가 극기의 수도생활을 하며 수도자로서 모범을 보였다. 클라라 수도원을 세웠고 산티아고 순례길도 두 번이나 다녀왔다고 한다. 재미있는 사실은 순례자 복장을 하였지만 왕비였으니 왕관은 썼다. 산티아고까지 계속 걸어서 간 것은 아닌 듯하다. 그러나 멀리서 성당이 보이는 지점부터는 말에서 내려 걸어갔다고 한다.

▲ 순례자 복장의 이사벨 왕비

▲ 성당 제대 뒤에 왕비의 은색 관이 보인다

▲ 코임브라 파두 공연, 검은 망토는 코임브라대학 교복이다

남자는 새끼돼지, 여자는 통닭

15일 차 · 3/29, 금

Coimbra ~ Mealhada(25km)

일기 예보로는 오늘 오전에 비가 없다. 아침을 먹고 가볍게 길을 나선다. 그런데 코임브라 시가지를 벗어 나기도 전에 갑자기 소나기가 퍼붓는다. 급히 길가 버스 정거장 쉘터에 주저앉아 우비를 챙겨 입는다. 입고 나서는데 언제 그랬냐는 듯 금방 햇빛이 쨍이다. 날씨 변덕이 말 그대로 죽 끓듯 한다.

비 온 뒤 하늘은 더 파랗고 들판은 더 푸르다. 공기는 얼마나 맑은지, 아줌마들은 콧노래를 흥얼거린다. 이제 2주째 걷고 있으니 몸도 발도 길에 익숙해 내가 걷는 건지 발이 알아서 걷는 건지 모를 때쯤 된 거다.

걸어보지 않은 사람들이 가끔 내게 그 먼 길을 어떻게 무슨 체력

▲ 비옷 챙겨 입고 일어서니 금방 푸른 하늘, 날씨 변덕이 죽 끓는 듯하다

으로 매일 걸을 수 있냐고 묻는다. 나는 건강해서 체력이 좋아서 잘 걷는 게 아니라 걸으니까 체력이 좋아지고 건강해진다고 답을 하곤 한다. 일단 걷기를 시작해 보면 본인도 모르는 사이 그 마법 같은 비법을 알게 되고 스스로 놀라게 된다.

톨스토이의 명작 『안나 카레리나』를 보면 등장인물 중에 '레빈'이라는 남자가 있다. 물려 받은 영지에서 농부들과 같이 일을 하지만 농부들은 신분이 다른 레빈을 달가워하지 않는다. 레빈은 벽을 허물기 위해 직접 낫을 들고 풀을 베는데 처음엔 서툴고 느렸지만 계속 하다가 보니 어느 순간 자신이 풀베기에 몰입하고 있다는 사실을 알게 된다. 풀을 베면 벨수록 자신이 무아지경에 빠지고 있다고 느낀다. 손이 낫을 휘두르는 것이 아니라 낫이 스스로 풀을 베는 것이다. 레빈은 "그때가 가장 행복한 순간이었다."라고 말한다.

길을 걸을 때도 이런 순간이 온다. 처음엔 힘들고 아프지만 한 일주일쯤 걷다가 보면 스스로가 깜짝 놀라는 순간이 찾아오게 된다. 내가 걷는 것이 아니라 두 다리가 스스로 알아서 걷는다는 걸 느끼게 된다. 머리는 알아서 다른 생각을 하고, 눈은 생각과는 상관없이 앞을 보고, 다리는 알아서 길을 걸어가는 것이다. 이때부터는 다른 사고만 없다면 힘든지도 아픈지도 모르고 걷게 된다. 신기한 일이 아닐 수 없다. 이렇게 되면 자연적으로 걷는 게 좋아지고 행복해지게 된다. 걷는 중독이 시작되는 순간이 오는 것이다. 혼자 걷는 게 좋아지는 이유이기도 하다.

▲ 길가에 성당이 보이면 들어가 감사 기도를 올린다

10km쯤 걸어 트록스밀Trouxemil 마을로 들어선다. 길가에 작고 예쁜 성당이 서 있다. 모두들 들어가 감사 기도를 올린다. 김 사장이 모레 부활절에 미사를 봉헌할 성당을 알아보겠단다. 걸으면서도 꼭 주일 미사에 참석하고 꼭 봉헌을 하며 길가에 성당이 보이면 들어가 기도를 한다. 아직도 나이롱 신자인 내가 이번 순례길에서 김 사장에게 많이 배우고 있다.

14km를 걸어 산타 루지아Santa Luzia 마을에 도착한다. 기대도 않았는데 마뉴엘 줄리우Manuel Júlio라는 멋진 식당을 만났다. 이런 시골에 이런 식당이라니, 아구와 새우를 넣고 끓인 쌀죽Arroz de Marisco이랑 비슷한 음식이 있다. 매콤한 삐리삐리를 살짝 쳐서 먹으니 속된 말로 쥑여 준다. 아내들의 입이 또 귀에 걸린다. 보살님이 자기는 "먹기 위해서 걷는다."라고 하자 모두들 입으론 낄낄, 고개는 *끄떡끄떡*이다.

점심을 먹고 나서 10km를 더 걸어 메알랴다Mealhada에서 오늘 걷기를 멈춘다. 산타 루시아에서 말라Mala까지 4km는 유칼립투스 숲 사이로 난 걷기 좋은 길이 계속되지만 이후 약 6km는 그저 그런 지루한 길이다. 메알랴다는 포르투갈 전통 음식인 레이타옹 요리로 유명한 도시다. 30여 년 전 주재원 시절, 현지인 간부들과 이 요리를 먹으러 와봤던 곳이다.

힐라리오Hilario라는 알베르게에 방 두 개를 예약했다. 그런데 에

어컨이 고장이라서 우리 방만 난방이 안 된다. 예약이 꽉 차 다른 빈 방이 없단다. 아내 입이 삐죽 나오지만 하는 수 없다. '사모님, 오늘 밤은 내가 체온으로 녹여 줄 거니 걱정을 말아요.'

숙소 인근 길가에 레이타옹 식당이 줄을 서 있다. 잘됐다. 다른 식당은 없으니 핑계 대고 오랜만에 새끼 통돼지 구이를 먹어보자. 아내들 상이 일그러진다. 다행이 닭요리도 있다. 그럼 '남자는 새끼 돼지, 여자는 통닭이다'. 새끼 돼지 요리는 껍질은 쫄깃쫄깃하고 살은 부드럽고 맛있다. 레드 와인과 잘 어울리는 요리다.

▲새끼 통돼지 요리 레이타옹

부활절, 믿음이란?

16일 차 · 3/30, 토

Mealhada ~ Agueda(25km)

난방이 안 되어 걱정했는데 나는 추운 줄도 모르고 잤다. 아내가 밤에 일어나 모포를 덮어준 덕분이다. 아내는 추워서 잠을 설쳤단다. 내가 몸으로 녹여주겠다 해놓고 먼저 곯아떨어진 거다. 이럴 줄 알았으면 침낭이라도 꺼내 줬을 텐데 한편으로 미안하고 고맙다.

이 알베르게에는 취사시설이 불편해 아침 해결을 할 수가 없다. 걷다가 먹기로 하고 7시 반에 길을 나선다.

밤새 비가 많이 내렸다. 유칼립투스 숲길에 웅덩이가 생겨나고 냇물도 많이 불어났다. 비는 그쳤지만 멀리 또 먹구름이 뒤따라온다. 우기도 끝나갈 시기이건만 오늘까지 내리면 연 5일째 빗속을 걷게 된다.

아내는 걸으면서 매일 우리 가족과 주변 친지들을 위해서 기도를 하고 있다. 매일 한 사람씩 정해서 그 사람만을 위한 특별 기도를 하는 것이다. 나도 오늘부터 그래 볼까? 누구부터 할까? 아들, 손녀, 며느리? 누님, 동생, 조카들? 아, 그래도 아내가 먼저다.

간밤에 잠을 설친 아내가 걷는 게 힘들어 보인다. 보름 동안 걷던 중에 오늘이 제일 힘들어 보인다. 어찌 해야 하나? 하는 수 없다. 또 저 짐을 내가 지는 수밖에. 얼마쯤 가다 보니 김 사장도 배낭을 앞뒤로 멨다.

갑자기 송강 정철이 지었다는 그 시조가 생각나 슬쩍 패러디 해 본다.

이고 진 저 늙은이 그 짐 벗어 나를 주오
나는 젊었거니 돌이라 무거울까
늙어도 설워라커든 짐을 조차 지실까

여보 마누라, 그 짐 벗어 나를 주오
그래도 남자거늘 그 짐 하나 못질까
잠도 못 자 설워라커든 짐을 조차 지실까

배낭을 앞뒤로 하나씩 메고 나니 샌드위치 맨이 되었다. 흡사 옛

▲ 샌드위치 맨이 된 사내들

날 어릴 적 시골 극장 영화 포스터를 앞뒤로 매달고 읍내를 휘젓고 다니던 그 샌드위치 맨 꼴이다. 좀 무겁기는 하지만 앞뒤 밸런스가 맞으니 걷기는 편하다.

　9시쯤 되니 드디어 비가 쏟아진다. 비옷 입고 우산 쓰고 21km쯤을 걸어 바루Barro 마을에 도착했다. 이미 시간은 오후 2시를 넘겼다. 점심 시간을 놓쳤다. 배가 고프다. 공장 지대에 허름한 식당이 보인다. 메뉴판을 달라 하니 생선 아니면 고기 중에 선택하란다. 차라리 고르는 수고를 덜어 편하다. 맥주를 마시고 와인도 마시며 점심을 먹고 나서 4km를 더 걷는다. 아내 걸음이 다시 빨라졌다. 밥심인가? 알코올의 힘이다.

아구에다Agueda는 인구 1만 4천여 명으로 그리 크지는 않지만 고풍스럽고 예쁜 도시다. 숙소도 시설이 좋고 안락하다. 어제 잠을 못 잔 아내가 오늘은 편히 잘 수 있겠다며 좋아한다.

오늘은 부활절 전야, 인근에 있는 미세리코르디아Misericordia, 영어의 Mercy, 자비 성당을 찾아 9시 반 부활절 미사를 올린다. 제대로 봉헌하는 부활절 미사는 처음이다. 신자들이 속속 모여드는데 성당으로 들어가지 않고 밖에서 기다린다. 성당 마당에 장작으로 모닥불을 피운다. 장작불로 들고 있던 초에 불을 붙여 들고 성당에 입장을 한다. 서울 우리 성당에서도 이렇게 하는지는 모르지만 보지 못했던지라 부활절 미사에 이런 의식이 있는 줄도 몰랐다.

부활절 미사를 마치고 나니 밤 11시다. 늦은 저녁을 먹고 숙소에 들어와 와인 한잔하며 김 사장과 늦게까지 믿음에 대한 토론을 한다.

"믿음이란 무엇인가? 꼭 교회에 나가고 미사 봉헌을 해야만 하는 것인가?"
"종교의 개념이 바뀌었다. 꼭 성당에 나가서 기도를 해야 하는 게 아니다. 하느님이 내 옆에 있고 내 안에 있으니 삶이 곧 믿음이고 내가 곧 교회다. 믿음이란 결국 내 마음속에 있는 것, 형식은 껍데기일 뿐이다."

장작불 피우고 촛불 의식 ▶

▲촛불을 들고 성당 입장

"아니다. 형식도 중요하다. 형식, 즉 껍데기가 단단하지 못하면 알맹이가 꽉 찰 수 없다. 게으른 사람들, 냉담하는 사람들의 변명 이거나 자위다. 열심히 성당 나가고 기도하다 보면 계기가 오게 되고 하느님께서 믿음을 주시게 된다."

오늘은 나이롱 신자가 많이 배우는 부활절이 되었다.

▲ 부활절 미사 장면

하루 40km, 기록을 깨다

Agueda ~ Oliveira(40km)

어제 저녁 부활절 미사를 보고 신앙 토론을 한다고 늦게 잠자리에 들었다. 아침 라면 담당은 항상 내가 하는데 오늘은 김수봉 사장이 라면 끓여 놨다고 문을 두드린다. 3시도 넘어 잠자리에 든 탓에 늦잠을 잔 거다.

어제 숙소를 찾다가 마땅치 않아 37km나 떨어진 올리베이라 Oliveira라는 곳에 있는 호텔을 예약했다. 하루에 걷기엔 너무 먼 거리다. 걷다가 힘들거나 날이 저물면 택시를 부르기로 하자. 그래도 오늘은 많이 걸어야 하는 날인데 너무 늦었다. 9시도 넘어서야 길을 나선다.

오랜만에 화창한 날씨다. 엿새 만이다. 맑은 공기 속에 햇빛을 받으며 걷는 발걸음이 가볍다. 발이 좀 편치 않다던 아내도 잘 걸어준다. 비야, 오늘은 제발 참아다오.

코임브라를 지나니 북쪽으로 올라올수록 강들이 많이 보인다. 며칠간 계속 비가 많이 와서 강물이 불었는데도 물이 맑고 푸르다. 오래된 다리도 많다. 마르넬Marnel 강을 건너는 다리 이름이 로마 다리Ponte Romano이다. 스페인과 포르투갈 길을 걷다 보면 로마시대 건설됐다는 길과 다리들을 많이 만나게 된다. 이 다리도 그 중에 하나일 텐데 아직까지 사용하고 있는 넓고 튼튼한 돌다리다.

시오노 나나미는 그녀의 명저『로마인 이야기』에서 말하기를 2천 년 전 시저는 로마가도를 만들었고 진시황은 장벽을 쌓았다고 했다. 로마인들의 개방정책과 진시황의 폐쇄정책을 빗대서 한 얘기다. 로마인들은 원정에 나설 때 가장 먼저 길을 만들어 군대가 지나갈 수 있도록 하였다. 소위 로마가도Roman Road로 불리는 도로인데

로마 다리(Ponte Romano)

말이나 마차가 다닐 수 있도록 튼튼한 마름돌Cobblestone로 포장을 한다. 길을 만들려면 강을 만나게 되고 군대가 지나가게 하려면 넓고 튼튼한 다리를 놓아야 한다. 돌을 깎고 다듬어 아치형 구조로 만들었는데 천 년이 훨씬 넘은 지금까지도 그 다리들이 사용되고 있는 것을 보면 그 기술이 얼마나 정교했는지를 알 수 있다.

로마인은 처음에는 군사용으로 도로를 만들지만 이 길은 교통, 소통정보, 물류 이동 수단이 된다. 시오노 나나미는 이 로마가도를 이용한 개방통치정책이 로마가 세계를 제패할 수 있었던 큰 요인 중 하나로 보고 있다. 지금도 마찬가지이지만 개방정책은 경쟁을 유도해서 사람이나 기업을 강하게 키운다. 반면 보호정책은 그 반대의 결과를 초래하는 경우를 많이 보게 된다.

17km쯤에 알베르가리아Albergaria a Velha 마을에 도착하니 시간은 이미 2시다. 점심을 먹고 일단 아내들은 우버를 불러 먼저 숙소로 보낸다. 사내들은 걷는 데까지 걸어 보자. 배낭은 보냈으니 스틱 하나 달랑 들고 가볍게 나선다.

출발하며 시간을 보니 3시다. 여기서 숙소까지 20km나 된다. 5시간은 족히 걸릴 텐데 체력이 견딜까? 날은 어두워지지 않을까? 걸음이 빨라진다. 다행히 오후에도 비는 없다. 걷기 좋은 날씨지만 점점 몸이 힘들어 한다. 발가락도 이상하다. 머리도 지쳤는지 아무런 생각이 없다. 김 사장도 나도 말없이 걷기만 한다. 우리가 왜 이

러는 거지?

올리베이라에 진입해서 마지막 2km 는 시내로 들어가는 언덕길인데 거의 숨이 멎을 것만 같다. 중심가에 있는 다이톤Dighton 호텔에 도착하니 8시가 다 돼간다. 하루 종일 걷기만 했다. 스마트워치 운동기록을 보니 5만 4천 보에 41km가 찍혀있다. 기록을 깨긴 했지만 이건 아니다. 목표가 있는 것도 아니고 기록 경기를 하는 것도 아닌데 내가 왜 이러지? 처음 시작할 때부터 이러지 말자 했거늘.

산티아고 순례길이나 먼 길을 걸을 때는 몇 가지 원칙이 있다. 그중에 하나가 '오늘은 몇 km를 걸을 것이다' 또는 '어디까지 갈 것이다'와 같은 목표를 세우면 안 된다는 점이다. 무리해서 걸으면 안된다. 처음부터 무리한 목표를 세우고 걸으면 며칠 못 가서 발병이나게 마련이다. 발이, 몸이 허락하는 만큼만 걸으면 된다. 무리하다탈이 나면 다 걷지 못하고 중도에 포기하게 된다. 그래서 산티아고에서는 미리 숙소를 예약하지 않는다. 얼마나 갈지 어디까지 걸을지 모르는데 미리 예약을 해두면 더 걷고 싶은데 머물러야 하거나그만 걷고 싶어도 더 걸어야 하기 때문이다. 앞서 독일인 부부의 경우를 보았으면서도 바보같이 사전 예약을 해놓고 무리를 했다. 아줌마들 편히 쉬게 한다는 핑계를 대본다.

다행히 예약해 둔 다이톤Dighton호텔이 시설도 좋고 훌륭한 식당도 운영하고 있다. 맛있는 거 먹고 고생한 몸을 쉬게 하자. 김 사장에게 오늘은 좋은 와인 좀 마시자고 제안했더니 무조건 오케이다. 와인 리스트를 보니 포르투갈 명품 에스포라옹Esporão이 보인다. 주재원 시절 귀한 손님이 오면 대접했던 와인이다. 순례자에게는 과하지만 큰맘 먹고 에스포라옹 레제르바를 주문한다. 우리나라 식당에 가져가면 몇십만 원은 받을 테지만 여기선 그 반의반 값 정도니 부담 없이 마실 만하다.

▲ 포르투갈 명품 와인 에스포라옹을 마시다

기도발이 먹혔나?

18일 차 · 4/1, 월

Oliveira de Azeméis ~ Grijó(30km)

순례자 여권을 보여주면 순례자 할인Pilgrims Discount을 해주는 4
성급 다이톤 호텔. 시설도 좋고 안락하다. 어제 40km 넘게 걷고 파
김치가 되었던 몸이 잘 자고 잘 쉰 덕에 많이 살아났다. 그런데 아
침에 일어나서 발을 떼려 하니 발목이 시큰거리고 아프다. 어제 무
리를 하며 걸은 후유증이다. 순화약국 약사님김 사장 부인의 또 다른 별
명이 파스와 연고를 가져다 준다. 아내는 소염 진통제를 꺼내준다.
제발 아프지 말고 잘 걸어야 할 텐데 걱정이다.

느긋하게 아침 먹고 나서려고 하는데 갑자기 천둥 번개가 치고
비가 쏟아진다. 커피 한잔하며 잠잠해지기를 기다린다. 9시가 넘어
걷기를 시작하는데 10분도 안 돼 이번에는 다시 천둥 번개에 우박

▲ 우박이 내리더니 기도발이 먹혔는지 금세 햇빛이 쨍하다

까지 떨어진다. 길 옆에 성당이 보인다. 다행히 문이 열려 있다. 하느님이 그냥 지나칠까 봐 들어오라고 신호를 보내시는 듯하다. 비도 피할 겸 들어가 묵상하고 기도를 한다. 10여분 지났을까, 그 사이 하늘은 파랗고 해는 쨍하게 빛난다. 기도발이 먹혔나?

발목 걱정을 했는데 약효 덕분인지 그럭저럭 걸을 만하다. 10km쯤을 걸어 마데이라 São João da Madeira를 지나서 해발 300m가 넘는 마을 언덕길을 오르고 내리는 길, 천 년도 더 됐을 돌길, 로마가도를 걷는다. 크고 작은 자연석을 깔았는데 닳고 닳아 마치 몽돌처럼 보인다.

▲몽돌길이 된 로마가도, 몇 년이나 됐을까?　▲주택가 좁은 길, 퇴근 차량이 늘어난다

　어제 많이 걸은 탓인지 발걸음이 자꾸 무거워만 진다. 천천히 걷는다. 머리를 비운다. 생각도 멈춘다. 눈은 길만 보고 있고 다리는 제가 알아서 걸어간다. 그저 아무 생각 없이 무념무상으로 걷는 시간, 힘들 때는 오히려 이렇게 멍 때리고 걷는 것도 방법이다.

　15km 지점부터는 내리막길이 계속 된다. 이제는 아내가 힘들어한다. 앞서 가는 김 사장네는 거리가 점점 멀어지더니 이제는 보이지도 않는다. 하는 수 없이 다시 아내 배낭을 빼앗아 앞뒤로 멘다. 포르투가 가까워지고 있어서인지 길은 계속되는 주택가를 가르며 달려간다. 5시를 넘기니 포르투에서 오는 퇴근 차량들인 듯 차들이 점점 더 많아지기 시작한다.

　오늘도 30km나 걸어 포르투의 위성도시쯤으로 보이는 그리조

▲ 포르투 시청 앞에 숙소를 잡았다

Grijó에서 걸음을 멈춘다. 포르투를 17km쯤 남겨 놓은 지점이다. 이미 포르투 권역에 들어섰는데 이곳에서 묵을 이유가 없다. 먹고 자는 인프라가 훌륭한 곳을 지척에 두고 고생을 할 이유가 뭐있나? 포르투 시내에 가서 자고 내일 이곳으로 다시 와서 걸으면 된다. 포르투로 가자. 부킹닷컴 들어가 시내 중심가에 있는 가성비 좋은 호텔을 3일간 예약했다. 포르투 중심가, 시청 앞에 있는 별 두 개 파울리스타Paulista 호텔이다.

힘들어 하는 아내들, 오늘은 포르투에서 한식으로 잘 모시려고 했는데 월요일은 휴무란다. 꿩대신 닭이라고 시내 중심 번화가에 있는 괜찮은 포르투갈 식당을 찾았다. 슈하스카리아Churrascaria, 고기구이 전문 식당이다. 아줌마들이 좋아하는 숯불구이 닭고기를 주문한다. 야채죽도 맛있단다. 잘 먹어 줘 고마워유, 내일은 한식으로 더 잘 모실게유.

포르투, 실망스러운 명물 렐루 서점

19일 차 · 4/2, 화

Grijó ~ Porto(19km)

　오늘은 아줌마들을 호텔에서 쉬게 하고 남정네끼리만 걷는다. 나는 비옷 입고 스틱만 들고 가볍게 나서는데 김 사장은 DSLR 카메라 때문에 배낭을 메고 가겠단다. 흐리고 비 오는 날 작품 사진을 찍을 것도 아닌데 무거운 카메라는 왜 들고 갈까? 사진에 대한 예의이고 자존심이란다. 어떻든 김 사장의 사진에 대한 열정은 못 말린다. 나도 한때는 사진에 심취한 적이 있다. 어릴 적에 형님이 고향에서 사진관을 운영하였기 때문에 중학교 다닐 때부터 카메라를 가깝게 접할 수 있었고 사진에 대한 관심도 많았다. 대학 다닐 때부터는 형편이 어려워 잊고 지내다가 취직하고 나서는 다시 카메라를 만지기 시작했다. 80년대 초에 일본 출장을 갔다가 당시로서는 거금을 주고 니콘 신형 필름 카메라 'F3'를 사서 들고 다녔다. 삼성에서 카메라 사업을 할 때는 신제품만 나오면 사서 써보기도 했다. 현직 은퇴 후에는 제대로 사진을 찍어 보겠다고 '니콘 D4' DSLR 카메라를 또 구입했다. 삼각대에 24~70mm, 70~200mm 렌즈까지 집어넣으면 20kg도 넘는 카메라백을 메고 다녔다. 은퇴 후 걷기를 시작하면서 부터는 가벼운 '소니 RX10'이라는 모델을 구입해서 들고 다녔는데 이제는 그것마저도 무거워 휴대폰 하나로 모든 걸 다 해결하고 있다. 내 생각이지만 사실 요즘 휴대폰 카메라의 성능은 웬만한 DSC 못지않기 때문에 전문 작가가 아니라면 또 사진전을 열 목적이 아니라면 굳이 무거운 카메라를 들고 다닐 이유가 없다.

우버를 불러 타고 어제 멈췄던 그리조로 향한다. 오늘 걷는 거리는 그리조 산타 히타Santa Rita 성당에서 포르투 시청까지 20km쯤 된다. 오전 중에 걷기를 마치고 아줌마들과 점심을 먹으려면 시속 5km 정도는 걸어줘야 하는 거리이다. 이 길에서는 보통 내 걸음 속도가 시속 4km 정도인데 조금은 버거울 수 있다. 더구나 키가 190cm 가까운 김 사장의 보폭을 따라가기란 여간 힘든 일이 아니다.

6km쯤 걸어 페로시뉴Perosinho 마을을 벗어나니 길은 또 산으로 간다. 오래된 돌포장길이다. 이 길도 어제 걸었던 로마가도의 연장인 듯하다. 그런데 돌 모양이 다르다. 길고도 가파른 산에 이 넓은 돌포장길이라니? 안내 책자를 보니 해발 450m나 되는 곳에 건설된 로마대로 칼자다 로마나Calzada Romana이다. 정상 부근에는 오

▲ 가파른 산으로 올라가는 로마대로 Calzada Romana

래된 성벽 흔적들이 남아 있는 걸로 보아 옛날에는 군사 요새도 있었던 듯하다. 포르투갈 북부지역 하이킹 코스로 유명한 카넬라스 산맥Serra de Canelas에 들어선 것이다. 산 능선에서 대서양과 포르투를 조망할 수 있는 곳이라는데 날이 흐려 안 보인다. 아쉽다.

산을 내려오니 가이아Gaia, 포르투에 입성한 것이다. 그렇지만 아직도 숙소까지는 7km를 더 가야하는데 또 비가 오기 시작한다. 빗방울이 굵어진다. 트램 철길을 따라가다 가이아를 지나면 그 유명한 도우루Douro강 철교 루이스 다리Ponte de Dom Luís가 나타나고 강 건너엔 아름다운 포르투 시가지가 보인다. 비가 오고 흐리니 눈으로 구경하기도 힘들고 사진발도 안 받는다. 포르투를 가장 잘 볼 수 있는 뷰 포인트인데 또 아쉽다. 날이 좋으면 내일 시내 구경할 때

다시 와 보기로 하자. 호텔에 도착하니 12시 반, 4시간 10분 만에 19km를 주파한 셈이다.

　점심 먹고 오후에는 아줌마들 모시고 포르투 시내 관광이다. 그런데 비바람이 더 세게 몰아친다. 우산이 뒤집혀 우산살이 다 부러졌다. 그래도 볼 건 봐야지. 포르투 대성당, 포르투 중앙역, 종탑 성당 등을 돌아본다.

▲우산이 뒤집힐 정도로 비바람이 부는 날 포르투 관광. 종탑성당과 아줄레주

성당에도 역에도 길거리에도 타일 벽화가 많다. 유명한 포르투갈의 아줄레주Azulejo 타일벽화다. 아줄레주는 '작고 아름다운 돌'이라는 뜻의 아랍어에서 유래된 말이라고 한다. 무어족 지배를 받던 시절 아랍문화의 영향을 받아 생겨났지만 이후 포르투갈에서 발전시킨 독특한 문화적 창작물이다.

비바람이 거세져 도우루 강변으로 내려가는 일은 포기했다. 그러나 포르투에 왔으니 명물 렐루Lello 서점은 꼭 봐야 한다. 인터넷으로 인당 8유로씩이나 주고 예약하여 빗속에 줄을 서서 들어갔는데 실망이다. 책을 사면 입장료는 돌려준다고 하는데 포르투갈 책을 잘 알지도 못하지만 또 사봐야 읽지도 못하는 거 뭐 하겠는가? 조앤 롤링이 『해리 포터』를 쓰면서 영감을 얻었다는 곳으로 유명세를 탔지만 실내 디자인이 특이하다는 것 말고는 개인적으로 볼만한 것은 없다. 역사가 오래 됐다고는 하지만 우리나라 교보문고나 영풍문고보다 규모도 작고 다양성도 떨어진다. 이 비바람 치는 날 뭐 볼 거 있다고 사람들이 이리 많이 몰려들까? 해리 포터 때문에? 너 거기 가봤니? 나는 가봤다. 상술이고 마케팅의 마술이다.

저녁엔 약속대로 마님들 모시고 시청 광장 중심가에 있는 한식당을 찾아간다. 그런데 들어서서 보니 정통 한식당이 아니다. 중국인이 운영하는 퓨전 중식, 한식, 일식당이다. 그래도 김치도 팔고 소주도 있다. 소맥을 시키고 철판에 고기 구워 김치와 먹으니 그래도 좋다. 내일은 좀 멀지만 진짜 한식당을 찾아가 보기로 하자.

▲ 렐루 서점 내부 풍경. 뭘 보겠다고 이 비를 맞으며 줄을 서서 기다리나?

도우루강 와이너리 투어

20일 차 · 4/3, 수

　오늘 하루는 도우루 강변 와이너리 투어를 하는 날인데 햇빛이
쨍, 날씨까지 도와준다. 김 사장이 인터넷을 뒤져 인당 거금 130불
씩이나 주고 예약을 했다. 잘생긴 가이드 겸 운전사 곤잘로Gonzalo
가 8시 반에 벤츠 밴을 몰고 호텔로 픽업을 왔다. 차 안에는 이미
우리 말고 일행이 더 있다. 캐나다 부부, 미국 LA 부부 그리고 우
리까지 8명이다.

　와이너리로 가는 길에 아마란테Amarante라는 도시를 잠시 돌아
본다. 포르투에서 동쪽 내륙으로 70km쯤 떨어져 있는데 도우루
강 지류인 타메가Tâmega 강변에 있는 아름다운 도시다. 강변에 고
딕 건축 성聖 곤살루Igreja de São Gonçalo 성당이 서 있다. 타메가강
곤살루 다리Ponte de São Gonçalo는 19세기 초 스페인에서 넘어오는

▲ 아마란테, 타메가 강가 성 곤살루 성당과 다리 풍경

나폴레옹의 프랑스 군을 혈투를 벌인 끝에 물리친 곳이라고 한다. 성당 외벽에는 그때 생긴 탄흔들이 아직도 많이 남아 있다. 다리 건너에 있는 카페에 앉아 커피 한잔 마시며 바라보는 곤살루 다리 그리고 성당이 그야말로 한 폭의 그림이다. 아내가 스케치하기 딱 좋은 풍경이란다. 아줌마 코치대로 그 풍경을 카메라에 담아 둔다.

　이때까지 결정을 한 것은 아니었지만 이 길을 걷고 나서 책을 출간하게 된다면 내 사진과 함께 아내의 스케치 그림도 실어볼 생각을 했다. 잘 찍은 사진, 잘 그린 그림은 아닐지라도 내가 쓴 글에 내가 찍은 사진, 아내가 그린 그림으로 구성이 된다면 더 의미가 있을 거라는 생각에서다.

▲ 테이블 와인은 Naked이지만 포르투 와인은 Piano라는 라벨이 붙어 있다

다시 동쪽으로 이동해서 빌라 헤알Vila Real이라는 마을에 있는 와이너리 네그릴료스Casa de Negrilhos에 들어선다. 그런데 이 집 와인 병에 라벨Label이 없다. 브랜드가 'Naked'이기 때문이란다. 우리나라 신세계에서 'No Brand'를 브랜드로 사용하고 있지만 라벨이 없는 Naked 와인이라니, 재미있는 발상이다. 판매 유통은 어떻게 하냐고 물어보니 일반 유통은 하지 않고 와이너리 방문객이나 주문 판매만 하고 있다고 한다. 모스카텔 스위트, 화이트, 레드 그리고 포르투까지 맛을 보며 맛있는 점심을 먹는다.

주인이 묻는다.
"How was the lunch ?"
내가 답한다.
"Great, because it's naked!"
모두들 낄낄대며 웃는다.

점심 먹고 강변에 있는 작은 마을 피뉴Pinho로 내려가서 유람선을 타고 2시간 정도 도우루강 계곡을 돌아본다. 계곡 사면에 포도밭이 가득하다. 멀리서 보면 마치 베트남이나 중국에서 보는 계단식 논을 닮았다. 계곡 사이로 흐르는 강에는 크고 작은 유람선이 분주히 오가고 있다. 한강처럼 넓지는 않지만 수심이 깊어 큰 배도 다닐 수 있다.

계곡 사면에서 포도를 생산하는 이유는 일조량이 많고 배수가 잘 되기 때문이다. 특히 강물에서 반사되는 햇빛이 더해져 즙이 많고 당도 높은 포도를 생산할 수 있다고 한다. 맛이 달고 도수가 높은 품질 좋은 포르투 와인을 생산할 수 있는 곳이 된 이유다.

포르투 와인의 역사는 500년 가까이 되지만 그에 관한 설은 분분하다. 영국인들이 일반 와인을 제조하려 하다가 우연한 실수로 만들었다거나, 배에 싣고 멀리 가는 동안에도 변질되지 않도록 도수를 높이고 달게 만들었다는 설 등등.

보트 투어 후에는 포르투 와이너리를 방문한다. 산 루이스San Luiz 라는 와이너리인데 벽면에는 'The Oldest Port Wine House'라

도우루 강변. 뻬뉴에서 보트 투어. 계곡 사면이 다 포도밭이다

는 글씨가 써있다. 1638년에 설립했다는데 특이하게도 설립자는
독일 사람이라고 한다. 그래서인지 와인 브랜드도 독일식 알파벳
을 쓴 '콥케Kopke'이다. 참고로 포르투갈 알파벳에는 'K'가 없다.
시음을 해보니 코끝으로 느끼는 향은 좋지만 혀끝에 닿는 맛은 너
무 달다. 그래서 나는 포르투 와인은 별로 좋아하지 않는다.

　돌아오는 길에 잠시 포르투의 루이스 다리에 들러 엊그제 날이
흐려 찍지 못했던 멋진 장면들을 담아둔다. 다리 아래로는 오크통
에 담긴 와인을 실어 나르는 배들이 많이 떠 있다.

　저녁에는 인터넷을 뒤져 '온도'라는 한식당을 찾았다. 코임브라
식당 '강남'의 그 여사장 버금가는 여장부가 운영하는 작은 한식당

▲ Kopke Porto, 1934년산이 850유로이니 백만 원이 넘는다

▼ 포르투 루이스 다리(Ponte de Dom Luís)

이다. 종업원들이 명랑·유쾌·발랄이다. K팝을 좋아한다며 노래를 부르는데 오히려 나는 무슨 노래인지 알지를 못한다.

김치찌개, 제육, 불고기를 시켜 소맥을 마시다가 투어 중에 사들고 온 Naked 와인을 꺼낸다. 여사장이 단호하게 안 된단다. 콜키지 차지를 낸다고 하니 그것도 안 된단다. 다른 손님들이 보고있기 때문에 원칙을 지켜야 된단다. 아쉽지만 어쩔 수 없다. 얼마 후 9시가 넘자 손님들이 다 빠져 나간다. 그제서야 여주인은 추가 차지하지 않을 테니 가져온 와인을 꺼내 편히 마시란다.

이런저런 얘기를 하다가 우리가 산티아고 순례길을 걷는 중이라 했더니 걷다가 먹으라며 이것저것 먹거리를 한 보따리 싸 준다. 내일부터는 산티아고까지 가는 길에는 한식당이 없다는데 정말 눈물 나게 고맙다. 그렇지만 상할 염려도 있고 무거워서 짊어지고 가는 일이 더 문제다.

▲포르투 한식당 '온도'. K팝을 좋아한다는 발랄한 여종원들과 함께

Barcelos 가는 길 농촌 풍경

제4장

Porto ~ Tui

131km, 6일

삶이란? 죽음이란?

21일 차 · 4/4, 목

Porto ~ Vilarinho(29km)

이틀을 잘 쉬고 다시 걷기를 시작한다. 그런데 포르투를 출발하는데 길이 두 갈래로 갈라진다. 완전히 다른 길이다. 해변을 따라가는 '해안Coastal' 루트와 내륙으로 올라가는 '중앙Central' 루트다. 경치는 해안 루트가 훨씬 좋다고 한다. 그렇지만 날씨가 변수다. 춥고 비바람이 불면 해안 루트는 고생 길의 연속이 될 테다. 내륙 길은 재미는 없겠지만 안전하다. 두 길 중에 하나를 선택해야 한다. 아내들이 내륙 길을 택한다. 그래서 그럴까? 존 브리얼리도 그의 안내책에 메인 루트를 내륙 길로 표시해 놓았다.

길이 둘로 갈라질 때 우리는 항상 갈등을 겪게 마련이다. 가지 않은 길에 대한 아쉬움이 있기 때문이다. 인생도 마찬가지다. 분명 가지 않은 길에 대한 궁금함도 있을 거고 선택한 길에 대한 후회가 따

▲ 포르투에서 길은 둘로 갈라진다

를지도 모른다.

미국의 서정시인 '로버트 프로스트Robert Frost'는 그의 유명한 시 「가지 않은 길The road not taken」에서 말하기를 숲에서 두 갈래 길을 만나 사람이 적게 다닌 길을 선택했다. 그리고 인생이 달라졌다라고 했다.

걷다가 보니 정말 그랬다. 길은 하루 종일 주택가 사이를 비집고 간다. 포르투 시내를 벗어나는 데만 반나절 이상이 걸렸다. 돌포장길 위를 달리는 자동차 바퀴 소리는 그야말로 짜증나는 굉음이다. 볼 것도 찍을 것도 없는 길, 길을 잘못 선택했다. 날도 맑고 좋은데 해안 길을 선택했다면 오늘 같은 날 얼마나 좋았을까? 순간의 선택이 하루를 좌우했다. 아니, 두 길은 180km쯤 가다가 스페인 폰테 베드라Ponte Vedra에서 만나게 되어 있으니 최소 일주일은 달라질 듯하다.

길을 선택할 수 있는 자유가 주어진 것은 행운일까 불운일까? 그러나 길에는 다름은 있겠지만 옳고 그름은 없다. 만일 해안 길을 택했는데 춥고 바람 불고 비가 왔다면 어땠을까? 그 또한 후회막급일 것이다. 인생은 복불복福不福이다. 내가 선택한 일이고 길이다. 후회하지 말자.

걷다 보니 주택가 사이 여기저기에 공동묘지가 보인다. 동네가 산 자와 죽은 자가 함께 공존하는 공간인 것이다. 지루한 길을 걷다가 공동묘지를 지나게 되니 머릿속에 별의별 생각이 다 든다. 철학자도 못 되면서 삶과 죽음을 생각해 본다. 산다는 것은 무엇이며 죽는다는 것은 또 어떤 것인가?

죽음학 전도사로 잘 알려진 의사 정현채가 쓴 책 『우리는 왜 죽음을 두려워할 필요가 없는가?』에는 이런 말이 나온다. 살아간다는 것은 곧 죽음으로 가는 과정이니 삶과 죽음은 다른 것이 아니라 이 세상에서 저 세상으로 문턱을 하나 넘어가는 것뿐이라고. 그러니 죽음을 두려워할 필요가 없다고.

가톨릭 신자로서 이런 의문을 품으면 안 되지만, 과연 그럴까? 저 세상이란 존재하는 것일까? 매주 성당에 나가 주기도문을 외우

▼ 돌포장길에서 자동차 바퀴소리는 굉음이다

고 사도신경使徒信經을 외우며 '믿습니다'를 반복하지만 아직도 나이롱 신자인 내 마음속에는 그 믿음이 자리를 잡지 못하고 있다.

　가족묘인 듯 집채 같은 건물도 있고 십자가, 성모상, 예수상으로 화려하게 치장한 묘지들도 많다. 유럽 대부분의 도시들이 다 그렇지만 특히 라틴국가에서는 공동묘지가 주택가에 자리 잡고 있는 경우가 많다. 시골 마을도 마찬가지다. 마을마다 중심부에는 오래된 성당이 있고 그 성당 옆에는 공동묘지가 자리잡고 있는 풍경을 흔히 볼 수 있다. 아니, 대부분의 성당 내부가 어쩌면 공동묘지라고 할 수 있다. 성직자들은 물론 권력자나 귀족, 부호들은 죽으면 성당에 묻히기를 원한다. 대성당에 들어가 보면 중앙 제대를 중심으로 양 옆에는 작은 방들이 죽 늘어서 있고 그곳에는 화려한 은이

▲ 주택가 한가운데에 이런 공동묘지가 있다

나 대리석 관이 안치되어 있는 것을 볼 수 있다. 또 성당 돌바닥에도 그 밑에 묻혀 있는 이들의 이름과 생졸生卒 연도 등을 새겨 놓은 것을 많이 볼 수 있다.

서민들도 성당에 묻히기를 원하겠지만 권력도 없고 돈도 없으니 성당 옆에라도 묻히고 싶어한다. 심지어는 성당 내부의 건축 장식물이 되는 경우도 있다. 포르투갈 중부 내륙 알렌테주Alentejo 지방에 에보라Evora라는 도시가 있다. 그곳에 있는 성 프란시스쿠 성당Igreja de São Francisco에는 5천여 구의 사람 뼈와 해골로 벽면과 기둥을 장식한 작은 예배당Capella dos Ossos, Chapel of Bones이 있다. 죽은 후 묻었다가 육탈이 되고 난 뒤 뼈만 옮겨 평소 다녔던 성당의 장식물이 되는 것이다. 지금은 유명해져 관광명소가 되기는 했지만 넓게 보면 이것도 다른 의미의 공동묘지인 셈이다. 참고로 이곳에는 이런 문구가 쓰여 있다.

"Nós ossos que aqui estamos pelos vossos esperamos"
"여기 잠들어 있는 우리 그대들을 기다리고 있노라"라는 뜻이다.

표현은 다르지만 우리가 잘 아는 'Memento Mori(죽는다는 것을 기억하라)'와 일맥상통하는 말인데 이 글을 읽고 있노라면 머릿속이 복잡해진다. 해석하기에 따라 섬뜩하기도 하지만 실소를 자아내게도 한다. 결국 언제 죽느냐 어떻게 죽느냐 하는 문제일 뿐 누구나 죽음은 피할 수 없게 되어 있다. 태어나는 순간부터 우리는 죽음의 길에 들어서는 것이니 어떻게 살다가 어떻게 죽을 것이냐, 즉 '웰빙Well Being'과 '웰다잉Well Dying'이라는 문제를 생각하지 않을 수 없게 된다. 특히 살 만큼 살아온 우리 나이쯤 되면 이제는 웰빙보다는 웰다잉을 더 고민하게 된다. 오래 사는 것보다는 좀 덜 살더라도 건강하게 아니면 고통이라도 덜 받고 살다가 죽는 게 훨씬 좋다. 맘대로 할 수 있는 건 아니지만 미리 준비를 한다면 어느 정도는 가능한 일이기도 하다. 나는 개인적으로 안락사를 찬성하는 사람이다. 우리나라에서 아직은 불법이니 안락사는 곤란한 일이지만 연명의료는 해선 안 된다. 그래서 나는 연명의료 의향서를 발급받아 지갑에 넣고 다니고 있다. 요양병원에 가보면 나이 많은 노인들이 산소 호흡기나 링거 줄을 매달고 고통을 받고 있는 모습을 많이 보게 된다. 안타까운 생각을 금할 수가 없다. 또 노인들이 암과 같은 중대 수술을 받고 고통을 받고 있는 것을 보면 '저건 아닌데' 하는 생각을 하곤 한다. 몇 개월 더 산다고 무슨 의미가 있겠는가?

엊그제 김 사장 부부가 포르투에서 새 신발과 방수 재킷을 샀다. 헌 비닐 비옷은 버리고 왔지만 신발은 새것이라서 아깝다고 배낭에 매달고 걸었다. 모습이 좀 우스꽝스럽기도 해서 언제까지 저러고 걸을까 의아했는데 오늘은 숙소에다 놓고 가겠다고 한다. 방수가 안 되기는 하지만 좋은 새 신발이니 누군가 이 숙소에 오는 사람은 횡재를 하는 거다. 단 발 사이즈가 맞는다면⋯

▲ 헌 신발을 매달고 가는 김 사장, 길에서 만난 스탬프함, 그리고 길거리 풍경들

수탉의 전설 바르셀로스

22일 차 · 4/5, 금

Vilarinho~Pedra Furada(20km)

우리 숙소는 빌라리뉴Vilarinho 마을 노부부가 운영하는 로라Casa da Laura라는 알베르게다. 침대 네 개짜리 방이 깨끗하긴 하지만 난방시설이 없다. 실내가 습하다고 아줌마들 입이 삐죽 나왔다. 자다가 추울까 봐 침낭 속에 몸을 넣고 그 위에 다시 모포를 덮는다. 2017년 산티아고 1차 순례 때 구매했던 300g짜리 오리털 침낭인데 가볍고 따뜻해 지금까지 메고 다니며 잘 쓰고 있다. 그 덕에 따뜻하게 잘 잤다. 15유로짜리 사설 알베르게에서 뭘 더 바라겠나?

오늘은 찻길을 벗어나 시골 들판 농로를 따라 걷는다. 해가 나서 따뜻해 걷기 좋은 날이다. 그런데 다들 힘이 없다. 자동차 소리 시끄러운 도로도, 힘든 언덕길도 아닌데 걸음이 느리다. 이틀을 쉬었다가 어제 갑자기 무리를 해서인가? 아내가 발가락에 물집이 또 잡혀 아프다고 한다. 우리 부부의 걸음이 더 느려진다. 아무래도 오늘은 조금만 걸어야 할 듯하다.

　드넓은 들판에 사람이 없다. 우리나라도 마찬가지지만, 포르투갈도 일손이 모자라니 빈 땅이 많은 듯하다. 포르투갈은 우리나라보다 먼저 저출산으로 인한 인구 감소와 고령화 사회를 맞이한 나라다. 식민지였던 아프리카의 앙골라, 모잠비크 그리고 남미 브라질 등에서 인력이 유입되고는 있지만 2015년을 기점으로 조금씩 인구가 감소하고 있다고 한다.

　옛날에 우리나라 시골에서는 식구는 많은데 땅이 없어 못 먹고 살았다. 그런데 이제는 일손이 없어 땅이 놀아난다. 가끔 고향 마을에 내려가 보면 농촌에 일하는 사람은 대부분이 7,80대 노인들 뿐이다. 트랙터 등 기계가 일손을 대신하기는 하지만 산비탈이나 농로가 없는 곳은 잡초만 무성한 채 놀고 있는 땅이 대부분이다. 코리아둘레길을 걸으면서 남해안, 서해안 넓은 들판에서는 제법 많은 젊은이들이 일하는 모습을 보았다. 그런데 가까이에 가서 보면 이들은 대부분 외국인 노동자들이다. 그것도 불법 체류자들이 많아 언제 떠날지 모르는 사람들이다. 그 일손마저도 모자라 일당을 많이 올려줘도 구하기 어려운 실정이라고 한다. 이미 늦었지만 지금 같은 상황에서 우리나라 젊은이들에게 결혼해라, 애 많이 낳아라고 해봤자 말을 들을 리가 없다. 궁극적인 대책이 될 수는 없겠지만 효과적인 출산 장려책이 정착될 때까지만이라도 외국인 인력을 수입해서 활용할 수 있는 정책이 마련돼야 한다.

이것도 개인적인 생각이지만 미국이 강대국이 된 데에는 이민정책도 큰 몫을 차지했을 것이다. 미국은 이민 초기에는 앵글로 색슨계 영국인이 중심이었지만 아일랜드를 비롯한 이탈리아, 프랑스 등 유럽인들이 밀려 들어오면서 다민족 국가로 세워진 나라다. 건국 초기에는 노예로부터 해방된 흑인 노동자들이, 19세기 중반 멕시코와의 전쟁에서 서남부를 합병하고 나서부터는 히스패닉 노동

▲1185년에 건설에 건설됐다는 다리(Ponte de Zameiro)

자들이 농업을 비롯한 산업인력과 군병력의 상당수를 채워줬다. 이후 중국을 비롯한 아시아계 인력들이 꾸준히 유입되면서 유럽, 아프리카, 중남미, 아시아를 아우르는 다민족 다문화 사회로 발전하게 된다. 아직도 사회적으로는 차별과 갈등을 겪고는 있지만 이민자 통합정책을 통해 인구는 지속적으로 증가하고 있고 세계 최강국으로서 위치를 확고히 다져가고 있다. 민족이나 피부색보다는 국가와 국민이라는 개념으로 결속을 다지는 통치전략 덕분이다.

우리나라도 이제 한민족이라는 개념보다는 한 국가라는 개념이 우선돼야 한다. 시간이 갈수록 민족의 개념은 희박해질 수밖에 없다. 우선 위정자들부터 민족에 집착하다 보면 갈등만 커지고 경쟁력은 약해진다는 사실을 직시해야 한다.

라테스San Pedro de Rates 마을까지 13km를 오면서 두 번이나 쉬었다. 바르셀로스Barcelos가 가까워져서인지 쉼터마다 알록달록한 수탉 조형물들이 서있다. 쉼터 한쪽에「순례자의 영혼Pilgrim Soul」이라는 제목의 시 한 편이 보인다. 주아나Joana Martins라는 여인이 썼다는데 포르투갈에서는 흔한 이름이다. 인터넷을 뒤져 봤더니 엉뚱하게도 프로 여자 축구선수 이름이 뜬다.

순례자의 영혼

흙길에 발자국을 남기며

나는 수정 같이 맑은 물을 마시노라

의지의 힘이 태어나는 내 마음의 샘에서,

그리고 나는 나의 길을 가노라

고독이라는 길을 통해

삶이 내게 노래해 주기를 바라며

방랑자의 영혼이 누리는

평화와 행복 그리고 멋진 삶

Alma Peregrina	Pilgrim soul
Deixando pegadas no ehão	Leaving footprints on the ground
Mato a sede com a água cristalina	I drink the crystal water
Nas fontes do coração	On the heart's fountains
Nele jorra a vontade	On those that the will power is born
E, sigo adiante	And, I follow my way
Pelo caminho da saudade	Through the path of solitude
Espero que a vida me cante	I hope the life will sing to me
Paz e felicidade	Peace and happiness
De uma alma errante	Of a wandering soul
Um bom fado	A good fate
Joana Martins	Joana Martins

▲ 원문은 포르투갈어인데 영어 번역본을 보고 나름 의역해 보았다

20km쯤 걸어 프라다Pedra Furada 마을 근처 헤알Real이라는 식당에서 걷기를 멈춘다. 여기서 숙소가 있는 바르셀로스 시내까지는 10km 정도를 더 가야 한다. 다른 날 같으면 여기서 아내들은 택시 태워 숙소로 보내고 사내들은 걸어가도 충분한 거리다. 그러나 오늘은 아니다. 사내들도 힘이 든다. 점심 먹고 우버를 불러 타고 함께 바르셀로스 숙소로 향한다. 부킹닷컴을 통해 별 세 개짜리 호텔을 알베르게 수준 가격으로 예약해 놓았다. 오늘 못다 걸은 길은 내일 아침 일찍 남자끼리 다시 와서 걷기로 한다.

바르셀로스 시내로 들어섰는데 시청인 듯한 건물 앞에 커다란 수탉 조형물이 서 있다. 이곳은 작은 도시이지만 포르투갈의 상징이자 국조國鳥인 수탉의 전설*이 있는 고장이다.

*바르셀로스의 수탉(O Galo de Barcelos)의 전설
400여 년 전 한 잘생긴 사나이가 산티아고 순례길을 걷다가 바르셀로스 마을에서 며칠 묵게 된다. 주인집 딸이 이 사나이에게 연정을 품게 되어 사랑을 고백하였으나 순례길을 걸어야 하는 사내는 거절을 한다. 수치심과 분노에 찬 처녀는 이 사나이가 자기집 은(銀) 제품을 훔쳐갔다며 고발을 하게 되고 사나이는 잡혀서 재판정에서 사형선고를 받게 된다. 마침 재판관의 생일 잔칫날, 순례자는 "내가 결백하다면 저 잔칫상 위에 놓여있는 구운 통닭이 홰를 치며 일어나 울 것이다"라며 자신의 억울함을 주장하였다. 순례자의 목이 줄에 걸리는 순간 정말로 닭이 일어나 울어 그의 결백이 증명되었다. 풀려난 순례자는 산티아고 순례를 마치고 돌아오는 길에 이 마을에 다시 들러 야고보 성인에게 감사하는 의미에서 수탉 조각상을 만들어 기증했다. 이 조각상은 지금도 이곳 박물관에 전시되어 있다고 한다. 이후 바르셀로스의 닭은 정의와 진실을 상징하는 존재가 되었다. 이 수탉 조형물은 포르투갈의 여러 지역에서 다양한 형태로 제작되고 있고 기념품으로도 인기가 많다.

▲ 바르셀로스의 다양한 수탉 조형물들

한식을 먹은 게 엊그제인데 아내들은 한식당 없으면 중국 식당이라도 찾아 보라고 보챈다. 식민지였던 마카오의 영향으로 포르투갈에는 중국인들이 많이 진출해 있다. 이 작은 도시에도 푸하오富豪, Fu Hao라는 중식당이 있다. 중국 음식의 경쟁력은 상상을 초월한다. 맛도 있지만 가격은 한식의 절반 수준이다. 넷이서 스프, 소고기, 닭고기, 국수 그리고 맥주에 화이트, 레드 와인까지 마셨는데 70유로가 채 되지 않는다.

잘 먹고 좋은 숙소에 묵게 되니 아내들이 엄청 좋아한다. 더구나 내일은 여인네는 호텔에서 쉬게 하고 남정네끼리만 걸을 거라고 하니 더 좋아한다. 에구, 먹고 쉬기만 할 거면 무엇하러 왔슈?

정 많은 사람들

23일 차 · 4/6, 토

Pedra Furada ~ Tamel S. Pedro Fins(20km)

간밤에 비가 와서 걱정을 했는데 다행히 아침에 보니 구름은 짙게 끼었지만 비는 아직 오지 않고 있다. 4월이 됐으니 포르투갈 날씨는 이제 좋아질 때도 됐다. 그러나 갈리시아 지방으로 올라갈수록 비가 많고 날씨 변화가 심하다. 해가 나면 덥고 비 오고 바람 불면 춥다.

오늘은 아줌마들은 호텔에서 쉬게 하고 사내들끼리만 걷기로 한다. 다시 우버를 불러 타고 어제 멈췄던 곳 프라다 마을로 간다. 바르셀로스까지는 약 10km, 마을과 마을을 이어주는 편안한 길이다. 배낭을 벗어 놓고 왔으니 발걸음도 가볍다.

프라다 마을 길가 창문 앞에 빵을 담은 비닐봉지가 놓여 있다. 아침 굶고 걷는 배고픈 순례자를 위한 집주인의 정성이 가득 담겨 있

▲배고픈 순례자를 위한 빵 봉지　　　▲산티아고까지 199km

다. 빵이라는 이름의 어원이 포르투갈이듯 빵 맛은 포르투갈이 최고
다. 우리는 아침을 먹고 왔으니 뒤에 오는 순례자들을 위해 냄새만
맡고 길을 재촉한다. 마을 어귀에 산티아고 199km 이정표가 나타
난다. 아쉽게도 200km 이정표는 없다. 아니, 못 보고 지나친 건가?

　2시간쯤 걸어 다시 바르셀로스 시내에 진입한다. 바르셀로스는
인구 12만 명 정도의 작은 도시지만 오랜 역사와 전통을 간직하고
있다. 초기 로마인들의 정착지였고 유네스코 창의 예술의 도시로
등재된 민속 예술의 도시이다.
　카바두Cavado강을 연결하는 다리 메디에발Ponte Medieval을 넘어
서면 바로 시내 중심가로 연결된다. 고색창연한 성당과 시청 건물
그리고 도시의 상징인 수탉 조각상이 우리를 영접한다.
　길은 아내들이 기다리고 있는 숙소 앞을 지나간다. 아직 시간은
11시, 점심을 먹기엔 이른 시간이다. 아줌마들 불러내 커피 한잔

나누고 다시 사내들끼리 오후 길을 걷는다.

오후에도 바르셀로스에서 타멜Tamel S. Pedro Fins이라는 마을까지 약 10km를 걷는다. 이 길도 그 길, 농로를 따라 마을을 이어가는 길이다. 두 시간쯤 걸어 타멜 마을에 있는 포르텔라Senora Portela 성당에서 걷기를 멈춘다. 이미 시간은 1시 반, 배고플 시간이다. 얼른 돌아가서 아줌마들 점심을 먹여 줘야 한다.

바르셀로스 시가지로 들어서는데 남녀 소방관들이 행진곡에 발 맞춰 시가 행진을 하고 있다. 어깨에는 총이 아닌 도끼와 곡괭이를 메고 걷는 모습이 이채롭다.

오늘은 20km쯤 걸었다. 배낭을 메지 않고 맨몸으로 걸었다. 거리도 짧은 데다 맨몸으로 걸어서인지 몸이 가볍다. 늦은 점심 먹고 오후에는 호텔에서 느긋하고 편안하게 쉬기로 한다. 적게 걷고 나니 몸도, 마음도, 시간도 여유롭다. 이렇게 좋은 것을 알면서도 왜 무리를 했던 걸까?

베르셀로스 소방관들의 시가 행진

오늘은 토요일, 성당에 가는 날이다. 시청 옆에 있는 마트리스 성당Igreja* Matriz에서 5시 토요미사를 봉헌한다. 12세기에 세웠다는 성당이다. 미사에 참석한 신자는 거의가 이 도시 사람들이고, 우리 같은 순례자는 보이지 않는다. 동양인은 우리가 유일하다. 잘생긴 신부님의 굵은 목소리는 성우도 울고 가게 할 만큼 매혹적이다. 미사 후 신부님에게 사진 촬영을 요청하니 흔쾌히 응해 주신다. 아내가 신부님 팔짱을 꼭 낀다. 이그, 신부님 바람나면 어쩌려고?

*Igreja
일반적으로 포르투갈의 성당은 규모나 성격에 따라 Catedral, Igreja, Capela로 구분된다. Catedral은 대성당을 의미하며 그 지역에서 가장 규모가 크고 중요한 성당이다. 역사적 가치도 높아 관광 명소로도 인기가 많다. Igreja는 일반적인 성당을 의미하며 주로 지역 주민들을 위한 종교 활동이나 미사가 진행되는 곳이다. 규모나 중요도는 지역에 따라 다르지만 Catedral보다는 작은 경우가 많다. Capela는 작은 규모의 성당으로 개인이나 특정 단체를 위해 사용되는 경우가 많다.

미사를 마치고 식당으로 이동하는데 마주 오던 포르투갈 할머니가 두 손을 흔들며 우리를 반긴다. 방금 전 우리랑 같이 미사를 봉헌했다며 아내들 손을 잡고 껴안고 뽀뽀하며 난리가 났다. 동양인들이 함께 미사를 봉헌했으니 신기하기도 하고 고맙기도 했을 거다. 포르투갈인들은 정말 정이 많다. 인종 차별도 없다. 다시 1994년 주재원 마치고 와서 내가 썼던 '주재원 리포트'*글을 인용해 본다.

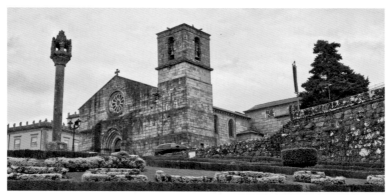

▲ 토요미사를 봉헌한 Igreja Matriz 성당

▲ 미사 후 미남 신부님과 함께

▲ 길에서 만난 할머니

*1975년 아프리카 내 포르투갈 식민지였던 앙골라, 모잠비크가 독립을 하게 되자 이곳에 살고 있던 포르투갈인은 물론 같이 살던 현지인들까지 대거 포르투갈로 몰려오게 된다. 이때 포르투갈 정부는 식민지 사람들까지 원하는 사람은 거의 다 받아들였다고 하며, 이는 무려 전체 인구의 1할에 해당하는 1백만 명이나 되었다. 물론 그 여파에 따른 엄청난 실업 문제 등 사회적, 경제적 혼란을 예상했으면서도 포르투갈은 이를 모두 감수하

는 여유와 아량과 정을 보여주었다.

　15~16세기 식민지 개척 당시에도 포르투갈은 영국이나 프랑스와 달리 현지인과 피를 섞는 동화정책을 폈고 아직도 식민지였던 국가들과 정치, 경제, 문화적으로 깊은 유대관계를 유지하고 있다.

　이러한 포르투갈인의 특성은 동양인에게도 마찬가지다. 4년간 살아오면서 우리 가족이 차별을 받아 본 기억이 없다. 심지어는 우리가 외국인이라는 느낌마저도 가져본 적이 별로 없을 정도로 외국인에게도 친절하고 정을 나누어 주는 사람들이다. 가끔 영국이나 독일 등에 출장을 가게 되면 왠지 모르게 어깨가 위축됨을 느끼곤 했는데, 국력이나 체구 차이도 있겠지만 그들의 배타적인 우월 의식이 우리에게는 보이지 않는 열등 의식으로 작용하는 것이 아닌가 생각된다.

　또한 포르투갈인은 외모나 체구에서도 우리와 비슷한 부분이 많아 더욱 친근감이 간다. 6백 년도 넘게 무어족의 지배를 받은 탓에 아랍의 피가 섞여 머리도 검고 눈동자도 갈색 계통이다. 피부색도 백인치고는 가무잡잡한 편이다. 어느 피를 닮았는지 키도 작아서 평균 신장이 우리보다도 작은 듯한 느낌이다.

저녁을 먹으며 김 사장과 와인 이야기를 하다가 체면을 구겼다. 포르투갈은 포르투 와인 외에 그린 와인Vinho Verde도 유명하다. 그린 와인에 대해 아는 체를 한 것이 화근이었다.

◀ Vinho Verde Branco(White) 그리고
Tinto(Red)

　"포르투갈 와인은 레드, 화이트, 핑크로제, 그린 등 다양한 색깔
로 구분된다. 그러나 그린 와인은 녹색 와인이 아니고 화이트 와인
의 일종이다."

　와인 마니아 김 사장이 인터넷을 뒤지더니 그게 아니란다. "이때
'그린Green'은 'Young'의 의미, 즉 수확한 지 얼마 안 돼 덜 숙성된
포도로 만든 와인을 총칭한다. 그래서 레드, 화이트, 로제 와인에
도 그린 와인이 있다. 또 그린 와인을 생산하는 지역은 따로 있다."
라고 설명을 해준다.

　포르투갈 4년 주재 경험이 인터넷 한 방에 날아가는 순간이다.
어설픈 지식 가지고 인터넷 앞에서 아는 체 떠들다가는 큰코다치
는 세상이 됐다. 가만 생각해 보니 더 곤란한 경우는 학교 선생님
들일 듯하다. 선생님이 열심히 가르치는데 학생들이 인터넷을 뒤
져 "선생님 그게 아닌데요?"라고 하면 어떠할까? 이건 또 약과일
수도 있겠다. AI가 판치는 세상이 됐으니 인간은 이제 머리에 지식
을 저장해 봐야 별 볼 일 없게 되는 거 아닐까? IT기기의 노예로 전
락하는 건 아닐까?

혼자 걷는 길, 둘이 걷는 길

24일 차 · 4/7일, 일

Tamel S. Pedro Fins ~ Ponte de Lima(27km)

택시 타고 어제 그 타멜 마을로 가서 9시부터 걷기를 시작한다. 걷기 시작한 이래 가장 좋은 날씨다. 기온은 걷기 딱 좋은 15도 내외. 타멜 마을 언덕에서 내려다보는 연무 깔린 아름다운 농촌 풍경을 휴대폰에 담는다. 며칠 만에 다시 음악 방송을 들으면서 콧노래 부르며 걷는다. 하루를 쉬어서인지 날이 좋아서인지 우리 아줌마들의 발걸음이 경쾌하다.

막내 놈이 전화를 걸어왔다. 회사에서 팀을 옮겼다고 한다. 이번에 큰 게임 회사를 광고주로 유치했는데 그 회사 담당으로 픽업이 됐단다. 맨날 게임만 한다고 잔소리를 해댔는데 게임 덕을 보는 건가? 서른살이 다 된 놈, 제 일 제가 알아서 하고도 남을 나이건만 나이 많은 아버지가 쓸데없는 걱정에 잔소리를 해댔으니 놈도 스트레스 좀 받았을 거다.

아날로그 시대를 살아온 우리 세대와 지금 젊은이들은 다를 수밖에 없다. 무엇이 더 좋은 건지는 알 수 없지만 이 또한 옳고 그름은 없다. 2천 년 전에도 그랬고 백 년 전에도 그랬고 10년 전에도 그랬다. 변화에 둔감한 노땅들이 옛날 생각만을 갖고 젊은이들을 가르치려 하면 안 된다. 다만 한 가지 인간성의 기본만은 예외다. 인간의 기본이 갖춰져 있어야 그 다음 지식이나 기능이 제대로 작동을 하는 것이다. 아무리 공부를 잘해도, 기술이 좋아도, 예술 활동이나 운동을 잘 해도 기본적인 인간성이 결핍되어 있다면 절대 꽃을 제대로 피울 수가 없다. 요즈음 손흥민 선수의 아버지 손웅정

▲ 연무 깔린 타멜 마을의 아침

씨가 쓴 『모든 것은 기본에서 시작한다』라는 책이 인기다. 손흥민을 어떻게 키웠는지를 보면 정말 본받을 점이 많은 훌륭한 아버지라는 생각이 든다.

친한 친구가 보이스톡으로 전화를 걸어왔다. "잘 걷고 있느냐? 네가 올린 카카오 스토리 잘 보고 있다. 아내가 발 물집 잡힌 거 보니까 걱정된다. 돌아오걸랑 도와줄 테니 찍은 사진들 골라 사진전 한번 열면 좋겠다. 카카오 스토리에 올려 놓은 글들 정리해서 책도 출간하면 어떻겠냐?" 정이 많은 친구다 보니 생각도 많다.

전문가도 아닌데 사진 전시회를 열어보겠다고 생각하면 그 순간부터 잘 찍어야 한다는 부담이 생긴다. 또 출판을 전제로 글을 쓰게되면 마찬가지로 글에 욕심이 생기게 되고 가식이 섞이게 된다. 욕심은 금물이다. 그냥 본 대로 느낀 대로 찍고 써야 된다. 전시회고 출판이고 그것은 나중의 문제다.

이번 길에서 한 가지 아쉬운 점이 있다면 도반道伴, 즉 길동무를 만들지 못했다는 점이다. 1차 순례길에서는 알베르게에서 같이 자고 먹고 걷고 그러다 보니 자연스레 친해지고 길동무가 된 사람들이 많았다. 이번에 우리는 두 부부가 함께 걷다 보니 가능하면 좋은 숙소 찾아 따로 자고, 좋은 식당을 찾아서 따로 먹으며 걷고 있다. 그러다 보니 다른 사람들과 만나고 어울리는 기회는 적었다.

길동무를 만들지 못한 것이다. 그러나 이 또한 욕심이다. 다 가질 수는 없는 법, 이 나이에 아내 손잡고 걷는 것만으로도 복 받은 일이 아니겠는가?

본래 산티아고 길은 혼자 걷는 게 최고다. 혼자 걸으면 생각을 많이 한다. 평소 느끼지 못했던 외로움도 엄습해 온다. 이 외로움은 그리움을 낳게 된다. 그리움은 다시 사랑을 몰고 온다. 그래서 이 길은 혼자 걷는 게 최고다.

베르나르 올리비에Bernard Olivier는 그의 책 『나는 걷는다』에서 이런 말을 했던 것으로 기억된다. 그는 여러 번 함께 걷자는 제안을 받았지만 계속 혼자 걸었다고 한다. 그 이유는 새들의 노랫소리와 놀라서 달아난 짐승들의 소리, 심지어 트럭의 굉음 속에서도 자신의 신발소리에 박자를 맞추어 걷다 보면 마음이 한없이 즐거워지기 때문이라고 한다. 그리고 걷는다는 것은 곧 생각하는 일이며, 걷다 보면 나는 세상을 향해 나가고 세상은 나를 향해 다가온다고 말한다.

맞는 말이다. 나도 그래서 혼자 걷기를 좋아한다. 그렇지만 언제나 혼자 걸을 수만은 없다. 둘이 걸어야 한다면 사랑하는 사람과 함께여야 한다. 힘들고 아프면 끌어 주고 업어 주며 걸을 수 있는 사람이어야 한다. 나보다 사랑하는 사람을 우선해야 한다. 친구라면 정말 배려하고 양보할 줄 아는 진정한 친구라야 된다. 그래서 이 길은 부부가, 연인이, 부자가, 형제가, 절친이 함께 걷는 길이기도 하다.

　일반적으로 셋이서 걸으면 하나는 왕따 되고, 넷이서 걸으면 둘둘이 찢어지게 되는 경우가 많다. 그래서 나는 셋이서, 넷이서 걷는 방식은 추천하고 싶지 않다. 꼭 셋이서 넷이서 걸어야 하는 상황이라면 더욱 더 배려하고 양보해야 한다. 나를 우선하고 내 생각대로 하면 절대 안 된다. 생각은 다를 수 있지만 행동은 달라지면 안된다. 그리고 리더가 있어야 한다. 의견이 다를 경우엔 리더가 조정하고 결정해야 한다. 그리고 아주 특별한 경우가 아니라면 그 리더의 결정에 따라야 한다.

　영국의 유명 광고회사가 거액의 상금을 걸고 '스코틀랜드의 에든버러에서 런던까지 가장 빨리 가는 방법은 무엇일까'라는 퀴즈 광고를 낸 적이 있었는데, '사랑하는 사람과 함께 가는 것'이 1등이었다고 한다. 사랑하는 사람과 함께 간다고 해서 극심한 정체 현상이 풀리는 것도 아닐 텐데 왜 가장 빨리 가는 방법이 될 수 있을까? 사랑하는 사람과 함께하면 시간을 잊을 수 있기 때문일 거다. 이렇게 사랑은 고약한 상황을 즐거운 시간으로 바꿔놓곤 한다. 그런 사람과 함께 걷는다면 오히려 혼자 걷는 것보다 더 가치있는 순례길이 될 수도 있다.

　보통 장거리를 여러 날 걷다가 보면 발에 물집도 생기고 통증이

심해 쉬어야 할 경우가 있다. 심하면 포기하고 귀국해야 하지만 일반적으로는 시간이 해결해 주는 경우가 많다. 이때 리더의 역할과 결정이 중요하다. 리더는 약자를 보살피며 걸어야 하지만 그렇다고 약자 위주로 걷는 것은 피해야 한다. 부상자가 있거나 힘들어 걷지 못하는 사람이 있을 경우 어떻게 해야 할까? 성한 사람은 그냥 예정대로 가도록 해야 한다. 부상자나 환자는 차를 태워 먼저 숙소로 보내서 기다리며 치료받고 쉬게 하면 된다. 아니면 치료받고 쉰 다음 차로 따라오게 해도 된다.

거기까지다. 5명 이상 단체로는 절대 가면 안 된다. 단체로 가면 리더의 통솔력도 무용지물이 되고 십중팔구는 목적지까지 가지 못하고 되돌아온다. 잘 걷는 사람 못 걷는 사람, 잘 자는 사람 못 자는 사람, 잘 먹는 사람 못 먹는 사람 그리고 아픈 사람 다친 사람, 사고 치는 사람, 싸우는 사람… 통제 불가능이다.

우리나라에는 여행사나 종교 단체에서 떼를 지어 패키지로 산티아고 순례길 '프랑스 루트'를 걷는 프로그램이 많이 있다. 이 경우는 목적부터가 다른 사람들이 대부분이다. 이들은 800km 순례길을 걸으려고 오는 사람들이 아니다. 관광 여행 목적으로 오는 사람들이 대부분이다. 800km 중 마지막 100여km쯤 걷고 순례길 졸업장을 받으려는 사람들이다. 짐은 차에 실어 보낸다. 걷기보다는 먹고 마시는 데 힘쓰는 사람들이다. 숙소에서는 더 하다. 삼겹살에 통닭에 소주, 와인 파티를 벌인다고 주방을 독점하고 식탁을 점령

▲ 벽화 앞에 포즈를 잡은 김수봉 사장

한다. 조용한 숙소 알베르게를 통째로 전세낸 듯 떠든다. 다른 순
례자들에게 피해를 주는 어글리 코리안들이다. 처음에는 그러려니
하던 알베르게 주인들도 이제는 이런 한국인들을 기피하는 현상까
지 벌어지고 있다고 한다. 이제 소문이 나서 많은 외국 순례객들은
한국인들이 묵고 있는 알베르게는 피해서 간다고 한다. 참으로 부
끄러운 일이 아닐 수 없다.

김 사장 부부와는 해파랑길, 제주 올레길 등 여러 번 같이 걸어
본 경험이 있기에 큰 무리 없이 걷고 있다. 좋은 점도 있지만 신경
쓰이는 부분이 있는 것도 사실이다. 친하기도 하지만 경험이 많다
보니 다소 불편하고 의견이 달라도 이해하고 양보하고 배려한다.

▲카미노 성황당   ▲순례자 석상

▲Ponte de Lima

어디엔가 썼지만 특히 부인들끼리 서로 배려를 하다 보니 남편들이 편하다. 부인들끼리 갈등이 생기면 아무리 친해도 절대 이 길을 함께 걸을 수 없게 된다.

오늘도 결국 27km나 걸어 리마Ponte de Lima에 도착했다. 날이 좋고 길도 아름다워 걷기는 좋았지만 먹고 마시고 쉴 곳은 없었다. 농가를 이어가는 길이라서 쉬어갈 카페도 없었다. 3시간 동안 13km를 걸어 겨우 카페 하나를 만나 맥주 한잔, 또 10km를 더 걸어 오후 2시가 돼서야 점심 먹을 식당을 만났다.

모든 게 다 좋은 길만 있는 경우는 드물다. 좋은 게 있으면 부족한 게 있고, 또 힘든 게 있으면 즐거운 일을 만나기 마련이다. 이런 글을 읽은 적이 있다. '좋은 날만 계속되면 건조해져서 못써. 햇볕만 늘 쨍쨍 나봐라, 그러면 사막이지. 비도 오고 태풍도 불어야 나쁜 것도 걸러지는 거야.'

카미노에서도 가장 견디기 힘든 시기는 나쁜 날씨가 이어질 때가 아니라 구름 한 점 없는 땡볕이 계속될 때다. 인생도 마찬가지다. 재능이 뛰어난 사람보다 잘 견디는 사람이 더 훌륭하다. 진정으로 멋진 사람은 힘든 시기를 이겨내는 사람이다. 힘든 걸 겪어 내야만 인생의 달콤함도 느낄 수 있다. 그래서 카미노는 인생 길이다.

아내가 뿔났다

25일 차 · 4월 8일, 월

Ponte de Lima ~ Rubiães(19km)

카페에서 빵 한 조각에 커피 한 잔하고 길을 나서는데 빗방울이 떨어지기 시작한다. 어제 날 좋다고 입방정을 떨었더니 그 좋던 날씨가 하루를 못 참는다. 일희일비하지 말라는 그분의 경고인 듯하다.

리마Lima강 메디에발Medieval 다리를 건너 한참을 가는데 지나가던 차에서 운전하던 분이 이 길로 가면 안 되니 돌아서 가라고 한다. 간밤에 비가 많이 내려 길이 물에 잠겨있다고 한다. 농로를 따라가던 길이 라부르자Laburja강 다리를 건너자 산으로 올라간다. 비가 와서인지 산이 깊어서인지 강물이 엄청나다. 마치 지난해 장마철에 걸었던 지리산둘레길에 와있는 듯한 착각이 든다.

오늘도 비 오는 산길에 쉴 곳이 없다. 9km쯤을 비를 맞고 올라가니 해발 150m쯤에 있는 헤볼타Revolta라는 산골 마을에 누네스 Nunes라는 작은 카페가 나타난다. 오늘 길에서 유일하게 만나는 카페다. 이 마을을 지나면 길은 해발 400m도 더 되는 산속으로 들어간다. 배를 채워 둬야 한다. 카페에 있는 먹을 만한 것들은 다 쓸어 먹는다.

완전 등산길이다. 비 오는 날 가파른 경사에 돌길이라니, 이번 카미노에서 가장 힘든 구간이다. 해발 405m 정상Alto Portela Grande에 오르자 모두가 지쳐 쓰러진다. 비가 오고 추운데 앉을 곳조차 없어 쉴 수가 없다. 다행히 내려오는 길은 해발 250m쯤에서 경사가 멈춘다.

산을 내려오니 호우루트Roulote라는 작은 카페가 나타난다. 야외

▲ 비오는 Ponte de Lima   ▲ 해발 405m까지 올라가는 등산로

텐트 밑 의자에 사람들이 가득하다. 비 오는 날 산을 넘어온 춥고 배고픈 사람들이다. 먹고 일어나는 프랑스 부부 자리를 잽싸게 차지한다. 메뉴도 단순하지만 배고프니 가릴 것도 없다. 김 사장 왈 오늘은 생존을 위해 먹는단다.

부킹닷컴을 통해 예약한 숙소가 루트에서 많이 벗어나 있다. 어쩔 수 없다. 또 택시를 타야 한다. 혼자라면 걷다가 아무데서라도 자면 되니 예약이 필요없지만 아줌마들 잘 모시려다 보니 좋은 숙소 찾다가 실수를 한 것이다. 오늘의 종점 후비아에스Rubiães에서 10km쯤 떨어져 있는 작은 도시 코우라Paredes de Coura에 있는 호스텔인데 난방 시설이 열악하다. 침낭을 꺼내고 모포까지 덮고 자야 한다. 아내의 입이 또 나온다. 심통이 머리 끝까지 올라와 있는 아내에게 침낭을 잘못 사용한다고 한 소리를 했더니 아예 말 대꾸조차 않는다. 내 생각엔 별로 화낼 일도 아니건만 난방이 안 돼 화가 나있는데 불을 붙인 게 화근이 된 거다. 화가 많이 나면 아내는 며칠이고 말을 안 한다. 풀어주려면 꽤나 시간이 걸릴 듯하다. 이래저래 힘든 하루다.

우리 부부도 젊었을 때는 가끔은 부부 싸움을 했다. 그러나 누구나 그렇듯 나이 들면서부터는 서로 많이 참고 이해하려고 노력하다 보니 지금은 다투는 경우가 많지 않다. 특히 해외여행을 할 때는 더욱 그렇다. 3주가 넘도록 좁은 차 안에 앉아서 미국 대륙횡단을 한 적도 있지만 단 한 번도 다투지 않았다. 1차 산티아고 순례길을 33일간 걸으면서도 마찬가지다. 아내의 말이 걸작이다. 단둘이 해외에 왔는데 성질 급한 남편 잘못 건드렸다가 혼자 남게 되면 자기만 손해란다. 영어도 잘 못하는데 미아가 안 되려면 자기가 참을 수밖에 없단다. 이번에는 김수봉 사장 부부가 있으니 믿을 구석이 있어서 화를 내도 된다는 얘기인가?

김수봉 사장이 인터넷을 뒤져 저녁 먹을 식당을 검색하는데 잘 찾지를 못하고 있다. 이럴 때는 내가 나서야 한다. 동네 사람들에게 물으니 금방이다. 김수봉 사장은 IT에 강하다. 숙소, 식당, 길 할 것 없이 구글이나 인터넷을 통해 검색하고 예약을 한다. 그렇지만 IT가 통하지 않는 이런 시골에서는 아날로그적으로 해결하는 편이 훨씬 쉽고 빠르다. 알량한 포르투갈 말이지만 손짓발짓하며 들이대는 데는 내가 더 선수다.

후비아에스 마을 진입

국경 없는 국경을 넘다

26일 차 · 4월 9일, 화

Rubiães ~ Tui(21km)

아침에 일어나 창문을 열어보니 언제 그랬냐는 듯 구름 한 점 없는 화창한 날씨다. 스페인 갈리시아 지방이 가까워지니 날씨가 더 변화무쌍하다. 포르투갈 국토 면적은 우리나라보다 다소 작지만 동東으로는 이베리아반도 내륙을, 서西로는 대서양을 접하며 아래위로 길게 뻗어 있어 다양한 기후대를 형성하고 있다. 리스본 남쪽으로 내려가면 산이 적고 지중해성 기후 영향을 받아 비교적 따뜻하고 건조한 편이다. 그러나 포르투를 기준으로 위로 올라가면 산이 많고 대서양 영향을 받아 서늘하고 비가 많이 오는 편이다. 갈리시아의 변덕스러운 날씨는 이 때문이다.

예상했던 대로 어젯밤 삐진 아내는 아침까지 말을 안 한다. 한 50년 가까이 살다 보니 이런 때는 어떻게 해야 되는지를 나는 안다. 말을 붙이면 안 된다. 그냥 내버려 두면 제풀에 꺾여 시간이 가면서 풀어지게 마련이다. 이 걷기 좋은 날, 말도 없이 걷기만 하는게 답답하지만 할 수 없다. 이 길에서는 잘 걸어주는 것만으로도 고마운 일, 더 많이 보살펴 주고 이해해 줘야 하는데 어제는 내가 좀 심했었나 보다. 이래서 카미노는 혼자 걷는 게 제일 속이 편하다는 거다. 부부끼리도 걷다가 싸우고 헤어져 이혼한 사례도 있다는 길인데 이런 작은 갈등은 그저 그러려니 하고 그냥 넘어가야 한다.

후비아에스Rubiães 고도는 해발이 250m 정도 된다. 출발하면 잠시 해발 270m까지 올라가지만 미뉴Minho강 가에 있는 국경도시 발렌사Valença까지는 20km를 완만하게 내려가는 걷기 좋은 길이 계속된다. 로마 때 건설돼 지금까지 사용하고 있다는 또 다른 로마교Ponte Romano를 건너자 길은 물을 따라 가다가 마을을 만나고 다시 산을 끼고 가다가 또 마을을 만난다. 그래서 오늘은 먹고 쉬고 마시는 문제가 전혀 없다. 그런데 아내가 입을 다물고 있다. 말없이 걷기만 하다 보니 내가 답답하다. 언제 풀어지려나 눈치를 슬금슬금 보면서 걷는다.

8km쯤 걸어 폰토우라Fontoura 마을에 도착하니 성당의 종소리가 11시를 알린다. 힘들다는 생각은 없지만 카페를 만났으니 맥주는 한잔하고 가야지. 울 아줌마 맥주 한잔하면 풀어지려나? 그런데 아내가 맥주는 마시지 않겠다고 한다. 삐져서 그러는 것 같지는 않은데 왜지? 길에서 카페를 만나더라도 정말 덥고 목이 마르지 않는 한

아줌마들은 맥주는 잘 마시지 않으려고 한다. 버리는 문제 때문이다. 먼길을 걸을 때, 특히 카미노에서는 '채울 수 있을 때 채우고 버릴 수 있을 때 버려라'다. 길을 가다가 보면 먹을 데가 없는 경우가 많다. 그래서 먹을 데가 보이면 배가 고프지 않더라도 일단은 배를 채워야 한다. 버리는 것도 마찬가지다. 남자들이야 큰일 아니면 별 문제될 게 없지만 여자들은 다르다. 버릴 데가 나타나면 신호가 없더라도 무조건 버려야 한다. 걷다가 굶어보지 않은 사람은 모른다. 걷다가 배가 아파 고생해 보지 않은 사람은 모른다. 길에서 먹고 버리는 게 얼마나 중요한지 당해보지 않은 사람은 모른다.

▲ 포르투갈에서의 마지막 식사, 해물죽 그리고 닭튀김

14km 지점에 있는 페드레이라Pedreira 마을에서 점심을 먹는다. 포르투갈에서의 마지막 식사다. 해물죽Arroz de Marisco 그리고 숯불구이 통닭Frango을 주문한다. 지난 한 달 동안 수도 없이 많이 먹었던 포르투갈 전통 음식이지만 이것도 이제 마지막이라 생각하니 아쉽다. 맛도 더 좋다. 화이트 와인을 곁들여 푸짐하게 먹는다.

▲ 폰토우라 마을 풍경 스케치

▲ 멀리 보이는 페드레이라 마을

포르투갈 국경 도시 발렌사Valença에 진입한다. 인구 1만 5천 명 정도의 작은 도시로 미뉴강을 사이에 두고 스페인 투이Tui를 마주 보고 있다. 강가에 서 있는 거대한 요새 성벽Fortaleza이 마치 과거 갈등 많았던 스페인과의 관계를 말해주는 듯하다. 미뉴강 철교 Ponte Internacional*를 건너면 오늘의 종점 스페인 투이다. 입국 심사는 물론 국경 표시도 없는 국경, 강물은 말없이 흐르는데 다리 하나 건너오니 갑자기 말도 다르고 시차까지 있다.

포르투갈이라는 국가 이름이 'Porto+Galicia'라는 설이 있을 정도로 포르투갈과 갈리시아 지방은 역사적으로나 문화적으로 많은 연관성과 유사성을 가지고 있다. 로마시대부터 무어족이 지배할 때까지는 같은 갈리시아 언어를 쓰는 같은 민족이었다. 실제로 갈리시아어는 스페인어Castella보다는 포르투갈어에 훨씬 더 가깝다고 한다. 그래서 지금도 갈리시아의 분리주의자들은 스페인에서 분리되어 포르투갈과 합치자는 주장을 하고 있다고 한다.

어떻든 이제부터는 스페인 카미노를 걷지만 길 이름은 그래도 'Camino Portugués'다. 길도 막바지에 접어들어 산티아고까지 남은 거리도 100여km 정도. 이제 닷새만 더 걸으면 된다.

*Ponte Internacional Tui – Valença
포르투갈 Valença와 스페인 Tui를 연결하는 미뉴강 2층 철교. 아래는 자동차가, 위로는 기차가 다닌다. Eiffel이 설계했다는 설이 있으나 스페인 Pelayo Mancebo 작품이다. 1886년에 개통되었다.

다리 하나 건너면 스페인 투이다

강 건너 보이는 발렌사 요새

드디어 스페인 투이 진입

투이 진입로 벽화

Catedral de Santiago de Compostela

✦ 제5장 ✦

Tui ~ Santiago
그리고 Finisterre

182km, 10일

Muxia

Finisterre

Santiago

Tui

Amarante

Porto

Portugal

Atlantic Ocean

Coimbra

Fatima — ..... — Tomar

Spain

Sintra —

Lisboa

와인을 사발에 마시다

27일 차 · 4/10, 수

Tui ~ Porriño(19km)

새벽 3시에 깨서 카카오 스토리를 올리고 다시 곤히 자고 있는데 전화벨이 울린다. 김 사장이 밥 먹으러 가잔다. 시계를 보니 아직 7시다. 포르투갈 시간으로는 새벽 6시, 창밖은 아직 어둡다. 김 사장이 시차 생각을 못했나 보다.

짐 챙겨 8시에 호텔을 나서는데 날씨가 제법 쌀쌀하다. 예보로는 화창한 날씨에 한낮 기온이 23도까지 올라간다고 했다. 날씨 변덕만 없다면 한낮에는 더울 듯하다.

카미노에 사람들이 갑자기 많이 보이기 시작한다. 리스본에서 또 포르투에서 출발하는 순례자도 있지만 이곳 투이에서 시작하는 사람들이 더 많다고 한다. 주로 스페인 사람들이 휴가나 주말을 이용해 짧게 걷는 듯하다.

통계를 보면 지난해2023년 산티아고 순례길을 걸은 사람들이 약 45만 명 정도다. 루트별로는 프랑스 루트가 약 50%, 포르투갈 루트가 약 20%를 차지한다. 국가별로 보면 스페인, 이탈리아, 포르투갈, 프랑스, 독일 순인데 아무래도 인접 국가나 기독교 국가에서 오는 순례자가 많을 수밖에 없을 것이다. 그중에서도 스페인이나 포르투갈 순례자들은 한 번에 전체 루트를 걷기보다는 구간별로 나누어 여러 차례에 걸쳐 걷는 경우가 많다고 한다.

그런데 특이한 부분은 프랑스 루트에는 우리나라 순례자들이 의외로 많다는 점이다. 종교 단체나 관광 회사에서 단체로 오는 경우도 많지만 여러 방송 프로그램에서 연예인들을 동원하여 카미노 특집을 방영하고 난 이후 우리나라에 카미노 열풍이 불었다. 대한민국 산티아고 순례자 협회 통계자료를 보면 지난해 우리나라의 산티아고 순례자는 약 8천 명 수준으로 세계 10위권이다. 금년에는 만 명 이상이 될 것으로 예측하고 있다. 코로나 직전인 2019년에 세계 8위권이었다는데 금년에 재진입 할 것으로 보인다. 반면 일본이나 중국인은 2천 명이 채 안 된다. 또 대부분의 한국인 순례자는 프랑스 루트를 걷기 때문에 그 길에서 만나는 동양인은 거의 한국인 순례자들이라고 보면 된다. 앞 장에서 언급했지만, 특히 프랑스 루트에는 단체로 오는 한국인이 많다 보니 부작용도 많고 일부 어글리 코리안 순례자들 때문에 한국인 기피 현상까지 일고 있다고 한다.

▲투이의 아침

　어제 저녁에 보니 아내의 오른발 새끼발가락에 물집이 크게 잡혀
있다. 처음 시작할 때 아팠던 왼쪽은 좋아졌는데 이제는 오른쪽이
다. 걷는 것도 힘들 텐데 짐이라도 가볍게 해줘야 한다. 아내 배낭
에 들어있는 무거운 것들을 내 배낭으로 옮겨 넣는다. 걷다가 힘들
어 하면 아내 배낭마저 또 내가 메고 가야 한다.

　9km쯤을 걸어 리바델로우로Ribadelouro* 마을에서 차 한잔하고
나서는데 'Rio Opcion'이라는 표지가 나타난다. 길이 두 갈래로
갈라지니 어느 길로 갈 건지 선택하라는 거다. 오른쪽 길은 짧지만
공단을 가로질러 가는 재미없는 길, 즉 '지름길'이고, 왼쪽은 돌아
가는 먼 길이지만 숲과 냇가를 따라서 가는 아름다운 길, 즉 '에움

길'이다. 뜻이 낯선 이도 있겠지만 에움길은 '빙 둘러서 가는 멀고 굽은 길'이라는 뜻이다. 길은 목적지에 가기 위해서도 존재하지만 떠나기 위해서도, 걷는 과정에서도 존재한다. '길을 걷는다'는 말 보다 '길을 떠난다'는 말이 왠지 더 낭만적이지 아니한가? 떠난다 는 말은 시작점이 있고 도착점이 존재한다는 뜻이다. 도착점이 있 다는 것은 과정을 거쳐야 한다는 뜻이 내포되어 있다. 거쳐가는 과 정에서 지름길과 에움길은 많은 차이가 있다.

*리바델로우로(Ribadelouro)
포르투갈어에서 'R'발음은 'ㅎ'에 가깝지만 스페인에서는 'ㄹ'이다.

CBS 음악 FM 배미향의 〈저녁 스케치〉에 '길에게 길을 묻다'라 는 코너가 있다. 걷다 보니 결국 우리는 길 위에서 길에게 길을 물 으며, 또 살면서 삶에게 삶을 물어가며 살아가는 것이 아닐까 하는 생각을 해보게 된다. 그 걷는 길이 산티아고 길이거나, 제주 올레길 이거나, 지리산둘레길이거나, 동네 고샅길이거나⋯ 그 삶의 길이 입신양명의 길이거나 고행의 길이거나, 꽃길이거나 진흙탕 길이거 나⋯ 우리네 인생이 곧 길이요, 내가 걷는 길이 또 곧 우리의 삶이 라는 생각을 하게 된다.

지름길을 택할 것인가, 에움길로 돌아서 갈 것인가. 인생길은 결 국 선택의 문제다. 지름길로 가면 일찍 이루겠지만 그만큼 삶에서

Rio Opcion에서 길이 갈라진다 ▶

▼강 따라 숲 따라 돌아가는 아름다운 에움길

누락되고 생략되는 게 많을 것이다. 에움길로 가면 늦지만 많이 볼 것이다. 꽃구경도 하고 새소리, 바람소리도 듣고 동반자와 대화도 나눌 것이다.

사랑도 그렇지 않을까? 참된 사랑은 차 타고 쉽게 가는 지름길이 아니고, 수만 갈래의 에움길을 돌고 돌아서 이루어지는 것이 아닐까? 어쩌면 앞에서 얘기했던 영국 광고회사 퀴즈처럼 사랑하는 사람과 함께 가는 에움길이 지름길보다 더 빠른 길이 아닐까?

나희덕도 그의 명시 「푸른 밤」에서 나의 생애는 네게로 난 에움길이라는 표현으로 사랑을 묘사하고 있다.

오늘은 어느 길을 택할까? 의외로 김수봉 사장이 돌아가는 길로 가자고 한다. 항상 지름길을 좋아하던 김 사장인데 웬일이지? 끝날 때가 돼가니 이제는 돌아가더라도 에움길이 좋다는 것을 알았나 보다.

길은 강가 숲길을 따라간다. 또 나타난 로마 돌다리를 넘자 숲속으로 숨어들어 가더니 다시 나와 도로를 따라간다. 강길, 숲길, 다시 도로다. 변화가 계속되니 심심할 틈이 없다.

점심 시간이 됐다. 먹을 곳을 찾는다. 길에서 조금 벗어난 지점에 타베르나Taberna라는 식당이 보인다. 주인, 종업원 모두 영어 한

▲와인을 사발에 마시다니?

마디 안 통한다. 포르투갈어보다도 더 한심한 내 스페인어가 제대로 통할 리 없다. 구글 번역기를 돌려가며 어렵게 주문했는데, 세상에 이렇게 맛없는 식당은 처음이다. 반도 못 먹고 남긴다. 에구, 그나마 허기라도 달래줬으니 감사해야 하는 건가? 더 한심한 건 하우스 와인을 주문했는데 사발을 와인잔이라고 내놓는 게 아닌가.

술이라는 건 제대로 된 잔에 따라 마셔야 제맛이다. 술에 따라 술잔의 크기나 재질, 모양이 달라지는 데는 나름 다 이유가 있다. 도수에 따라 잔의 크기는 비례해서 달라진다. 맥주는 파인트 유리잔에 마셔야 제맛이다. 막걸리는 탁배기 잔이나 찌그러진 양재기 잔에 마셔야 제격이다. 와인잔의 바닥이 넓고 큰 것은 산화, 즉 디캔팅Decanting을 위해서다. 와인 맛에 민감하고 까다로운 사람들은 같은 와인이라 하더라도 산지나 포도 종류에 따라 잔의 크기나 모양을 따진다. 심지어 같은 소주잔, 맥주잔이라도 브랜드에 따라 잔을 바꾸어 마시는 사람도 있다. 즉, 진로는 진로잔에 카스는 카스잔에 마셔야 한다는 것이다. 그런데 와인을 사발에 마셔라? 이건 와인 나라에서 와인에 대한 심한 모독이다.

오늘은 이번 카미노에서 가장 짧게 걸은 날이다. 화창한 날씨에 평지 19km다. 포리뇨Porriño 숙소에 도착하니 3시, 방 두 개짜리 아파트가 넓고 깨끗하다. 아줌마들이 좋아한다. 아픈 발 끌고 잘 걸어줬으니 편히 쉬셔유. 저녁은 맛있는 거 사주리다.

▲ 포리뇨 시내 진입

100km가 없다

28일 차 · 4/11, 목

Porriño ~ Redondela(18km)

포리뇨에 있는 숙소 오르바요Orballo 아파트가 참 깨끗하고 편안하다. 아침 7시까지 푹 자고, 라면을 끓여 먹은 뒤 여유 있게 길을 나선다. 9시다.

포르투갈이라는 이름은 포르투와 갈리시아가 합쳐져서 만들어진 것이라는 설이 있다. 그래서 갈리시아 지방 사람들의 공용어는 스페인어Castellano*와 갈리시아어 두 가지다. 대외적, 공식적으

*스페인어(Castellano)

우리가 알고 있는 스페인 표준어(Español)은 원래 마드리드를 중심으로 하는 Castilla 지방 언어 Castellano이다. 스페인에는 바르셀로나를 중심으로 하는 Catalunia 지방 언어 Catalan, 빌바오를 중심으로 하는 바스크어(Basque) 그리고 갈리시아어 등 여러 언어가 있는데 엄밀히 얘기하면 모두가 스페인어다. 그래서 바르셀로나에 가면 Cas-tellano를 스페인어라고 말하면 싫어한다. 'Catalan도 스페인어다. Castellano라고 하라'고 말한다. 지방색이 강한 스페인에서 자주 볼 수 있는 현상이니 조심해야 한다.

로는 스페인어를 쓰지만 자기네끼리는 갈리시아어로 말한다. 갈리시아어는 스페인어보다는 오히려 포르투갈어와 더 가깝다고 한다. 아침 인사를 하는데 포르투갈과 같은 "Bom Dia"라고 말한다. 스페인어로 하면 "Buenos Dias"이어야 한다. 앞서도 얘기했지만 포르투갈이 독립하기 전인 12세기 초반까지는 같은 나라 같은 지방이었다. 즉 포르투 북쪽은 갈리시아 지방이었다. 그래서 스페인어와 포르투갈어가 혼합된 언어의 형태를 포르투뇰Portuñol= Portu-gués+Español이라고 칭하기도 한다.

길을 나서서 한 2km쯤 걸으니 100.22km, 또 조금 더 가니 99.84km라는 산티아고 거리 이정표가 서 있다. 100km 이정표가 없다. 수백km 길에서 1~200m 차이는 별 것도 아니다. 상징적으

▲ 100.22km 그리고 99.84km, 카미노에는 100km가 없다

로 100km라고 세워 놓으면 걷는 사람들한테는 특별한 의미를 줄 수도 있을 텐데 아쉽다. 100km 지점에 카페나 쉼터를 만들어 놓으면 장사도 더 잘 될 거다. 순진한 건지, 생각이 없는 건지, 상술이 부족한 건지 잘 모르겠다.

학교에서 워크샵을 왔는지 한 떼의 학생들이 시끌벅적 뒤따라온다. 키는 크지만 아직은 앳된 중고생쯤으로 보인다. 앞서거니 뒤서거니 하며 걷는데 쿵쾅쿵쾅 음악 소리가 너무 시끄럽다. 블루투스 스피커를 들고 템포 빠른 음악을 크게 틀고 걷는 거다. 어린애들인데 그냥 둘까? 선생님들도 보이는데 아무런 제재가 없다. 교육차 왔을 텐데 이 길을 걷는 의미와 에티켓은 알려 주는 게 좋을 듯하다. 스피커를 들고 있는 학생에게 조심스럽게 "카미노는 순례자의

▲블루투스 스피커 크게 틀고 걷는 학생들

길이란다. 스피커 볼륨을 크게 켜고 시끄럽게 걸으면 안 된다."라고 말을 해주었다. 이 학생, 얼굴이 벌개지며 금방 "I didn't know that, I'm so sorry."라고 한다. 어린 학생들인데 오히려 내가 미안하다. 요즘 우리나라 아이들 같았으면 "아저씨가 뭔데 그래요? 내 맘이에요!" 하며 금방 대들었을지도 모른다. 서울에서 종종 겪는 일이다. 교육의 잘못이다. 1차는 가정교육, 2차는 학교 교육이다. 우리 아이들을 잘못 가르친 우리들의 잘못이다.

이제 충효사상은 기대할 수도 없는 세상이 됐다. 개인적인 생각이지만 우리 어릴 적만 해도 어른을 공경하라, 부모님께 효도하라는 등 소위 삼강오륜이란 사상은 예절이기 전에 사회 질서를 유지하기 위한 법이었다. 법을 잘 지키면 상이 주어지고 어기면 벌이 따른다. 동네마다 열녀비가, 효자비가 서 있는 건 가문의 영광이다. 불륜녀나 불효자는 동네에서 쫓겨난다. 오갈 데 없는 세상에서 엄청난 벌이다. 법이 없어도 범죄를 막고 사회 질서를 지킬 수 있는 시스템이 있었던 셈이다.

숙소에 도착하니 2시, 오늘은 18km를 걸었다. 이것도 기록이다. 전반에 많이 걸어둔 덕에 후반이 여유롭다. 여유가 생기니 몸도 마음도 유연해진다. 대신 이런저런 생각을 많이 하게 된다.

또 만난 피리 부는 사나이

29일 차 · 4/12, 금

`Redondela ~ Pontevedra(20km)

레돈델라Redondela에 있는 숙소 카미난테Fogar do Caminante는 그동안 묵은 곳 중에서 최고의 가성비를 가진 곳이다. 방이 3개에 주방, 거실 그리고 화장실도 2개다. 세탁기도 공짜, 냉장고에는 물, 빵, 요구르트까지 모두 무료Complimentary다. 결국 90유로에 4명이 아침밥까지 먹은 셈이니 얼마나 가성비가 높은 숙소인가? 웬만한 알베르게 값이다.

배낭 메고 일어서더니 아내가 울상이다. 오른쪽 새끼발가락이 더 아프단다. 이거 큰 일이다. 어제 물집을 터뜨리고 약을 바른 뒤 반창고를 붙였다. 왼쪽 발가락에

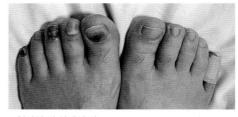

▲엉망이 된 아내의 발

는 물집이 잡히더라도 통증이 없어 걷는 데는 큰 무리가 없었는데 어떻게 하나? 택시를 태워 먼저 숙소로 보내려고 하니 살살 걸어보겠단다. 또 배낭을 벗겨 내가 앞뒤로 메고 천천히 걷는다. 2,30분쯤 걷더니 걸을 만하단다. 원래 좀 걷다 보면 통증을 덜 느끼게 된다. 쉬었다 걸으면 또 느끼고 그러다 보면 꾸들꾸들 물집이 마르고 좋아지기도 한다.

레돈델라 시가지를 벗어나자 길이 다시 둘로 갈라진다. 세산테스 갈림길Opción Cesantes이다. 비고Vigo 호반을 따라서 걸을 것이냐, 산으로 올라 호수를 내려다보면서 걸을 것이냐? 산길을 택한다. 비고는 아름다운 호반의 도시다. 스페인 여름 휴양지로도 유명한 곳이다. 30여 년 전 주재 시절 가족들과 함께 온 적이 있지만 기억이 가물가물하다.

오르막길을 만나니 이제는 내가 힘들다. 아내가 배낭을 되돌려 달라고 한다. 하는 수 없이 넘겨준다. 배낭을 폈는데도 올라가는 길에서는 아내가 잘 걷는다. 겨우 해발 153m를 올라가는 건데 힘이 많이 든다. 롬바 정상Alto de Romba에서 내려다보는 비고 호수가 에메랄드빛이다. 정상에 작은 노상 카페가 있다. 스탬프도 찍어 주고 기념품도 판다. 호수를 배경으로 사진 몇 장 찍고 얼마를 더 걷다 보니 시원한 그늘 아래에 또 노상 카페가 나타난다. 포르투 이전에는 웬만한 동네에도 먹고 마실 데가 없어 고생했는데 이곳에는 산

▲롬바 정상에서 내려다본 비고 호수

속에도 노상 카페가 여럿이다. 그만큼 장사가 잘 된다는 증거이고,
걷는 사람이 많다는 얘기다.

　나무 그늘 아래서 흰수염 아저씨가 피리를 불고 있다. 저 피리 부
는 사나이, 어디선가 본 기억이 난다. 프랑스 루트에서 보았던 그
분이다. 되지도 않는 스페인어로 7년 전에 프랑스 길에서 만났고
어쩌고저쩌고하니 깜짝 놀라며 반가워한다. 말이 안 통하니 더 이
상의 대화는 불가다. 이 사나이도 오랜만에 이 길에 왔는데 어쩌다
우연히 만난 건지, 이 길에서 아예 사는 건지 알 수는 없지만 카미
노에 중독된 것만은 분명하다. 지난주 포르투갈 안시아오Ansião 호
젓한 길가에 쉼터를 만들어 놓고 사는 프랑스 아저씨도 그랬지만

▲노상 카페 아줌마　　　　　▲ 피리 부는 사나이

가끔은 이 길을 걷다가 매료되어 이 길에 아예 주저앉아 살고 있는 사람들이 더러 있다.

　오늘이 제일 더운 날이다. 한낮 기온이 27도까지 올라간다. 그늘에서는 시원하지만 땡볕에 나오면 엄청 따갑다. 그래도 비 오는 것보다는 걷기 좋은 날이니 감사한 일이다.

　스페인으로 들어오니 마을 길이 달라진다. 포르투갈에서는 큰 도로가 아니면 거의가 돌길, 소위 'Cobblestone' 길이었는데 스페인에 들어서니 마을 골목길도 시멘트나 아스팔트로 포장을 했다. 걷기에 편하다. 자동차가 지나가도 소음이 없다. 어느 길이 더 좋은걸까? 옳고 그름은 없다. 다소 불편하더라도 전통을 지킬 것이냐, 새로운 변화를 추구할 것이냐, 이것도 선택의 문제다. 온고지신溫故知新이라 했다. 지킬 건 지키면서 변화를 추구하면 된다. 그러나 정체성Identity까지 잃으면 그건 안 된다.

그리 길지 않은 구간인데 오르막 내리막이 많다 보니 힘이 들었다. 폰테 베드라Ponte Vedra에 도착하니 3시가 넘었다. 중간에 식당이 없어 카페에서 맥주만 마셨더니 모두들 배가 고프다. 어차피 스페인 식당은 저녁 9시가 넘어야 문을 연다. 늦었지만 일단 점심은 먹어둬야 한다. 오징어, 문어, 조개, 새우 등 해산물 요리가 맛있다. 주인장도 엄청 친절하다. 에라, 저녁에도 이 식당이다. 예약을 해둔다.

저녁에 먹고 난 조개껍데기이 예사롭지 않다. 카미노의 상징*은 부채모양의 가리비Scallop 조개껍데기이다. 숙소로 들고 와 구멍 뚫

*카미노의 상징

옛날 카미노 순례자들의 그림을 보면 상징물이 세 가지가 있다. 기다란 나무 지팡이와 물통으로 쓰였을 조롱박 그리고 목에 건 조개껍데기가 그것이다. 먼길을 걷자면 지팡이와 물통은 필수품이었을 테지만 조개껍데기는 무엇일까? 여러가지 설이 있지만, 전설에 의하면 야고보 성인이 이스라엘에서 순교를 하고 그 제자들에 의해 돌배에 실려 이베리아반도로 옮겨올 때 시신이 조개껍데기로 덮여 있었다고 한다. 이런 연유로 조개는 산티아고 길의 상징이 되었다. 길 표시도 조개 문양을 형상화했고, 조개껍데기를 배낭에 매달고 걸으면 순례자임을 나타낸다. 조개 위에 그려진 빨간 십자가는 칼과 창모양으로 된 십자군 문양이다. 이는 9세기 클라비호(Clavijo)전투에 야고보 성인이 나타나 무어군을 크게 물리쳤다는 전설에 기인한다. 이로 인해 야고보 성인은 스페인의 수호 성인으로 추대 받게 된다.

▲카미노의 상징. 먹고 난 가리비 껍데기에 구멍을 뚫어 실로 꿰어 배낭에 매달았다

고 실을 꼬아 꿰니 훌륭한 기념품이다. 하나씩 나누어 배낭에 매달
아 준다. 돈 주고 산 것보다 작고 모양은 없지만 내가 만든 것이니
훨씬 의미가 있다. 아내가 서울로 돌아가면 껍질 위에 성 야고보 기
사단 문양의 빨간 십자가도 그려 주겠다고 한다.

무엇을 버리고 무엇을 얻었는가

30일 차 · 4/13, 토

Pontevedra ~ Caldas de Reis(23km)

걷기 30일 차, 오늘로 한 달째다. 이제 산티아고까지는 채 60km도 남지 않았다.

길을 걷기 전 폰테 베드라의 명물 '비르헨 페레그리나 성당San-tuario de la Virgen Peregrina'을 돌아본다. 18세기에 지어진 이 성당은 스페인에서 유일한 원형 건물 성당이라고 한다. 성당 정면에 순례자 복장을 한 성모 마리아La Virgen de Peregrina, 성 요셉, 성 야고보가 그려져 있다. 성모 마리아가 순례자들과 함께 길을 걷고 있다는 상징적 의미를 담고 있다고 한다. 그녀는 폰테 베드라의 수호 성인이라고 한다. 그렇지만 카미노에서는 성모도 야고보 성인도 모든 순례자들의 수호 성인이다. 그래서 저분들도 순례 복장을 하고 있는 게 아닐까?

▲비르헨 페레그리나 성당　　　　▲순례자 복장의 성모상

　도심을 벗어나니 멋진 길이 펼쳐진다. 푸른 이끼옷을 입은 나무가 우거진 호젓한 숲길이다. 산새가 지저귀고 맑은 시냇물이 흐른다. 새소리, 바람소리, 시냇물소리 가득하다. 아침 공기가 상쾌하다.

　발동이 늦게 걸리는 아내가 아침인데도 잘 걷고 있다. 잘 걸어 주니 마음이 가볍다. 길이 좋으니 몸도 가볍다. 오늘은 잠시라도 혼자 걷고 싶다. 김 사장 따라서 앞서가는 아내를 알아서 가게 두고 멀찌감치 떨어져 홀로 걷는다. 마음을 비우고, 머리도 비우고 멍 때리며 걷는다. 그러다가 또 이 생각 저 생각에 머리가 복잡해진다.

▲호젓한 산길, 물소리 바람소리 새소리

또다시 나에게 내가 묻는다. "나는 이 길 산티아고를 왜 또 걷는 가?" 이 질문에 대한 답은 여러 개가 있을 수 있다. 어떤 책에서 우리나라 사람들이 왜 카미노를 걷는지에 대한 조사 결과를 읽은 적이 있다. 자기 성찰, 일상 탈출, 현지 체험, 신앙 등이 주된 이유로 꼽혔던 것으로 기억한다. 나도 처음에는 별반 다르지 않았다. 그러나 지난 몇 년간 수많은 길을 걸으면서 의문이 생겼다. 의미 없이 그냥 걷기만 할 것인가? 고민을 하기 시작했다. '나는 왜 걷는가?' 이에 대한 답은 서문에서 이미 언급했으니 다시 반복할 필요는 없겠다.

그렇지만 머릿속에서는 나에게 내가 던지는 다른 질문이 계속된다. 이 길을 걸으면서 무엇을 버리고 무엇을 얻었는가?

　마지막일지도 모르는 딸내미 추도식을 마치고 카미노를 걷기 시작했다. 부모가 돌아가시면 산에다 묻고 자식은 죽으면 가슴에 묻는다고 했다. 가슴속에 딸내미를 품고 걸었다. 이 길을 걷고 나면 이제 그 애를 놓아주자. 아니, 그보다는 이제 우리가 딸내미로부터 자유로워지자는 표현이 맞을지도 모르겠다. 딸내미는 가면서 늦둥이 동생을 선물해줬다. 추도사에서도 말했지만 얼마나 고마운 선물인지 모른다. 그 선물 덕에 우리 가족이 여기까지 올 수 있었으니 이제는 딸을 잃은 원망보다는 선물에 감사하며 그 애를 놓아주자. 딸내미도 그것을 바라고 있을 것이다. 머지 않은 날 하늘에서 그 애를 만나면 네 덕분에 행복했노라고 말할 수 있으면 좋겠다.

　이제부터는 기도를 할 때도 '주세요'보다는 '감사합니다'라고 해야겠다. 그동안 받을 만큼 받고 살았으니 이제는 '받자'보다는 '베풀자'에 더 힘쓰며 살아야겠다. 이 길에서 카미노가 내게 주는 교훈이고 지혜다. 때로는 어렵고 힘들겠지만 남은 인생은 그렇게 살고 갔으면 좋겠다.

　이번 길에서는 IT 기기에 밝은 김수봉 사장 덕에 길 찾는 수고 없이 편하게 걷는다. 세상이 바뀌었으니 IT 기기를 활용하면 유용하다. 그러나 지나치게 의존하다 보면 기기의 지배를 받게 돼 사람 냄새를 잃게 된다. 인터넷이나 와이파이 또는 구글이나 카톡이 안 되면 사람들은 불안해 한다. 그러나 가끔은 다소 불편하더라도 아날로그적 삶을 살아보는 것도 필요하다. 앞에서 길에서 길에게 길을 묻는다 했지만 이 길은 원래 길에서 길을 물어물어 가며 걷는 길이다. 안내 책자를 보고, 화살표와 이정표를 따라 걷는 길이다. 길을 잃거나 모르면 가끔은 시행착오도 겪어가면서 그렇게 걷는 길이다. 그것이 카미노다.

나는 이 길에서는 휴대폰 의존도를 가능하면 줄여 보고 싶었다. 뉴스도, 유투브도 보지 않고 인터넷 뱅킹도 주식도 하지 않았다. 김 사장이 다 해주기 때문일 수도 있지만 구글 지도도 열어보지 않았다. 길을 모르거나 잃으면 사람들에게 묻고자 했다. 이 길에서는 어쩌면 그래야만 할 것 같다는 생각을 하였다. 사진과 카카오 스토리는 어쩔 수 없었지만 나머지는 접속 자체를 아예 하지 않았다. 처음에는 궁금하기도 했지만 생각을 접고 나니 나중에는 그것마저도 없어졌다. 인터넷에서 자유로워졌다.

언젠가 읽었던 헬렌 니어링Helen Nearing의 책 『아름다운 삶, 사랑 그리고 마무리』를 지금도 가끔씩 들춰 보다가 또 가끔씩 〈나는 자연인이다〉라는 TV프로그램을 보다가 나도 언젠가 한 번쯤은 모든 문명의 이기에서 벗어나 오롯이 자유로운 영혼이 되어 아날로그를 기반으로 하는 심플 라이프Simple Life 생활을 경험해 보고 싶다는 생각을 하곤 한다.

숲을 벗어나니 도로를 따라 걷는 길이다. 한낮 기온이 30도에 육박하는 더운 날이다. 순례길 이정표는 산티아고까지 50km를 가리키고 있는데 N-550 지방도로 안내판은 40km다. 일반적으로는 두 발로 걷는 길이 지름길로 가기 때문에 찻길보다는 가까운데 카미노에서는 마을과 마을을 연결하기 때문에 예외인 경우가 많다.

칼다스 데 레이스Caldas de Reis에 진입을 한다. 이름이 갈리시아어로 뜨거운 샘, 즉 온천이라는 뜻이다. 인구 만 명 정도의 작은 도시인데 이름대로 동네 곳곳에 온천이 많다고 한다. 길가 우물가에 순례자들이 줄을 서 있다. 혹시 저 물도 온천수?

칼다스 데 레이스는 시내 중심가로 맑은 시냇물이 흐르는 아름다운 도시다. 온천이 무료라는데 가서 더운 물에 몸 좀 풀고 올까? 아, 안된다. 오늘은 토요일, 성당에 가야 한다. 우리 숙소 앞에 산타 마리아 성당이 있다. 원래는 일요일 주일미사에 가야 하지만 낮에는 걸어야 하기 때문에 우리는 걷는 내내 일요일 대신 토요미사에 참석해 왔다. 아쉽지만 온천은 포기다.

▲ 도로 따라가면 산티아고까지 40km

▲ 이 물도 혹시 온천수?

더 주겠다는데 왜 난리야?

31일 차 · 4/14, 일

Caldas de Reis ~ A Picaraña Cruce(29km)

계속 날씨가 좋다. 아침에는 시원하고 오후가 되면 더워지는 날씨가 계속된다. 해발 165m까지 올라가는 완만한 경사지만 걷기 좋은 길이다. 아내의 발가락 통증도 좋아졌다. 산티아고가 가까워졌으니 심리적인 영향도 있는 듯, 오르막에서는 내가 따라가지 못할 정도로 잘 걷고 있다.

뒤따라오던 포르투갈 부부가 말을 건넨다. "From Korea?" 배낭에 달린 태극기를 본 거다. 포르투에서 왔단다. 포르투갈 말로 인사를 하니 무척 반가워한다. 2시간쯤 가다가 카페에서 이 부부를 다시 만났다. 아줌마가 다가오더니 무언가를 내민다. 순례자 상징 조롱박이 달린 열쇠고리다. 전형적인 정 많은 포르투갈 아줌마다. 사진 찍고 포옹하고 통성명을 한다. 남편 이름은 마뉴엘Manuel, 부인

은 길레르미나Guillermina다. 또 만나면 우리가 맥주를 사겠다는 약
속을 했는데 결국은 다시 만나지 못했다.

　파드론Padrón을 2km쯤 남겨 놓고 해물 식당을 찾아 점심을 먹기
로 한다. 먼저 온 손님들이 먹고 있는 쟁반을 보니 눈이 번쩍 뜨인
다. 게, 새우, 조개 등이 엄청 푸짐하게 담겨 있다. 영어 한 마디 안
되는 종업원에게 손님 접시를 가리키며 한 접시를 주문한다. 맛있
다. 양도 많다. 다 먹고 났는데 다른 해물요리를 또 한 접시 내오는
것이 아닌가. "노, 노! 우리는 한 접시만 시켰다." 종업원이 황당해
하며 뭐라고 뭐라고 한다. 알고 보니 두 접시가 한 세트였던 것이
다. 종업원이 속된 말로 '더 주겠다는데 웬 생난리야?'라고 했을 듯
하다. 입이 벌어진다. 에라, 맛있는 안주가 또 나왔으니 와인 한 병

▲ 푸짐한 해산물 두 쟁반 덕에 대낮부터 와인에 취해 길가에 주저앉았다

더, 대낮부터 취했다.

　내일 산티아고에 일찍 입성하려면 오늘 많이 걸어둬야 한다. 점심 먹고 아내들은 택시 태워 숙소로 보내고 또 사내끼리 걷는다. 나무 그늘도 없는 길, 오후 태양이 뜨겁다. 취해서인지 더워서인지는 모르겠지만 걸음이 점점 더 느려진다. 배낭을 보냈으니 맨몸이지만 그래도 힘들다. 쉴 곳이 없다. 그냥 길가 담벼락 그늘 아래 퍼져 앉아 잠시 눈을 붙인다. 잠시지만 꿀잠이다.

　가끔 왜 사냐고 물어보면 죽기 위해서 산다고 대답하는 사람들이 있다. 죽을 건데 왜 사냐고 물어보면 안 된다. 잘 살아야 잘 죽는다는 의미일 것이다. 길을 걸을 때 왜 걷느냐고 묻는 사람도 있다. 오늘 같은 날은 쉬기 위해서 걷는다고 말하고 싶다. 쉴 건데 왜 걷느냐고 물어보면 안 된다. 힘들게 걸어 봐야 쉰다는 의미를 알게 된다. 더운 날 땀 흘리며 걷다가 쉼터를 만났을 때의 기쁨을 겪어 보지 않은 사람은 모른다. 땡볕 아래 힘들게 걷다가 카페를 만나 시원한 생맥주 한잔을 들이켤 때, 걷지 않은 사람은 그 고마움을 모른다.

크루스A Picaraña Cruce 마을 숙소 글로리오소Glorioso에 도착하니 7시가 지났다. 하루 종일 30km 가까이 걸었다. 그러지 말자고 해 놓고 오늘 또 무리를 했다.

밥이고 뭐고 귀찮아 널브러져 있는데 김 사장이 저녁 먹으러 가잔다. 일요일이라 근처 식당이 다 문을 닫았다. 우리 숙소도 식당을 겸하고 있지만 문이 잠겨있다. 숙소 여주인에게 전화해 사정을 한다. 궁즉통窮即通이다. 식당문을 열고 우리만을 위한 저녁을 준비해 준다. 조촐하지만 의외로 아줌마 손맛이 좋다. 낮에 그리 마셔 놓고도 와인 한잔을 하고 나니 몸이 또 살아난다. 이 길 걷다가 알코올홀릭Alcoholic이 되는 건 아닌가? 와인홀릭Wineholic이라고 해야 하나?

아, 드디어 산티아고!

32일 차 · 4/15, 월

A Picaraña Cruce ~ Santiago de Compostela(16km)

이제 산티아고까지 남은 거리는 16km. 오늘 하늘은 흐리지만 바람이 살랑살랑, 기온은 15도 안팎, 걷기에 딱 좋은 날씨다. 그동안 비 오고 춥고 덥고, 한 달 동안 고생을 많이 했으니 마지막은 편히 걸으라고 산티아고 성인이 내려주는 선물인 듯하다.

중간에 카페를 만났지만 산티아고 성당에 도착해서 졸업장 받을 때까지는 맥주 마시기를 참기로 한다. 특별한 이유는 없지만 오늘은 그래야만 할 것 같다. 순례자 미사 봉헌하고 나서 맛있게 먹고 마시자.

산티아고 시내에 들어서니 흐리던 하늘이 다시 열리고 햇빛이 쨍하다. 다 왔다고 다시 그분이 빛을 내려 주시는 모양이다. 오후 1시,

드디어 종점 산티아고 데 콤포스텔라 대성당Catedral de Santiago de Compostela에에 도착했다. 두 번째라서인지 첫 번째만큼의 감동은 없지만 모두들 환호하며 안아주고 토닥여 준다. 두 번째 산티아고 완주 졸업장도 받았다. 같은 코스가 아니니 첫 번째는 학사학위, 두 번째는 석사학위쯤 되는 걸까?

32일 동안 640km를 걸었으니 빨리 걸은 것도 느리게 걸은 것도 아니다. 김수봉 사장네는 우리 때문에 답답했을 수도 있다. 우리가 그 템포에 맞췄다면 아마 중도에서 무슨 변고가 있었을지 모른다. 김 사장네도 우리 때문에 속도를 조절할 수 있었으니 별 탈이 없었을 수 있다. Check and Balance요, 과유불급過猶不及이다. 인생도 마찬가지다.

그동안 구글 지도 봐가며 힘들게 길, 숙소, 식당 찾는다고 고생한 김 사장에게 감사하다. 그리고 힘들 때마다 웃겨주며 씩씩하게 잘 걸어준 안순화 보살께 찬사를 보낸다. 무엇보다 아픈 다리 끌고 참아가며 끝까지 걸어준 아내가 대견스럽고 고맙다. 하늘에서 내려다보며 지켜줬을 사랑하는 딸에게 고마움을 전한다. 걷는 내내 카스에 응원 댓글을 올려준 우리 누님, 친구들 그리고 동료 후배들 정말 고맙다.

걷기 전에 내가 나에게 한 약속, '천천히 걷는다, 그러나 꾸준히

끝까지 걷는다'. 가끔 힘들어 하는 아내는 차에 태워 먼저 보내기
도 했지만 나 스스로만큼은 이 약속을 지켰다.

　Born to walk, 다리는 기본적으로 걸으라고 생겨났다. 잘 걸어
준 내 다리, 내 몸에 감사하다. 또 튼튼한 몸을 물려주신 부모님께
도 감사드린다.

▲카미노 종점 'Km 0'　　　　　　▲빛나는 졸업장

▲4월 15일 대성당 스탬프(Sello)가 찍힌 순례자 여권(Credencial)

걷는 일이 제일 힘들긴 했지만 매일 카카오 스토리 쓰고 사진 붙여 올리는 일도 힘들었다. 하루 종일 걷고 파김치가 되어 쓰러지는 날 카카오 스토리를 쓰는 일은 보통 어려운 게 아니다. 와인이라도 제법 마시고 난 밤이면 쓰다가 말고 잠든 적이 한두 번이 아니다. 그런 날도 새벽에 일어나 빠지지 않고 써서 올렸다. 내가 나하고 한 약속이기에 단 하루도 빼먹지 않았다. 그 덕에 지난 32일간의 여정이 스토리에 고스란히 담겨 저장이 돼 있다. 아마 오탈자도 많고 잘못된 내용도 있을 테다. 지나치게 개인적인 생각이나 예민한 내용은 별도로 구글 문서에 저장해 놓았다. 돌아가서 시간을 가지고 고치고 정리하면 된다. 책을 낼 수 있을지는 아직 모르겠다. 그러나 걸으면서 보고 느끼고 생각한 것들이기에 나에게는 소중한 기록으로 남아 있게 될 것이다.

내일부터는 또 피니스테레Finisterre, 묵시아Muxia까지 4일 정도를 더 걸을 예정이다. 이제부터 걷는 길은 덤이다. 무리해서 걸을 필요도 없지만 혹 걷다가 날이 좋지 않거나 힘이 들면 이제는 차를 타도 좋다.

▲ 산티아고 대성당 앞 광장에서

덤으로 걷는 길

33일 차 · 4/16, 화

Santiago ~ Negreira(22km)

땅끝으로 가는 이 길Camino a Fisterra y Muxia은 산티아고 순례길의 에필로그이다. 그래서 여러 경로를 통해 산티아고까지 온 순례자들은 피니스테레Finisterre와 묵시아Muxia를 다녀가지만 대부분은 걷기보다는 대중교통을 이용한다. 나도 7년 전에는 차를 타고 피니스테레를 다녀갔다.

산티아고에서 90km쯤 서쪽으로 가면 대서양 절벽 앞에 피니스테레가 나타난다. 말 뜻 자체가 'End of the Earth', 즉 땅끝이다. 오래 전에는 이곳을 육지의 끝으로 알고 있었지만 실제는 포르투갈 'Cabo da Roca'가 유라시아 대륙의 끝이다. 지정학적으로는 정확하게 16.5km 서쪽에 위치해 있다고 한다.

묵시아는 피니스테레에서 북쪽으로 약 30km 떨어진 곳에 있는 해변 마을이다. 성모 마리아가 돌배를 타고 나타나서 야고보 성인을 격려했다는 곳, 그래서 성지 순례자들 중에는 이곳까지 걸어서 오는 사람들도 있다. 그래서 이 길도 짧지만 카미노 중의 하나다.

기왕 순례길에 나섰으니 이번에는 두 곳을 다 가보기로 한다. 다만, 일정에 쫓기거나 날씨가 좋지 않을 경우에는 부분적으로는 차를 탈 생각이다. 어차피 덤으로 걷는 길이니까 부담은 없다.

오늘은 산티아고에서 네그레이라Negreira까지 약 22km를 걷는다. 산티아고 대성당의 실루엣 풍경을 뒤로하고 도시를 벗어난다. 마을과 마을을 이어가는 아스팔트길이 지루하다. 해발 300m를 올라가는 산길이 힘들다. 산등성이에는 수많은 풍력 발전 바람개비들이 늘어서서 돌고 있지만 아무런 느낌도 감흥도 없다. 덤으로 걷는다는 생각이 머리를 지배하고 있으니 더 재미가 없다. 이런 때는 뭔가 재미있는 일이나 볼거리라도 생겨야 하는데…

재미있는 일은 아니지만 작은 에피소드 거리가 생겼다. 네그레이라 마을까지 4km쯤을 남겨둔 지점에서 두 여인을 만났는데 한 여인이 제대로 걷지를 못하고 있다. 발목 통증 때문이란다. 택시도 부를 수 없는 곳인데 저 발을 하고 4km를 가는 건 불가능하다. 이런 때는 주저없이 들이대고 해결을 해줘야 한다. 무조건 지나가는 차를 가로막고 세운다. 되지도 않는 스페인어와 영어를 섞어가며 사정을 하고 여인네를 태워 보낸다. 김 사장이 어찌 그런 생각을 했냐며 박수를 쳐준다.

저녁에 숙소에 와서 오늘 찍은 사진을 보다가 깜짝 놀랐다. 이 길에도 숲이 있고 꽃이 있고 물도 있고 오래된 멋진 로마 다리가 있었다. 마음을 닫고 걷다 보니 보여도 눈으로만 볼 뿐 가슴에, 머리에 담아두지를 못한 것이다. 덤으로 걷는다는 생각이 지배하다 보

▲ 멀리서 본 산티아고 대성당 실루엣

피니스테레까지 90km

니 마음의 눈을 닫아버린 것이다. 어차피 걷기로 한 길, 걸어야 할 길이라면 다시 마음의 창을 열고 즐기며 걸어야겠다.

4시쯤 그리 크지 않은 네그레이라 마을에 도착했다. 배는 고프지만 기다리다가 8시쯤에 저녁을 먹기 위해 식당을 찾는다. 스페인 사람들은 저녁을 엄청 늦게 먹는다. 시에스타Siesta의 영향인 듯하다. 점심을 먹고 나서는 한낮에 작열하는 태양을 피해서 낮잠을 자고 시원한 시간에 일하다가 저녁은 밤 늦게 먹는 문화가 생긴 것이다. 그래서 대부분의 식당들은 저녁 9시나 돼야 문을 연다. 10시쯤은 돼야 식당에 사람들이 모여들기 시작한다. 1989년 처음 스페인 주재원으로 발령을 받고 와서 처음 얼마간은 늦은 저녁 때문에 애를 많이 먹었던 기억이 난다.

김 사장이 검색해서 찾아낸 식당에 들어선다. 문은 열었는데 식사 손님은 받지 않겠단다. 9시에 시작하는 축구 때문에 술 손님만 받는다고 한다. 바르셀로나와 파리 생제르망의 경기가 열리는 날이다. 거리가 텅 비었다. 헤매다가 겨우 문을 연 식당을 찾았는데 종업원들 얼굴이 반기는 기색이 아니다. 축구 봐야 하는데 귀찮은 거다. 유럽, 특히 스페인의 축구 열정은 타의 추종을 불허한다. 이날 경기에서는 바르셀로나가 대패했다. 미안하지만 쌤통이다.

목마른 놈이 샘 파는 거야

34일 차 · 4/17, 수

Olveiroa ~ Cee(19km)

일정을 계산해 보니 피니스테레까지 다 걸으면 아무래도 마드리드에서 서울로 가는 비행기 출발 일정에 맞추기에 빠듯할 듯하다. 어차피 덤으로 걷는 길 무리할 필요는 없다. 네그레이라에서 올베이로아Olveiroa까지 한 구간을 건너뛰기로 한다. 택시를 타고 33km, 10시간은 걸어야 할 거리를 30분 만에 달려간다.

걷기를 시작하는데 오늘은 바람이 엄청나다. 아로Aro산 능선을 따라 풍력 발전 바람개비들이 수없이 길게 늘어서 있다. 오늘은 바람이 많이 부는 날이 아니라 원래 바람이 많이 부는 곳을 오늘 우리가 걷고 있는 거다.

해발 422m, 아르마다산 능선Alto do Cruzeiro da Armada에 올라서니 길이 둘로 갈라진다. 오른쪽으로 가면 묵시아, 왼쪽으로 가면 피니스테레다. 어디로 갈까? 피니스테레까지만 걷고 묵시아는 차로 다녀올 계획이니 우리는 당연 왼쪽 길을 택한다.

정상에서 해변도시 쩨Cee까지는 13km, 3시간 반 동안 완만한 경사를 타고 해발 400m를 내려간다. 멀리 대서양이 보이는 아름

▲ 아로산 올라가는 길

▲ 왼쪽으로 가면 피니스테레 오른쪽은 묵시아

다운 걷기 좋은 길이다. 그런데 점심 시간은 훌쩍 지났는데 아무런 먹을 곳이 없다.

그래서일까? 길가 나무 그늘 아래 바위 위에 물 몇 병과 기념품 몇 개가 놓여있다. 간이 무인 판매대인 듯한데 먹을 것은 보이지 않는다. 이런 줄도 모르고 간식을 준비하지 못했다. 짊어지고 온 바나나 한 개가 전부다. 먼 길을 걸을 때는 무조건 물과 간식을 준비하는 게 철칙인데 덤으로 걷는 길이라고 방심한 탓이다.

오후 세시 반이 돼서야 쎄 마을 입구에 도착, 식당으로 들어선다. 주문을 하려는데 도저히 무슨 말을 하는지 못 알아먹겠다. 손짓발짓 낑낑대며 겨우 알아낸 건, 시간이 늦어 음식 주문이 안 된다는 얘기다. 겨우 맥주 한 잔에 샌드위치를 시켜 점심을 때운다.

▲간이 무인 판매대, 널빤지에 가격이 써있다

▲아름답고 걷기 좋은 아르마다산 능선

　스페인 사람들 영어 못하는 점은 알아줘야 한다. 영어 못하기로 유명한 프랑스는 저리 가라다. 스페인 카미노는 전 세계에서 1년에 수십만 명이 찾아와 최소 1개월 이상 머물며 걷는 곳이다. 그렇다면 이 길에서만이라도 최소한의 영어 소통은 돼야 한다. 스페인어로 음식 주문 정도는 할 줄 아는 내가 이 모양인데 전혀 모르는 사람들은 어떻게 할까?

　선진국 중에서 소위 대국이라는 나라 사람들은 외국어를 잘 못한다. 대부분 미국사람들은 영어밖에 못한다. 영국, 프랑스, 이탈리아, 스페인 사람들도 대부분은 자기네 나라 말밖에 모른다. 일본,

중국도 그렇다. 그러나 선진국일지라도 작은 나라는 다르다. 스웨덴, 노르웨이, 핀란드, 덴마크, 스위스, 베네룩스 삼국을 보라. 영어는 기본이고 몇 개 국어는 기본으로 한다. 바로 옆에 붙어있는 포르투갈을 보라. 같은 길 위에 있지만 그들은 시골 작은 마을에서도 최소한의 의사소통은 하려고 노력하고 있지 않은가? 싱가포르를 보라. 아예 국어가 영어와 중국어다. 역사적 배경도 있기는 하지만 기본적으로는 나라가 작으니 경쟁을 위해, 생존을 위해서 택하고 노력한 결과다.

우리나라도 영어를 잘하는 편이다. 특히 요즘 젊은이들은 웬만한 의사소통은 별 문제없이 다 한다. 남대문이나 명동의 상인들을 보라, 일본 관광객이 몰려오면 일본어로, 중국인이 몰려오면 중국어로 유창하게 상대한다. 엄청난 경쟁력이다.

순례자들이 이 길을 걸으면서 뭐 스페인 경제에 대단한 기여를 하냐? 싸구려 숙소, 싸구려 음식 먹고 쓰레기나 버리고 가면서. 그래도 찾아오는 사람 많은데, 목마른 사람이 샘 판다고 올 거면 오는 사람이 말을 배워서 와야지. 아, 그렇다면 할 말이 없다. 그게 스페인이고 그게 스페인의 매력인지도 모르겠다.

시간은 이미 오후 4시, 땅끝 마을 피스테라까지는 10여km 남았지만 오늘 걷기에는 무리다. 오늘은 이곳 쎄 마을에서 묵자. 3성급 호텔 인슈아Hotel Oca Insua Costa da Morte에 여장을 푼다.

대장정의 끝 피니스테레

35일 차 · 4/18, 목

Cee ~ Finisterre(16km)

35일째, 걷기 마지막 날이다. 오늘 쎄Cee 마을에서 땅끝 피니스테레까지 16km를 걸으면 모든 걷는 일정이 끝난다. 바람은 다소 불지만 화창한 날씨 기온도 적당하다. 바닷가 마을과 해변을 돌아가는 아름다운 길이다.

숙소가 있는 피스테라Fisterra* 마을에 도착하니 1시, 점심을 먹고 숙소에 짐을 내려 놓고 마지막 3km를 걸어 피니스테레로 올라간다.

> *피스테라(Fisterra)
> 같은 뜻이지만 Finisterre는 스페인어(Castellano)이고 Fisterra는 갈리시아 말이다. 그래서 마을 이름은 Fisterra로 표기했다.

▲ 피스테라 진입, 멀리 바다 건너 언덕에 피니스테레 등대가 보인다

　당초 김 사장은 숙소에서 택시를 타고 올라가자고 했었다. 가만히 생각을 해보니 그게 아니다. 700km를 온전히 걸어왔는데 마지막 3km를 택시타고 간다? 이건 말이 안 된다. 아줌마들과 김 사장을 설득해 걸어 올라가기로 한다. 화룡점정畵龍點睛이 아니겠는가? 귀국 비행기 시간 때문에 약 30km를 건너뛰었으니 그림에 용의 비늘 한두 개 정도는 빠졌을 것이다. 그래도 마지막 눈은 그려 넣어야 용이 승천을 하지 않겠는가?

　숙소에 배낭을 내려두고 바닷가 언덕길을 구불구불 돌아 피니스테레에 오른다. 등대, 십자가, 구두 동상 등 피니스테레 상징물들,

▲ 'Km 0' 그리고 땅끝 등대(Faro de Fisterra)

▲ 피니스테레 십자가

▲ 피니스테레의 상징 바닷가 신발 동상 스케치

7년 전 차 타고 왔을 때 보았던 기억이 생생하다. 이 길도 엄연한 카미노Camino de Santiago 중 하나인지라 종착지점에 'km 0' 이정표가 서 있다. 한 구간을 건너뛰기는 했지만 걸어서 땅끝까지 왔으니 또 다른 루트 하나를 더 걸은 것이다.

일정상 묵시아까지 30km는 버스를 타고 가기로 했으니 이걸로 걷는 일정은 끝이 났다. 리스본에서 산티아고까지 640km, 산티아고에서 이곳 피니스테레까지 60km, 도합 700km 걷기 대장정을 35일 만에 마친다. 중간에 큰 도시에서 3일은 걷지 않고 쉬거나 관광을 했지만 전체 일정만으로만 따지면 하루 평균 20km씩을 걸은 셈이다.

성모 발현지, 묵시아

36일 차 · 4/19, 금

Finisterre – Muxia – Compostela

걷기를 마치고 돌아가는 길에 묵시아를 들렀다 가기로 한다. 묵시아 가는 첫 버스가 11시 반 출발이란다. 오랜만에 여유 있는 아침을 맞는다. 묵시아까지는 30km 정도인데 이 마을 저 마을 돌아서 가다 보니 거의 한 시간이나 걸린다. 코리아둘레길을 걸을 때 자주 타봤던 우리나라 농어촌 마을 버스를 닮았다.

구름 한 점 없는 청명한 날씨, 하늘도 파랗고 바다도 파랗고 카메라 속에 담긴 풍경은 그야말로 에메랄드색이다. 묵시아 버스 정류장 앞 식당에 배낭을 맡겨 놓고 묵시아반도를 한 바퀴 돌기로 한다.

묵시아는 두 가지로 유명하다. 하나는 성모 발현지다. 야고보 성인은 사도 베드로, 요한과 함께 예수님이 가장 총애한 제자였다. 예수님이 돌아가시자 그는 선교를 위해 당시 로마 영토였던 이베리아 반도로 가게 된다. '세상 끝까지 복음을 전파'하라는 예수님의 뜻을 따른 것이다. 그런데 초기 기독교 불모지였던 이곳에서 아무리 노력을 해도 그의 전도 활동은 제대로 성공을 거두지 못했다. 이에 묵시아 바닷가에 앉아 낙담하고 있을 때 돌연 '동정녀 성모 마리아가 돌배를 타고 나타나 그에게 용기를 주었다The Virgin arrived in a stone boat to inspire courage to the Apostle James'고 한다. 그 바닷가에는 돌배 모양의 바위가 있고 성당Santuario de Nuestra Señora de La Barca도 서 있다. 이 성당은 2013년 크리스마스에 대화재로 소실되었다가 복구 되었다는데 우리가 갔을 때는 아쉽게도 문이 닫혀 있었다.

또 하나는 2002년 11월 그리스 유조선 '프레스티지Prestige' 호가 해안에서 좌초하여 무려 6만 6천 톤이나 되는 기름을 유출해 바다를 오염시킨 사건이다. 유럽 최대 규모의 기름 유출 사고인데 바닷가 성당 바로 위에는 이 사건을 잊지 말자고 세워놓은 두 동강 난

▼묵시아 바닷가에 서 있는 성당과 기름 유출 사고 상징 조형물

돌 조형물Monumento al Prestige이 서 있다. 이는 사고로 인한 환경 파괴와 인간의 실수를 반성하고, 자연 보호와 지속 가능한 발전을 위한 노력을 강조하는 의미를 담고 있다고 한다.

우리나라에서도 2007년에 서해안 태안 앞바다에서 유사한 사건이 있었다. 현대오일뱅크 소속 유조선 허베이 스피리트Hebei-Spirit호와 삼성중공업 해상 크레인의 충돌로 인한 국내 최대의 기름 유출 사건이 발생한 것이다. 삼성 임직원을 포함한 전국에서 모인 120만 명이 넘는 자원봉사자들이 헝겊이나 부직포를 들고 바닷가로 달려가 기름을 닦아내는 미담을 연출하기도 했다. 나는 2022년 코리아둘레길 서해랑길을 걸으며 그 유출 현장을 지나갔는데 봉사자들의 노력의 결과인지는 몰라도 15년이란 세월 동안 다행히도 자연은 거의 원상을 회복하고 있었다. 다만 그곳에는 기억될 만한 상징물 하나 보이지 않아 아쉬움이 컸었다.

고故 삼성 이건희 회장의 명언이 지금까지도 뇌리에 생생하다.

"누구나 실수는 할 수 있다. 그러나 동일한 실수를 절대 반복해서는 안 된다."

동일한 실수를 반복하지 않기 위해서라도 그곳에 기억할 만한 상징물을 세워 뒀다면 어땠을까? 정부에서 해도 되겠지만 삼성이나 현대에서 아니면 공동으로 세웠다면, 조금 속이 보일지는 몰라도 이미지 제고 차원에서 멋진 기업 홍보가 됐을 거라는 엉뚱한 생각을 해본다.

　묵시아반도 바위 언덕에 올라서서 내려다보는 마을 풍경은 한 폭의 그림이다. 푸른 하늘 푸른 바다, 파란 들, 빨간 지붕과 하얀 벽이 만들어 내는 색의 조화를 사진으로 담아 둔다.

　점심 먹고 다시 버스를 타고 산티아고에 와서 고속열차로 갈아타고 약 4시간을 달려 저녁 늦은 시간에 마드리드에 도착한다. 귀국 비행기 시간이 내일 저녁 8시쯤이니 낮에는 정말 오랜만에 마드리드 시내를 돌아보기로 한다.

　마침 큰아들의 MBA 동창이자 절친인 가브리엘Gabriel이 마드리드에 살고 있는데 친구 부모님이 왔다고 집으로 점심을 초대한다고 한다. 아버지 유산을 물려 받아 스페인에 대형 5스타 호텔을 3개나 운영하고 있는 부자 친구란다. 살다가 보니 멀리 스페인까지 와서 아들 덕을 보게 생겼다.

Epilogue

✈ 아내의 한마디 ✈

　2017년 산티아고 순례길 프랑스 루트 800km를 걷고 와서 다시는 이 길을 걷지 않겠다고 했었다. 덥고 춥고 비 오고 바람 불고 발가락에 물집과 발목 알레르기 때문에 많이 힘들었는데 이 나이에 무엇 한다고 이 길을 또 걸을 건가?

　2019년 여름쯤일 것이다. 남편이 산티아고를 또 가겠다고 준비를 하며 같이 가자는 것이 아닌가? 이번에는 포르투갈 루트 700km란다. 나는 고개를 저었다. 나도 이제 노년기에 접어들고 있는데 매일 25km를 넘나드는 걷기를 감행한다는 것은 무리다.

　남편의 고집은 못 말린다. 출발 계획을 다 짜놓고 비행기 표까지 끊어 놓았단다. 그런데 불행인지 다행인지 코로나 펜데믹이 전 세계를 덮쳤다. 별수 없이 모든 계획을 다 연기할 수밖에 없게 됐다. 2020년 어느 봄날의 얘기다.

　그러자 걷기 중독에 빠진 남편은 국내 길을 찾아내고는 또 같이 걷자고 한다. 코리아둘레길 4500km를 걷겠다는 것이다. 못 간다고 했더니 혼자 배낭 짊어지고 나선다. 물론 국내 길이니 한꺼번에 다 걷는 게 아니고 한 일주일쯤 걷고 왔다가 일 보고 또 나서기를 반복하는 일정이다.

결국 다는 아니지만, 틈틈이 따라나서다 보니 해파랑길, 남파랑길, 서해랑길, 지리산둘레길까지 상당 부분을 함께 걸었다. 그러다가 중독 수준까지는 아니지만 나도 살짝 걷는 병에 걸리고 말았다. 험한 산만 아니라면 남편 따라 근교 산이나 둘레길을 수시로 걷고 있다.

코로나가 잠잠해지자 남편은 또 다시 해외 트레킹을 시작했다. 남미 파타고니아, 중앙아시아 천산산맥을 다녀오더니 드디어 다시 산티아고 포르투갈 길을 가겠다고 한다. 따라갈까 말까 고민을 하고 있다가 남편이 다른 생각을 하고 있다는 걸 알게 되었다. 순례길을 걷기 전에 먼저 딸내미 추도식을 가질 준비를 하고 있었던 것이다. 그동안 5년, 10년마다 포르투갈을 방문해서 추도식을 가졌었는데 금년이 30주기가 되는 해였다. 어쩌면 마지막이 될지도 모르는 추모식이다. 그렇다면 무조건 가야만 한다. 길은 걷다가 못 걷게 되면 돌아오면 된다.

한 번 다녀온 경험이 있기 때문에 이 길에 대한 호기심이나 두려움은 없다. 설레임도 덜하다. 다만 나도 이제 건강은 걱정을 하지 않을 수가 없다. 그래서 남편에게 부탁했다. 천천히 무리하지 말고 걷자고. 다행히 이번 길에는 김수봉 사장 부부가 동행을 한다고 했다. 부인 안순화 여사와는 제주 올레길, 해파랑길 그리고 알프스 트레킹도 함께했고 종종 골프도 같이 치는 친한 사이다. 종교도 같고 맥주나 와인도 좀 마실 줄 안다. 걷기도 잘 한다. 잘됐다. 걷다가 힘들면 남자들끼리만 걸으라 하고 함께 수다도 떨며 쉬면 된다.

드디어 리스본 대성당 출발선에 섰다. 길은 다양했다. 차도 위를 걷는 위험한 길, 해발 500m 가까이 올라가고 내려오는 길, 그리고 비 오고 바람 부는 길에서는 힘도 많이 들었다. 끝없이 펼쳐진 야생화 꽃밭 길, 산새 지저귀고 맑은 냇물이 흐르는 아름다운 숲속 길에서는 산야를 즐기며 느끼며 걸었다. 맛있는 포르투갈 음식에 곁들이는 포도주와 힘들게 걸은 후 휴식 때마다 마시는 맥주 맛은 잊을 수 없는 천상의 맛이었다.

이 길은 조용히 생각하며 걷는 길이다. 순례길을 걸으면서 나는 나름 의미를 부여하고 싶었다. 그래서 주위에 있는 가족 친지분들을 매일 한 분씩 초대하여 그분들을 생각하고 기억하며 그분들을 위해 기도를 드렸다. 평소에도 생각은 있었지만 시간과 장소의 제약이 있었기에 이번 기회에 실행으로 옮긴 것이다.

남편들의 배려 덕에 아내들은 무리하지 않고 걸을 수 있었다. 일주일 정도는 비를 맞고 걸었고 추위에 고생한 날도 있었지만 1차 때와 비교하면 상대적으로 수월한 길이었다. 잠자리도 편했고 먹는 것도 잘 먹었다. 남편이 이사벨 왕비의 순례길이라고 놀려댄다. 그런데도 결국은 발에 문제가 생겼다. 걱정했던 무릎은 괜찮은데 발가락에 물집이 잡히고 발톱에 피멍이 든 것이다. 그래도 큰 사고 없이 36일간의 걷기를 마칠 수 있었음은 여간 다행스런 일이 아니다.

남편은 다음 트레킹을 준비하면서 또 같이 가자고 한다. 책이 나오는 사이 캐나디안 로키를 함께 다녀왔는데, 또 내년 1월엔 뉴질랜드 밀포드 트레킹을 준비하면서 나한테 동의도 구하지 않고 비행기 등 예약을 다 했다고 한다. 그동안 남편이 하자고 하면 싫든 좋든 따라 나섰더니 자기 맘대로다. 50년 가까이 부대끼며 살다 보니 나보다 나를 더 잘 아는 듯 행하는데 이제는 미리미리 상의 좀 하고, 내 의견도 물어보고 결정하면 좋겠다. 앞으로 내가 얼마나 더 건강하게 더 걸을 수 있을지는 장담할 수가 없지만 몸을 아껴가며 오래오래 써먹어야 한다. 무리를 하다가 고장이라도 나면 나만 손해를 보는게 아니라는 걸 알고나 있는지 모르겠다.

집에 돌아오자마자 남편은 또 책을 출간하겠다고 컴퓨터 앞에 매달려 있다. 돈을 벌어도 시원치 않을 판인데 돈을 써가며 팔리지도 않을 책을 펴내겠다고 한다. 거기다 더해서 나보고도 글을 써라, 스케치를 해라 성화가 이만저만이 아니다. 각 챕터마다 내가 그린 스케치를 테마로 삼아보겠다는 것이다. 글쟁이도 아니고 전문 화가도 아닌데 정말 스트레스가 이만저만이 아니다. 그렇지만 어찌 하겠는가. 말린다고 들을 양반도 아니다. 어설프고 서툴더라도 읽는 분들의 양해를 구할 수밖에 없다.

그렇다 해도 남편에게 정말 고맙다는 말을 해주고 싶다. 젊어서부터 한다고 하면 하는 성격에 추진력 하나는 알아주는 양반이다. 그 덕에 딸내미 추도식도 참여할 수 있었고 두 번째 산티아고 순례길을 큰 탈 없이 다녀올 수 있었다.

걷기도 힘들 텐데 매일 휴대폰 뒤져가며 길 찾고 식당, 숙소 찾는 수고를 해준 김수봉 사장께 감사를 드린다. 또 길동무 안순화 여사 덕분에 같은 여자로서 위안을 받으며 심심하지 않게 걸을 수 있었음에 감사한다.

성당에 나간 지가 50년이 넘었고 산티아고 성지 순례길을 두 번씩이나 걸었음에도 아직도 우리 부부는 믿음이 많이 부족하다. 특히 이번 포르투갈 길에서는 김수봉 사장 부부로부터 믿음에 대한 많은 점을 배웠다. 걷는 내내 주일마다 미사에 참석하고 성당이 보이면 기도를 하며 걸었다. 나이도 있으니 앞으로 남은 인생은 매사에 감사하며 살아야겠다는 다짐을 해본다.

2024년 7월
배복자(로사)

⇝ 동반자의 글 ⇜

　산티아고 포르투갈 길을 마치고 여행기로 책을 준비하고 있는 정 선배로부터 같이한 일행으로서 한 챕터를 써 달라는 부탁을 받고 잠시 고민에 빠졌다. 같은 직장에서 같이 근무한 선후배의 관계뿐만이 아니라, 그동안 중남미, 아프리카, 알프스 3대 미봉, 파타고니아 등 해외 트레킹, 제주 올레길, 동해안 해파랑길을 비롯한 국내 트레킹을 같이한 동료로서 부탁을 하는데 어떻게 거절할 수 있겠는가. 그런데 막상 글을 쓰려 하니 한국 출발부터 산티아고 순례길 걷기를 마치고 인천공항에 도착하기까지 총 42일의 여정 동안 같이 걷고, 보고, 먹고, 잠도 같이 잤기에 특별히 다른 내용이 없는데 무슨 내용을 어떻게 써야 할지 고민스러웠다. 그러나 같은 곳을 걷고, 같은 것을 보고, 듣고, 같은 곳에서 잤지만 그래도 각자 느낌은 다를 수 있기 때문에 그 느낌 위주로 공유할 수밖에 없다는 결론을 내렸다.

　우리가 이번에 걸은 길의 최종 목적지는 산티아고 데 콤포스텔라로 6년 전에 걸었던 프랑스 길과 같다. 그러나 리스본에서 출발하여 올라가는 루트라서 프랑스 길과는 자연스레 비교가 된다. 프랑스 길은 생장Saint Jean Pied de Port에서 출발하여 피레네산맥을 넘어 스페인 중북부를 관통해 산티아고까지 가는 800km의 길이다. 반면 포르투갈 길은 포르투갈 중서부 대서양변 리스본에서 출발하여 북으로 코임브라, 포르투를 거쳐 산티아고까지 가는 640km길로 프랑스 길에 비해 상대적으로 짧은 코스이다. 높낮이도 프랑스 길은 피레네를 넘는 구간을 포함하여 높은 곳은 1500m 가까이 되는데 반해 포르투갈 길은 가장 높은 곳이 450m에 불과할 정도로 평이하다. 그러나 막상 걸어보니 160km의 거리 차이도, 1000m의 고도 차이도 6년 전 프랑스 길에 비해서 쉽다는 느낌이 전혀 들지 않았다. 600km든 800km든 장거리임에는 틀림이 없고 450m든 1500m든 오르는 데 힘이 드는 것은 마찬가지이다. 더구나 우리 나이에 6년이라는 세월 동안에 떨어진 체력의 차이도 있었으리라.

리스본에서 출발하여 3~4일이 지날 때까지 불과 서너 명의 페레그리노Peregrino, 순례자를 만날 정도로 이 길을 걷는 사람들이 적다 보니 숙소, 식당 등 인프라가 취약한 것도 포르투갈 길을 걷는 데 힘든 부분이었다. 그뿐만 아니라 길 안내 표지도 부족하고 특히 차량들이 쌩쌩 달리는 인도도 없는 큰 도로를 걸어야 하는 경우가 많아 소음에 시달리고 위험까지 감수해야 하는 경우도 많았다. 먹는 것도 우리가 지나가는 길에 식당들이 제한적이어서 어떤 날은 길가에서 삶은 달걀과 바나나로 점심을 때워야 한 적도 있었다. 식당 조차도 메뉴가 많지 않아서 포르투갈에 가면 걷는 것은 힘들겠지만 맛있는 해산물은 실컷 먹을 수 있으리라는 기대가 순례길 며칠 만에 보기 좋게 깨졌다. 또 힘든 순례길인 만큼 잠자리는 비교적 편한 숙소를 잡으려고 노력했는데도 불구하고 몇 번은 마땅한 숙소가 없어서 한 도시에 숙소를 잡아 놓고 이틀을 택시를 타고 앞뒤로 이동하며 걸어야 했다. 귀신이 나올 것 같은 농가주택 알베르게 화장실 문이 닫히지 않는 곳에서 자야 하는 적도, 시설이 열악해 보일러의 온수가 떨어져 머리만 감고 샤워를 못하는 경우도 있었다.

그래도 같은 이베리아반도에 위치하고 있지만 이웃하고 있는 스페인과는 또 다른 포르투갈의 역사와 문화를 보고 느낄 수 있었고, 순박한 사람들을 만날 수 있었던 것은 큰 소득이 아닐 수 없다. 실제 우리 주변에는 포르투갈을 여행해 보지도 못한 사람들이 많다. 리스본이나 포르투 정도를 여행해 본 사람조차도 포르투갈은 인구 1000만 정도에 우리나라보다도 국토가 작은 나라로만 알고 있다. 그러나 우리가 실제 걸어보니 사방을 둘러보아도 산을 볼 수 없는 광활한 평야, 끝없이 펼쳐진 포도밭을 보고는 그동안 면적과 인구수만 가지고 판단해 왔던 관념을 바꿀 수밖에 없었다. 한때는 유럽을 넘어 아프리카나 남미 등 신대륙을 개척해 부를 누리던 영화를 간직한 역사의 흔적도 여기저기 볼 수 있었다. 그리고 외형적으

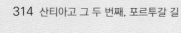

로는 국민 소득이 우리나라보다 조금 낮지만 풍부한 농산물과 낮은 물가 수준으로 부족함이 없이 살아가는 순박한 시골 인심을 느낄 수 있었다.

그리고 가톨릭 국가로서 집집마다 성화聖畵나 성상聖像으로 장식을 하고, 길가 담장에도 조그만 성상을 설치해 놓고 꽃과 촛불을 봉헌하며 기도하는 모습들은 인상적이었다. 스페인 순례 때 주말미사에 참석해 보면 순례자를 포함하여 불과 수십 명의 신자들만 모여 쓸쓸하게 미사를 드렸었는데, 포르투갈에서는 성당을 꽉 채운 많은 신자들을 보고 무척 반가웠다. 또 부활절 때에는 폭죽을 터뜨리거나, 집집마다 마당이나 대문에 꽃을 깔아 놓고 부활을 축하하는 등 생활 속에서 실천하는 포르투갈 사람들의 뿌리 깊은 신앙은 우리도 반성하고 배워야 할 부분이었다.

비록 잠깐씩이었지만 다른 나라 순례자들과의 만남도 이 길에서 얻을 수 있는 중요한 소득이었다. 앞서거니 뒤서거니 하며 자주 만나 정이 들었던 독일인 부부를 비롯하여 우리에게 기념 조롱박 모형을 선물한 포르투에서 온 부부, 남편이 허리가 아파 잘 걷지 못하자 부인이 남편 배낭까지 메고 걷던 프랑스 부부, 모녀가 같이 걷는 페레그리노, 아버지와 아들이 같이 걷던 한국인 순례자 등등 우리 기억에 오래 남을 인연들이 생각난다.

이 길에서 만난 기억에 남는 현지인들도 많다. 오래 된 농가주택을 개조한 알베르게 부라Quinta da Burra, 정원에 잡초가 무성해 귀신이라도 나올 것 같아 아내들이 기겁을 했는데 달랑 개 2마리 데리고 홀로 사는 그 여주인이 잊혀지지 않는다. 코임브라에서 한식당을 2개나 운영하는 한국인 여사장은 인터넷으로 요리를 배웠다고 한다. 그리고 포르투의 매력에 빠져 아이와 함께 이곳에 와서 식당을 차렸다는 '온도' 식당 여주인도 기억에 남는다.

두 번째 순례 여행이라고 준비에 방심을 해서 고생한 부분도 언젠가 다른 여행을 위해서도 새겨 두어야 할 중요한 교훈이다. 나름 짐을 줄인다고 가벼운 등산화를 신고 갔는데 방수가 안 되어 고생하였고, 기존에 갖고 있던 비옷이 너무 부피가 크고 무거워 가벼운 비닐 비옷을 준비해서 갔는데 습기가 배출이 안 되어 애를 먹었다. 결국 포르투에서 시간과 비용을 들여서 등산화와 비옷을 다시 살 수밖에 없었던 일은 준비를 게을리한 데에 대한 준엄한 경고로 받아들여야 할 것 같다.

이번에는 정 선배 부부와 네 사람이 움직이니 서로의 생각과 접근 방식이 다름도 확인할 수 있었지만 그 다름 속에서 서로 보완이 되어 일정을 진행하는 데 도움이 많이 되었다. 나는 전체 비용을 관리하고, 구글 지도를 통해 걷거나 식당이나 숙소 등 장소를 찾아가는 역할을 하였고, 정 선배는 숙소를 전담하여 숙소를 찾고 예약하는 일을 맡아서 하였다. 포르투갈 순례길은 길을 안내하는 모바일 앱이나 인쇄된 지도, 식당, 숙소를 찾아주는 앱 등이 부실하여 가끔 곤란을 겪기도 했지만 내가 활용하는 구글 앱과 정 선배가 활용하는 안내 책자 지도를 병용하면서 그래도 길거리에서 자지 않고, 끼니를 굶지 않고 완주할 수 있었다. 특히 우리 부부만 걸었으면 그냥 지나치거나 포기했을 일도 정 선배의 호기심과 적극성으로 더 많이 보고 이해하고 또 그때그때 문제를 해결할 수 있어서 도움이 많이 되었다. 언어의 문제도 정 선배가 이곳에 주재하는 동안 접했던 포르투갈어나 스페인어의 기억에, 보디랭귀지까지 특유의 적극성으로 해결하여 큰 문제 없이 마칠 수 있었다. 또 아내 모니카가 '순화약국'이라는 애칭답게 구급약을 비교적 많이 준비하여 서로 활용할 수 있었고, 정 선배는 라면 스프를 가져와 입맛이 없을 아침에 가끔 라면으로 속을 개운하게 해준 것도 고마운 일이다.

그리고 정 선배와는 먹고 마시는 것에 대해서는 의견이 잘 맞아서 걷다가 쉴 때마다, 식사를 할 때마다 메뉴를 정하고 맥주와 와인을 주문하는 데 이견이 없었다. 그래서 이번 순례에 포르투갈과 스페인의 맥주와 와인 산업에 많은 기여를 했노라고 우리끼리 농담을 하기도 하였다.

이번 순례에서 우리 사모들이 잘 걸을 수 있을까 걱정이 되어 일

정도 느슨하게 잡기는 했지만, 그래도 사전에 연습을 안 한 탓인지, 아내는 초반에, 정 선배 사모는 후반에 발이 아파 고생들을 많이 하였다. 그래도 큰 탈 없이 끝까지 완주를 할 수 있어서 정말 감사하고 고맙다. 두 분은 지금도 발톱이 여러 개 멍들어 그 여정의 흔적을 고스란히 보여주고 있다.

우리가 걷는 동안 숙소에서, 식당에서 몇 번의 언짢은 기억도 있지만 그보다는 여러 사람들에게 도움을 많이 받은 것들이 더 기억에 남는다. 비가 쏟아지는데 택시가 없어서 쩔쩔매고 있을 때 알베르게 주인이 자기 차로 운전해서 우리를 태워 숙소로 돌아올 수 있던 일, 우리가 물이 없어서 목말라할 때 생수와 맥주까지 제공한 어느 시골의 정 많은 가족들, 그 외에도 계속된 비에 길이 범람한다고 우회해서 가라고 알려준 어느 운전자 등등 많은 사람들이 기억에 남는다. 반면 우리가 나름 선행을 한 몇 가지 일들도 잊을 수 없다. 자주 만나서 친해진 독일 부부가 식당을 못 찾아 점심도 못 먹고 지쳐서 더는 못 걷게 되어 있을 때 우리가 부른 차를 그들이 먼저 타고 목적지까지 가게끔 배려한 일, 발목이 아파 걷지 못하게 된 두 여인들을 정 선배가 주선하여 차를 잡아 태워 보낸 일 등이 생각난다.

산티아고 순례를 왜 하는가? 나는 이 순례를 통해 뭘 얻었는가? 이 질문은 6년 전 프랑스 길에서도, 이번 포르투갈 길을 걸으면서도 계속했던 똑같은 질문인데 결국 이번에도 시원한 답을 얻지 못했다. 다만 지금까지 내가 얻은 답은 산티아고 도보 순례에는 희로애락이 있다는 점이다. 곧 우리의 삶 자체가 순례 과정에 녹아 있어서 그걸 느끼려고 하는 게 아닌가 싶다. 어떤 날은 덥다가, 어떤 날은 추워서 패딩을 꺼내 입어야 하기도 하고, 어떤 날은 구름 한 점 없는 새파란 하늘을 보며 걷다가 어떤 날은 비바람이 몰아치기도 한다. 어떤 날은 건너편 언덕에 피어오르는 아침 안개를 보며 상쾌한 기분으로 걷기도 하지만, 어떤 날은 따가운 햇살 아래 종일 포도밭이나 끝없이 펼쳐진 초원을 걷기도 해야 한다. 그 길이 카미노 순례길인 것이다. 어떤 날은 쾌적한 호텔방에서 쉬지만 어떤 날은 비를 쫄딱 맞아 축축해진 옷을 벙크베드 옆에 걸어 놓고 옆 사람의 코 고는 소리를 자장가 삼아 잠을 청해야 하는 날들도 있는 게 바로 카미노인 것이다. 오르막이 있으면 내리막이 있고 포장 길이 있는가 하면 진창 길도 나타난다. 우리의 삶도 마찬가지이리라. 매일의 생활이 마냥 즐거울 수만도 없지만 또 오늘의 힘든 날들 뒤에는 잘 이겨낸 보람에 웃을 수 있는 내일을 기다리며 살아 가는 것이 아닐까?

여러 가지 여행 중에서 트레킹 여행이 동반자와 같이 하는 데 가장 어렵기도 하고, 가장 도움이 되기도 하는 것 같다. 다른 여행과는 달리 매일 무거운 짐을 메고 종착지까지 가야 하고, 수십 km의 장거리를 두 발로 걸어야 하는 데다가, 정해진 숙소나 식당이 없어 그때그때 찾아서 해결해야 하는 특성이 있다. 보통 몸이 지치면 예민해지지 마련인데, 이럴 때 서로의 의견이 다르면 더 민감해지기 쉽다. 농담으로 산티아고 길을 걷다가 부부가 헤어진다는 말도 있듯이 이 길에서는 서로 이해하고 양보하는 마음으로 걸어야 한다. 반면 이번 여행에서처럼 서로가 단점으로 부딪히는 게 아니라 장점으로 보완적인 역할을 한다면 최적의 여행이 될 수도 있다는 걸 느꼈다. 이 길고 힘든 여정에 서로의 다름을 이해하고 특히 많은 크고 작은 문제들을 적극적인 방법으로 해결해 주신 정 선배에게 특별한 감사를 드리고 싶다.

2024년 7월
김수봉(이냐시오), 안순화(모니카)

✢ 저자의 말 ✢

70대 중반으로 달려가는 나이에 포르투갈 루트와 그리고 피니스테레Finisterre까지 700km 걷기를 마쳤다. 걷는 내내 나는 하루도 빼먹지 않고 그날그날 일기를 쓰듯 글을 남겼다. 매일 보고 생각하고 느낀 것을 글로 남긴다는 일은 쉬운 작업이 아니다. 글을 쓰는 전문가도 아니고 또 글을 많이 써 보지도 못한 사람이 말도 아닌 글로 남겨 놓는다는 것은 참으로 어려운 작업이다.

그 어려운 작업을 왜 나는 하고 있는 걸까? 왜 기록을 남기려고 하는 걸까? 우리가 일상 생활을 하다 보면, 또 여행을 하다가 보면 보고 느끼고 생각하는 것들이 많다. 그런데 이렇게 보고 느끼고 생각하는 것들은 시간이 지나면 변하게 되고 잊혀지게 된다. 그러다가 어느 시점이 지나고 나면 그것들을 접하고 싶어도 접하지 못하게 되는 경우가 많다. 기록을 남긴다는 것은 역사를 남기는 것이다. 기록이 없었다면 인류의 역사는 존재하지 못했을 것이다. 기록은 우리가 보고 느끼고 생각한 것들을 보존하고 전승하고 공유할 수 있는 최선의 수단이다.

2017년 처음 산티아고 길을 걸을 때, 그때는 책을 쓴다는 계획도 생각도 없었다. 다만 기록을 남긴다는 의미에서 매일 보고 생각하고 느낀 것들을 메모를 해 두었다. 돌아와서 여행 얘기를 주위 사람들에게 했더니 그 기록들을 책으로 엮어 보면 어떻겠냐고 하는 의견이 많았다. 결국 망설이다가 어렵게 결정했고 힘도 많이 들여 책으로 엮어 내기는 했지만 아쉬움도 많았다. 출판사의 권고대로 전문작가를 섭외해서 다듬어 볼까 생각도 했다. 그러면 내 글이 아니라는 판단에 내 고집대로 쓰고 엮어 출간을 했다. 돈을 벌자고 펴낸 것은 아니지만 그래도 부끄러운 수준은 벗어나야 한다는 생각에 죽을 힘을 다했지만 괜한 짓을 했다는 후회도 했다.

그 후에도 많은 국내외 여행을 하면서, 트레킹을 하면서 계속 기록은 남겼지만 언감생심 책으로 펴낼 생각은 못했다. 몇 번 출판사나 작가 분들을 만나 상의는 해봤지만 결론은 내 글솜씨 가지고는 출간은 어렵다는 것이었다. 그러나 이번 두 번째 산티아고 길, 포르투갈 루트를 걷고 와서는 생각을 바꿨다. 새로 용기를 내어 다시 시도해 보기로 했다. 처음에는 전문작가에게 의뢰해 볼 생각을 했다가 결국 접었다. 글이 맛깔스럽고 재미있을지는 모르지만 이 길을 걸어보지 않은 사람이 이 길을 제대로 표현하기란 어렵다는 판단과 그리고 그 글은 내 글이 될 수 없다는 생각 때문이었다.

매일 일기처럼 써두었던 카카오 스토리를 바탕으로 3개월 가까이 낑낑대며 글을 정리했다. 지켜보던 아내가 돈이 될 일도 아니고 팔릴 책도 아닌데 사서 고생이라며 놀려대곤 했지만 결심을 했으니 끝을 보겠다고 매달렸다. 아무리 고치고 읽어봐도 부끄럽기 짝이 없는 글이지만 모두가 내 생각 내 느낌이고 처음부터 끝까지 내가 쓴 글이니 그게 내 능력이고 내 실력인 걸 어떻게 하겠나?

또 눈으로 본 것을 표현하는 데는 사진 만한 것이 없다. 처음에는 내가 찍은 사진만을 골라 쓸 생각이었지만 이번에는 아내의 스케치도 함께 실어 보기로 했다. 아내는 전문 화가는 아니지만 내가 보기에는 제법 그림에 대한 소질이 있다. 그래서 부부가 같이 걸었으니 책도 같이 펴내는 게 의미가 있지 않겠느냐 하며 제안을 했더니 처음에는 단호하게 거절을 했다. 몇 번 설득한 끝에 겨우 승낙을 얻어 냈지만 아내 또한 스케치한다고 엄청 고생을 했다. 부담을 준 것도 같아 많이 미안하고 고맙다.

프랑스 루트는 여러 산티아고 길 중 사람들이 가장 많이 걷는 루트이다. 특히 우리나라 사람들이 엄청 많다. 지난해까지 통계로 잡힌 숫자만 약 45만 명의 한국인이 이 길을 걸었다고 한다. 그러니 관련 책도 자료도 엄청 많다. 그러나 포르투갈 루트는 다르다. 전체 걷는 이들이 프랑스 길에 비해 1/3 수준이다. 더욱이 우리나라 순례자들은 거의 없다. 덜 알려져 있기도 하지만 인프라가 열악하여 우선 먹고 자고 걷는 데 불편하기 때문이다. 그러나 앞으로는 달라질 것이라고 믿는다. 서문에도 썼지만 한 번 카미노를 걸은 사람들은 대부분 또 카미노를 찾기 마련이다. 우리나라 걷기 마니아들도 프랑스 루트를 걷고 나면 다른 루트를 찾게 될 것이다. 많지는 않겠지만 그다음 순위는 포르투갈 길이 될 것이다. 그 사람들은 인터넷을 뒤지다가 내 책을 접하게 될 것이다. 많이 팔릴 거라는 기대는 하지 않지만 이 길을 걸을 계획을 하고 있거나 관심이 있는 이들에게 내 책이 작은 도움이라도 줄 수 있으면 좋겠다.

걷기 전부터 포르투갈에 대하여, 포르투갈 역사에 대하여 또 포르투갈 민요인 파두와 와인에 대하여 자료도 모으고 공부도 했다. 그러면서 새롭게 포르투갈을 배우고 느끼는 것도 많아지게 됐다.

이슬람 수피족은 병이 났을 때 먼저 의사에게 가기보다 그 병을 앓았다가 나은 사람을 찾아간다고 한다. 더 현실적인 처방을 얻을 수 있다는 생각에서다. 어느 낯선 지방에 여행을 간다면 지도나 안내 책자를 보기보다 얼마 전 그곳을 다녀온 사람에게 직접 묻는 것이 더 현명한 방법이다. 인터넷을 뒤지면 여행 안내 정보는 얼마든지 찾아낼 수 있다. 그러나 내가 직접 걸으면서 보고 느끼고 생각한 것들은 그것과 다르다. 아니, 달라야 한다.

이 책은 여행 안내서가 아니다. 어느 길로 가야하고 어디가면 무

엇이 있고 하는 것들은 인터넷 들어가면 다 찾을 수 있다. 그러나
이 길을 걸을 준비를 하거나 걷는 이들에게는 그것만으론 불충분
하다.

혹시라도 이 책을 읽는 분들께 양해를 구하고 싶은 부분이 있다.
사실 이 길을 걸을 때 제일 중요한 점은 길이지만 길은 어차피 루
트를 따라가니 누구나 다 같은 길을 걸을 수밖에 없다. 그러나 먹
고 자는 것은 좀 다르다. 주머니 사정에 따라 취향에 따라 달라지
는 선택 사항이다. 포르투갈 길은 아직 우리나라 걷는 이들에게는
낯선 길이다. 그래서 먹고 마시고 자는 얘기를 많이 썼다. 내가 먹
고 자고 한 내용이 이들에게 조금이라도 도움이 됐으면 하는 마음
에서다.

또 한 가지 양해를 구할 점은 외국어 표기에 대해서다. 포르투갈
어는 같은 라틴 계통이지만 스페인어나 이탈리아어와는 발음이 많
이 다르다. 또 같은 포르투갈 말이라고 해도 포르투갈과 브라질은
다른 발음이 많다. 포르투갈 길을 걷고 왔으면서 브라질식으로 발
음을 표기한 책도 본 적이 있다. 또 포르투갈 길을 걷고 와서 인터
넷에 사람 이름이나 장소를 스페인식으로 표기해 올린 경우도 보
았다. 별것 아니라고 생각할 수도 있지만 포르투갈 사람들이 알 경
우 이는 엄청난 결례가 될 수 있다. 그래서 나는 포르투갈에서는 포

르투갈식 발음으로 스페인에서는 스페인식 발음으로 표기하려고 노력했지만 잘못이 있을 수도 있다. 알파벳으로 병기를 해두긴 했지만 라틴어 표기에 익숙하지 못한지라 많은 오류가 있을 듯하다.

앞으로도 나는 두 다리가 허락하는 한 계속 걸을 것이다. 어떤 길을 더 걸을지는 아직은 다 모른다. 우선 지난 9월에는 캐나디안 로키를 이미 다녀왔고, 내년 1월에는 뉴질랜드 밀포드 트레킹을 계획하고 있다. 이탈리아 돌로미테도 걸어야 한다. 코리아둘레길은 4500km인데 완주를 하려면 DMZ 평화의 길 510km를 마저 걸어야 한다. 지난 7월부터는 이순신백의종군길 670km를 걷고 있는 중이다. 앞으로도 아내의 건강이 받쳐 준다면 함께 걷는 길도 많을 것이다. 그 중에서 무엇보다도 이 길, 산티아고 카미노를 마지막으로 한 번 더 걸어보고 싶다. 다시 걷는다면 그때는 혼자서 걷고 싶다. 외롭고 고통스러운 여정이 될 게 틀림없지만 내 인생 마지막 정리를 한다고 생각하고 오롯이 혼자서 걷고 싶다. 언제 걸을 건지 어느 루트를 택할지는 아직 정하지 못했지만 아마도 사람들이 더 적게 다니는 루트가 될 것이다.

내 묘비명에 '길을 사랑한 사람 길에서 잠들다'라고 쓰면 어떨까 하는 상상을 가끔 해본다. 길을 걷다가 종종 이 길에서 운명을 달리한 사람들의 흔적을 접하곤 한다. 내가 그렇게 되기를 바라는 것은 아니지만 그렇게 되어도 괜찮다는 생각을 해보곤 한다. 젊은 나이라면 몰라도 이 나이에 좋아하는 일을 하다가 거기서 마감할 수 있다면 그것은 어쩌면 행복한 죽음이 아닐까?

본문에서도 잠시 언급했지만 가끔은 왜 사냐고 물어보면 죽기 위해서 산다고 대답하는 사람들이 있다. 죽을 건데 왜 사냐고 물어보면 안 된다. 잘 살아야 잘 죽는다는 의미일 것이다. 좋아하는 일을 할 수 있다면 그것은 잘 사는 것이다. 그 일을 하다가 죽을 수 있다면 행복한 죽음이 아니겠는가?

"Memento Mori!"
"Carpe Diem!"

죽는 날까지 새기며 살아가야 할 명문구이다.

처음부터 끝까지 일정을 챙겨주고 구글 지도 찾아가며 식당, 숙소 등 안내를 도맡아 준 멋진 도반道伴 김수봉 사장께 진심을 담아 감사를 드린다. 불편함이 많았을 텐데 참고 이해하며 아내까지 성심껏 챙겨준 안순화 여사 정말 고맙다. 여기에 이름을 다 열거할 수는 없지만 걷는 내내 카카오 스토리에 응원 댓글 달아준 사랑하는 우리 누님, 친구, 동료, 선후배 여러분께 고마움을 전한다.

응원 댓글로도 모자라 책을 낸다고 하니 기꺼이 격려의 글까지 써준 50년지기 내 친구 김낙회 회장, 그리고 골프장 대표 시절 만나 10여 년을 같이 치고, 걷고, 마시고, 즐기는 노익장 김민성 사장께도 특별히 감사를 드린다.

50년 가까이 함께 동고동락한 평생의 반려자, 죽을 때까지 나를 챙겨줄 인생의 동반자, 아픈 발을 끌고 끝까지 함께 걸어준 아내 배복자에게 사랑을 담아 박수를 보낸다.

끝으로 책을 펴낼 엄두도 못내고 있는 나에게 격려와 용기를 주고 책이 나올 수 있도록 지원을 해주신 (주)글로벌콘텐츠출판그룹 홍정표 대표님과 세심하게 원고를 다듬어 준 편집부 여러분께 진심으로 감사하다는 말씀을 드리고 싶다.

하늘에서 엄마, 아빠를 지켜보며 끝까지 잘 걸을 수 있도록 응원을 해줬을 사랑하는 우리 딸 '은'이에게 이 책을 보낸다.

부록 1

무엇을 어떻게 준비할 것인가?

　산티아고 길을 걷기 위해 준비해야 할 것들이 많을 것 같지만 의외로 몇 가지 안 된다. 제일 중요한 장비는 배낭, 신발, 방수 방풍 겸용 재킷 그리고 침낭이다. 이 몇 가지는 어떻게 준비하느냐에 따라서 얼마나 잘 걸을 수 있느냐가 결정될 만큼 중요하다.

　한마디로 정리하면 '무게는 가볍게, 기능은 최고로'를 기본으로 준비하라는 것이다.

　또 한 가지 중요한 부분은, 중요하지 않은 것은 과감하게 버리고 가라는 것이다. 덜 중요하다는 의미는 현지에서 사서 써도 되거나 빌려 써도 될 것들을 말한다. 그래서 산티아고 갈 때는 짐을 잘 싸는 것보다 짐을 어떻게 잘 버리느냐가 더 중요하다고 말한다.

　다만 계절에 따라서 또 걷는 분들의 연령대에 따라서 준비물이 조금은 다를 수 있다. 나는 덥고 붐비는 여름방학 철이나 춥고 한적한 겨울철보다 봄가을 기준으로 해서 준비물을 추천해 본다. 또 연령대도 젊은이를 기준으로 하지 않고 50대 이상 중·노년층을 기준으로 했다.

1. 배낭

배낭은 가볍고 등받이가 편안한 것으로 골라야 한다. 일반적으로 산티아고를 걸을 때 배낭의 무게는 자기 체중의 1/10 이하가 적당하다고 한다. 이 기준으로 볼 때 배낭 크기는 남자 50L 이하, 여자 40L 이하인 것이 좋다. 짐을 더 줄일 수 있다면 이보다 더 작아도 좋다. 배낭이 크면 이것저것 덜 중요한 것도 넣고 가게 되고 결국은 걷다가 길가에 또는 숙소에 다 버리게 된다.

우리 부부의 경우 떠날 때는 내 것은 46L 크기에 무게 9kg, 아내는 38L에 5kg이었다. 현지에서 물과 간식 등을 채웠을 때 내 것은 10kg이 훨씬 넘을 때도 많았다.

다른 장비는 몰라도 배낭은 브랜드를 따져보고 구매하는 것이 좋겠다는 생각이다. 브랜드별로 같은 사이즈라도 무게나 기능이 차이가 많이 나기 때문이다. 내가 걸으면서 보니 대략 50% 정도의 순례자들은 미국산 오스프리(Osprey)브랜드를, 30% 정도는 독일 브랜드 도이터(Deuter) 제품을 메고 있었다. 최근에는 미국 브랜드 그레고리(Gregory)도 인기가 있다고 한다. 옷이나 신발 등은 국산 브랜드를 사용하는 순례자들도 많았지만 불행히도 국산 배낭은 보지 못했다. 우리 부부는 오스프리를 메고 걸었는데 솔직히 만족 그 이상이었다. 브랜드를 따지기 이전에 절반 이상의 카미노 순례자들이 선호하는 배낭이라면 그 자체만으로 충분한 이유가 있다고 판단하면 될 것 같다.

2. 신발

신발은 굳이 브랜드를 따질 필요는 없을 것 같다. 다만 주의해야 할 것은 무조건 튼튼하고 걷기 편해야 한다. 걷기 편하다고 일반 운동화나 가벼운 트레킹화를 준비했다가 고생하는 순례자들을 많이 보았다. 배낭이야 무거우면 중간에 내용물을 덜어내면 되지만 걷다가 신발이 불편하면 대책이 없다. 수백km를 걸어야하고 수백m 고지를 오르내려야 하니 일단 튼튼해야 한다. 그리고 언제 비를 맞고 진흙 길을 만날지 모르니 방수가 잘 돼야 한다. 그래서 산티아고 길에 적합한 신발은 고어텍스나 통가죽 재질의 것을 골라야 한다. 또 울퉁불퉁한 자갈길에서 발바닥을 보호해 줄 수 있도록 신발 바닥이 단단하고 미끄럼을 방지해 주는 것(Vibram, Ridgedge), 발목 보호를 위해 복숭아 뼈까지 덮히는 목이 긴 중등산화를 추천한다. 실수였겠지만 등산과 트레킹의 전문가인 김수봉 사장도 이번 길에 방수가 안 되는 등산화를 신고 왔다가 중도에 버리고 새 신발을 사서 신었다.

또 한 가지 신발을 고를 때 주의할 점은 '신발을 발에 맞추지 말고 발을 신발에 맞추라'는 것이다. 발가락 다섯 개가 신발 안에서 편안하게 움직일 수 있는 사이즈, 즉 발보다 한 치수쯤 큰 것을 고르는 편이 좋다. 좀 크다 싶으면 얇은 안감 양말을 하나 더 신으면 된다. 오히려 더 발이 편하고 발가락을 보호해 줄 수도 있다. 이렇게 고른 신발이라 해도 오래 신던 신발이면 상관없겠지만 새로 산 것이라면 떠나기 전 필히 발이 적응할 수 있을 만큼 신어 보고 가야 한다. 우리 부부는 국산 캠프라인(Campline)을 새로 사서 신고 갔다. 내것은 캠프라인 'Changer', 아내 것은 이 길을 위해서 개발 했다는 캠프라인 'Santiago'라는 모델이다.

신발 관련해서 한 가지 놓치지 말아야 할 정보는 비바람이 몰아치면 발목 사이로 빗물이 들어가기 때문에 방수가 의미가 없다. 또 카미노에서는 모래나 자갈길을 자주 만나게 되는데 이때는 모래나 잔자갈이 튀어 신발 속으로 들어가 수시로 벗고 털어 내야하는 불편을 겪게 된다. 그래서 발목을 덮어주는 가벼운 방수 스패츠를 준비해 갈 것을 권한다. 스패츠를 준비하지 못했다면 비닐봉지 한 쪽을 뜯어 고무줄로 발목에 묶어서 사용해도 좋다.

3. 방수, 방한, 방풍 겸용 재킷

계절에 따라서 다르기는 하겠지만 산티아고 길에서 만나는 기후는 예측하기가 매우 어렵다. 3~4월인데도 햇볕이 내리쬘 때는 땀을 뻘뻘 흘릴 정도로 덥다가 비바람 몰아칠 때는 뼛속까지 스며드는 추위에 벌벌 떨기 일쑤다. 그리고 낮과 밤의 일교차가 커서 하루에도 초겨울에서 한여름까지의 기온을 접하게 된다. 그렇다고 여기에 대비한 모든 옷을 준비해서 갈 수는 없는 노릇이다. 여기에 가장 적합한 옷이 방수, 방풍, 방한을 겸한 고어텍스 재킷이다. 고어텍스는 땀은 방출해 주면서 빗물은 막아주는 신통방통 특수 소재이다. 우리 부부는 봄가을용 BAC(Blackyak Alpine Club) 고어텍스 방수 재킷을 준비해 갔다. 이번 길에서 일주일 이상 비를 맞고 걸었는데 별도로 비옷을 입지 않았는데도 속옷이 보송보송할 정도로 방수 기능이 탁월했다. 물론 모자가 붙어 있는 것이 좋다. 값비싼 유명 브랜드가 아니더라도 우리나라에는 훌륭한 등산용 아웃도어 제품이 많이 있다.

새벽에 영하의 날씨를 만나거나 찬바람이 불 때는 재킷만으로는 보온이 어려울 때가 있다. 이때를 위해 오리털이나 거위털 재질의 가벼운 보온 조끼를 준비하면 큰 도움이 된다. 또 쌀쌀한 밤에 난방이 안 되는 알베르게에서 입고 자면 아주 좋다. 말아서 주머니에 넣으면 주먹 하나 정도의 부피에 무게는 20~30g도 안 된다. 시즌 오프 때 구입하면 가격도 3만 원 안팎으로 저렴하다.

4. 침낭

　대부분의 알베르게에는 모포가 준비되어 있지만 솔직히 맨몸으로 그 모포를 덮고 자기에는 꺼림직하다. 또 가끔 침낭을 준비하지 않았는데 모포가 없는 알베르게를 만나면 그런 낭패가 없다. 한방에서 남녀노소 수십 명이 가리개도 없는 벙크베드에서 같이 자야 한다는 상상을 해보라. 또 추운 밤을 상상해 보라. 침낭은 필수다. 부피가 크고 무게가 많이 나가면 안 된다. 요즈음에는 300~400g 무게의 오리털이나 거위털 침낭이 많이 나와 있다. 따뜻하면서도 가볍고 돌돌 말아 주머니에 넣으면 부피도 주먹 두 개 정도에 불과하다. 고지대에 있는 알베르게나 날씨가 추운 밤에는 제공되는 모포를 침낭 위에 덮고 자면 되니 얇고 가벼운 제품을 적극 권한다. 가격은 브랜드에 따라 차이가 많은데 인터넷을 뒤져보면 의외로 좋은 제품을 저렴하게 구입할 수 있다.

　구입시 한 가지 고려할 것은 자기 키보다 2~30cm 쯤 큰 사이즈를 택하라는 것이다. 모든 알베르게에서 베개는 제공하지만 1회용 베개 커버를 제공하지 않는 경우가 많다. 이때는 침낭 머리 밑에 베개를 넣고 자면 된다. 수많은 순례자들이 베고 잤던 베개를 커버도 없이 사용한다는 생각을 해 보라. 가끔 에어 베개를 가지고 다니는 순례자들이 있는데 나는 권하고 싶지 않다.

5. 스틱

　스틱의 용도는 크게 두 가지다. 첫째는 고지대를 오르고 내릴 때 체중을 분산시켜 힘을 덜 들게 하고 무릎 등 몸을 보호하는 기능이다. 즉 두 다리의 보조 역할을 해주는 기능인데 일반적으로 스틱을 사용하면 오르막에서는 20% 정도의 체중을 분산시켜 몸을 가볍게 해준다고 한다. 내리막에서는 30% 이

상의 체중을 분산시켜 무릎의 부담을 줄여 준다. 평지에서도 장거리를 걸을 때는 꼭 스틱을 사용하는 것이 좋다. 두 팔과 두 다리가 하모니를 이루며 속도를 내주고 힘을 덜어준다.

두 번째는 호신용이다. 걷다 보면 종종 개 떼를 만날 수 있다. 특히 포르투갈 시골에서는 개를 많이 기른다. 그것도 작은 애완용이 아니라 대부분 송아지만한 큰 개들이다. 여럿이서 같이 갈 때는 문제가 안 되겠지만 호젓한 산길에서 혼자 이런 개와 맞닥뜨려 있다는 생각을 해보라. 나는 우리나라 둘레길에서 또 이번 포르투갈 길에서 목줄이 풀렸거나 길에서 떠도는 들개와 여러 번 맞닥뜨렸었다. 여간 당황스러운 일이 아닐 수 없다. 개가 달려들 때 호신용 장비는 스틱밖에 없지 않은가?

상식이지만 스틱은 꼭 쌍으로 두 개를 준비해 가기를 권한다. 다만 스틱도 등산로 입구에서 파는 싸구려보다는 아웃도어 매장에서 파는 가볍고 튼튼한 것을 구입하길 권한다. 물론 접었다 폈다 하기에도 편리해야 한다. 한 달 넘게 700km를 걷는데 도중에 스프링이 고장나거나 펴지지 않거나 부러지면 이것도 낭패 아닌가? 현지에서도 큰 도시에서는 구입할 수가 있지만 의외로 가격이 비싸다.

우리는 이탈리아제 레키(Leki) 제품을 가져갔는데 가격은 조금 비싸지만 역시 가볍고 성능이 좋다.

6. 우의

일반적으로 포르투갈의 우기는 겨울철이지만 3~4월까지도 계속되기 때문에 한 달 이상을 걷는 카미노에서는 비를 만나게 될 확률이 높다. 스페인에서도 갈리시아 지방은 워낙 날씨 변덕이 심한 곳이라 비 오고 바람 부는 날을 여러 차례 만날 수 있다는 각오를 해야 한다. 웬만큼 오는 비는 고어텍스 방수 재킷으로 견딜 수 있지만 갑자기 폭우라도 쏟아지게 되면 하체는 감당이 안 된다. 별도로 비옷 바지를 준비하는 게 좋다는 얘기다. 신발을 신은 채 바로 입을 수 있는 지퍼 달린 것이 좋다. 비옷 바지가 발목을 덮어주면 신발 속으로 들어가는 빗물도 막아 준다.

고어텍스 재킷 대신 비옷을 준비할 수도 있는데 이때는 배낭까지 덮을 수 있는 크기인지를 확인해야 한다. 매트 역할까지 해주는 판초 우의도 있지만 가벼운 재질로 만든 롱코트 형태의 비옷이 좋다. 이번 길에서 김 사장 부부는 비닐로 된 롱코트 형태의 비옷을 준비해 갔다가 결국엔 버리고 포르투에서 방수 재킷을 새로 구입했다.

7. 그 외 필수 장비들

- 바지: 바지는 입고 가는 것을 포함해 두 벌이면 족하다. 가볍고 쉽게 세탁이 가능한 기능성 소재의 제품이 좋다. 반바지보다는 여름용, 봄가을용 긴 바지를 각각 하나씩 준비하기를 권한다.
- 티셔츠: 기능성 소재의 긴팔 티셔츠 두 장, 반팔 한 장이면 족하다.
- 내복(팬티): 역시 기능성 소재로 두세 개면 된다.
- 양말: 일반 등산용 양말 두세 켤레로 족하다. 평소 등산을 할 때 발목에 붉은 반점이 생기는 경우엔 플라스틱 알레르기일 가능성이 크다. 이런 분에게는 모직 소재 양말을 권한다. 발가락이 부르트는 것을 방지하기 위해서 발가락 안감 양말을 준비해 가는 것도 좋다.

- 장갑: 추운 날 새벽에는 손이 시리다. 또 스틱을 쥐고 산길을 오를 때도 유용할 수 있으니 얇은 기능성 소재의 장갑은 준비해 가도록 하자.
- 모자: 작열하는 햇빛도 막아주고 비올 때도 유용한 챙이 큰 고어텍스 방수 모자가 좋다.
- 선글라스: 포르투갈, 스페인의 햇살은 강하다. 보안용 선글라스를 꼭 챙기자.
- 타월: 한낮 땀이 날 때, 세면 후, 샤워 후에 닦을 수 있고 쉽게 세탁이 가능하고 빠르게 건조시킬 수 있는 다용도 극세사 제품이 좋다.
- 샤워 타월: 하루를 걷고 나서 알베르게에서 샤워는 일과 중의 하나다. 우리나라 샤워 타월의 기능은 탁월하다.
- 슬리퍼: 가볍고 부피가 크지 않은 신축성 있는 슬리퍼를 고르자. 알베르게 내에서 그리고 동네에서 가벼운 산책이나 장보러 다닐 때 등산화를 신고 다닐 수는 없지 않은가?
- 스패츠(Spats, 각반): 얇고 가벼운 방수 제품을 준비하자. 꼭 필요하다. 앞서 신발 고를 때 내용을 참고하시라.
- 빨래 주머니: 가끔 날이 궂거나 늦은 빨래를 했을 경우 다음 날 마르지 않을 경우가 종종 있다. 양말은 배낭 뒤에 매달고 이동하며 건조시킬 수 있지만 내복은 곤란하지 않은가? 방수가 되는 빨래 주머니에 넣고 가면 유용하다. 우리나라 슈퍼마켓에 가면 얇은 두루마리 투명 비닐 봉투가 많다. 부피도 적고 무게도 가벼워 몇 장 준비해 가면 여러모로 유용하다. 그리고 내복, 양말 등 소품들은 작은 주머니에 분리해서 배낭에 넣으면 짐 꾸리고 풀 때 아주 편하다.

- 경량 파우치: 여장 풀어 놓고 시내 관광을 하거나 장 보러 나갈 때 배낭을 지고 갈 수는 없지 않은가? 어깨에 걸쳐 메거나 허리에 둘러멜 수 있는 작고 가벼운 사이드 백은 아주 유용하다. 카드와 현찰, 순례자 여권(Credencial), 휴대폰, 선글라스 등을 나누어 넣을 수 있는 지퍼 달린 주머니가 있으면 좋다.

8. 의약품, 세면도구, 화장품

- 의약품: 특히 한국 순례자들은 비상약을 많이 준비하는데 나는 권하고 싶지 않다. 물론 혈압약 등 평소 복용하는 필수 의약품은 필요한 양만큼 가져가야겠지만 소화제, 설사약, 진통제 ,감기약 등등은 최소 양만 준비해도 된다. 웬만한 비상 약품은 대부분 알베르게에 비치되어 있고, 없다면 현지 보건소나 약방에서 구할 수가 있다. 우리 부부는 준비해 간 비상약은 거의 사용하지 않았다. 발이 부르틀 때에 대비한 일회용 반창고와 바세린은 준비하는 것이 좋다.
- 세면도구: 칫솔과 작은 사이즈의 치약, 비누, 샴푸만 준비하자. 모자라면 현지에서 얼마든지 구입해 쓰면 된다. 남자들은 취향에 따라 다르겠지만 걸을 때는 면도를 안 하는 것도 방법이다. 시간도 절약 되고 아침이 편하다. 나는 일회용 면도기 하나만 들고가서 35일간 서너 번 정도 면도를 했다. 손톱깎이 등 어쩌다 한 번 쓰는 것들은 알베르게에서 빌려 쓰면 된다.
- 화장품: 우리 아내의 화장 안 한 얼굴이 그렇게 멋지다는 것을 처음 알았다. 화장할 시간도 없지만 필요성도 못 느끼는 곳이 카미노이다. 여성분들도 간단한 기초 화장품만 준비해 가기를 권한다. 다만 태양이 뜨거우

니 선크림은 준비해 가자. 튜브 타입보다는 수시로 꺼내 문질러 바를 수 있는 스틱 타입을 권하고 싶다.

9. 식료품

개인적으로는 한국에서 별도의 식료품은 가져가지 않기를 권한다. 사실 포르투갈, 스페인 음식은 다른 서양 음식에 비해 우리 입맛에 잘 맞는 편이다. 그러나 한 달 넘게 한식에 굶주리면 아무리 맛있는 음식이라도 보기조차 싫어지는 경우가 있다. 우리 집사람이 그런 경우인데 가끔은 중국 식당이라도 찾아가 입을 달래는 경우가 있지만 이것도 대도시에서만 가능한 일이다. 따라서 입맛이 까다로운 분은 한식이 먹고 싶을 때를 대비해 라면 스프를 준비해 갈 것을 권한다. 현지 라면의 면발은 우리 것과 거의 똑같다. 그 스프는 버리고 준비해 간 스프를 넣고 끓이면 한국 라면 그대로다. 또 밀가루 사다가 수제비를 떠서 먹을 수도 있고, 밥해서 비벼 먹거나 국을 끓여 먹을 수도 있다. 튜브로 된 고추장을 몇 개 준비해 가면 매우 유용하지만 무게를 감당해야 한다.

너무 많은 한국인 무리들이 알베르게의 좁은 주방과 식당을 점령하고 와인은 물론 폭탄주까지 마셔가며 시끄럽게 떠드는 경우를 자주 본다. 또 삼겹살을 굽거나 닭고기를 삶아 먹으며 알베르게 전체에 냄새를 풍기는 한국인 순례자들이 많다. 본문에서도 썼지만 어글리 코리안들이다. 다른 나라에서 온 순례자들에 대한 배려를 해야 한다. 그들에게 피해를 주거나 불편하게 하는 짓은 꼭 삼가야 한다.

10. 그 외에 필요한 것들

- 체크카드: 현찰을 많이 들고 다니는 것은 부담스럽다. 그렇다고 큰 쇼핑 목적이 아니라면 신용카드를 갖고 다니며 쓰는 것도 리스크가 따른다. 필요시 ATM에서 현찰을 인출해 쓸 수 있는 체크카드 한 장이면 다 해결이 된다. 아직까지 포르투갈이나 스페인에서는 모바일 결제가 안되고 현금만 받는 곳이 많다는 것도 알아두자.

- 스마트폰: 사진에 관심이 있거나 글을 쓰는 분들은 카메라를, 노트북을 가져가면 좋겠지만 무거운 게 문제다. 카미노에 있는 거의 모든 알베르게나 식당에서는 무료 Wifi를 쓸 수 있다. 사진, 인터넷, SNS, 음악, 책, 메모 모든 것을 해결해 줄 수 있는 스마트폰이 있다는 것은 이 시대에 카미노를 걷는 우리들에게는 커다란 행운이다. 디지털기기를 불편하게 여기는 연세 드신 분들이라도 산티아고를 걸을 예정이라면 스마트폰 활용법을 익혀 가시기를 권한다. 산티아고 길을 걷는 것은 분명 최고의 아날로그적 행위이지만 여기에 디지털을 살짝 가미하면 그 아날로그가 더 값진 보석이 된다. 이어령 선생이 그랬던가? '디지로그'라고. 나는 가능하면 걸을 때만큼은 인터넷 의존도에서 탈출하려 했지만 사진과 글쓰기만큼은 어쩔 수 없었다.

- 옷핀: 현지에서 구입할 수 있지만 옷이 터지거나 하면 응급조치용으로 필요하다. 또 덜 마른 양말을 배낭에 매달고 가야 할 때도 유용하다.

11. 가져갈 필요가 없는 것들

- 물통: 처음 슈퍼에서 물 한 통 사서 마시고 빈 통을 활용하면 된다.

- 랜턴: 야간 이동할 목적이 아니라면 불필요하다. 자다가 화장실갈 때는 휴대폰 라이트를 쓰면 된다.
- 빨래집게: 모든 알베르게에는 빨래 건조대와 집게가 비치되어 있다.
- 베개: 모든 알베르게에 베개는 다 있다. 다만 커버를 안 주는 곳도 있으니 이때는 침낭 밑에 넣고 자거나 타월로 덮고 자면 된다. 에어 베개는 필요 없다.
- 카메라: 요즘 스마트폰 카메라 성능이 얼마나 좋은가. 사진전을 열 목적이 아니라면 스마트폰으로 다 해결된다.
- 책, 지도: 책 읽을 시간이 있을까? 꼭 읽어야 할 책이 있다면 스마트폰에 담아 가면 된다. 지도나 가이드북도 스마트폰으로 다 해결되지만 꼭 필요하면 현지에서 크리덴셜 구매할 때 함께 사면 된다. 포르투갈 루트 안내책은 존 브리얼리의 『Camino Portugues』가 최고다.
- 그 외 칼, 시계, 물티슈, 수저, 바늘, 실 등등 사전에 작성한 리스트에 많은 것들이 있을 수 있다. 그렇지만 대부분 걷다 보면 필요 없거나 현지에서 쉽게 구할 수 있는 것들이다. 아주 가벼운 것들이라면, 중간에 버려도 후회하지 않을 것들이라면 가져가라.

* 어디서 어떻게 구매하면 좋을까?

처음에 장비를 구입할 때 인터넷을 뒤져 보면 많은 정보를 찾을 수는 있지만, 써보지 않은 상태에서 제품의 기능, 성능이 어떤지 가격이 적정한지를 잘 알기는 어렵다. 그래서 나는 시간을 들여 많은 발품을 팔았다. 여기서 내가 추천하는 제품이나 구입한 장소를 홍보해 줄 목적은 전혀 아니다. 또 무슨 대가를 받고자 하는 것은 더욱 아니라는 점을 밝힌다. 단순히 이 길을 걷고 온 사람으로서 이 길을 준비하는 분들의 편의를 위해서 제공하는 정보이니 오해가 없으면 좋겠다.

• 캠프라인 아웃도어 몰

02-2202-0992

캠프라인 신발과 등산용품 전문점이다. 특히 내가 아는 한 우리 국산 브랜드 '캠프라인(Campline)'은 세계 최고의 아웃도어 전문 신발이다. 2호선 전철, 잠실새내역 2번 출구로 나가면 트리지움 상가 지하 1층에 있다.

나는 배낭, 신발, 스틱, 양말, 비옷 등을 여기서 다 구입했다. 웬만한 산티아고 길을 위한 좋은 장비를 한 번에 구입할 수 있고 가격도 인터넷 가격보다 더 저렴하다. 이 가게 정기섭 사장은 산티아고를 한 번도 다녀오지 않았다는데도 트레킹이나 등산에 대해서는 박사급이라서 장비 구매 외에도 많은 도움을 받을 수 있다.

• 네이처 하이크

010-5559-3974, www.naturehike.kr

온라인으로 텐트, 침낭, 우의 등을 구입할 수 있는 전문 아웃도어 브랜드다. 나는 구스다운 침낭 외 크로스 미니 백(샤코슈), 드라이 백(방수 빨래 주머니) 등 주로 소품을 구입했는데 남양주에 있는 창고에 가서 제품을 직접 보고나서 결정했다. 써보니 가성비가 뛰어난 제품들이다.

얇은 안감 발가락 양말(Injinji, JJJ 통상)은 인터넷으로 구입했다. 그 외, 다운 조끼는 유니클로, 장갑은 다이소, 고어텍스 재킷, 기능성 소재 티셔츠, 내복 등은 평소 등산 다닐 때 입던 것을 가져갔다.

라면 스프는 일반 슈퍼에는 없고 식자재 전문 가게에 가야 살 수 있다.

부록 2

산티아고 길의 역사

산티아고(Santiago)는 야고보 성인의 스페인식 표기이고 영어로는 St. James이다.

예수의 12제자 중에는 야고보가 둘이 있다. 제베대오의 아들이자 사도 요한의 형제인 '큰 야고보'와 알패오의 아들 '작은 야고보'인데 여기에서는 큰 야고보를 말한다. 사도 요한은 세례자 요한과는 다른 분이다. 세례자 요한은 성모 마리아의 사촌 언니인 엘리자벳의 아들이니 예수와는 이종 6촌 간이고 예수에게 세례를 준 분이다. 반면 사도 요한은 예수의 12제자 중 한 분으로 베드로, 야고보와 함께 예수님이 가장 사랑했던 분이다.

전설에 의하면 야고보는 예수님이 돌아가시자 예수님의 뜻에 따라 '세상 끝까지 복음을 전파하기 위해' 당시로서는 가장 먼 땅 이베리아반도(스페인, 포르투갈)에 가게 된다. 그러나 결국은 성공을 거두지 못하고 예루살렘으로 돌아가 서기 44년 헤롯에게 붙잡혀 순교를 당하고 기독교 역사상 첫 순교자가 되는 영광(?)을 얻는다.

야고보 성인은 그가 죽으면 시신을 복음 활동을 했던 갈리시아 지방에 묻어달라고 유언을 했다고 한다. 이에 따라 야고보의 제자들은 예루살렘에 묻혀 있던 그의 시신을 돌배에 실어 지중해와 대서양을 거쳐 그가 선교 활동을 하던 이베리아반도 북서부(갈리시아와 바스크 중간 지점) 해안에 가져다 묻었으나 사후 8백여 년 동안이나 잊혀져 있었다.

6세기경부터 사도가 죽으면 그의 시신을 그가 복음 활동을 하던 곳으로 옮겨 묻는 전통이 있다는 믿음이 있었다고 한다. 서기 820년경 갈리시아 지역의 한 수도자가 한밤에 하늘에서 유난히 밝게 비추는 별빛을 보고 따라 갔다가 빛줄기가 머무는 곳 잡초 속에서 작은 묘를 발견하게 된다. 그는 이 묘가 사도 야고보의 묘라고 생각하고 로마 교황청에 보고를 한다. 교황청은 면밀한 검증을 거쳐 이 무덤이 야고보의 무덤임을 공인하고 성지로 선포하고 이곳에 성당을 짓도록 했다. 이곳이 지금의 산티아고 대성당이고 많은 순례자들이 찾게 되는 성지가 된 것이다.

산티아고는 즉 성(聖) 야고보라는 뜻이고 콤포스텔라는 별빛이 머문 곳, 즉 '깜푸스 스텔라에(Campus Stellae)'인데 나중에 콤포스텔라(Compostela)로 불리게 되었다. 그렇게 해서 산티아고의 정식 명칭이 '산티아고 데 콤포스텔라(Santiago de Compostela)'가 된 것이다. 그런 연유로 스페인에서는 예수 12제자 중 야고보 성인이 가장 존경을 받고 있다고 한다.

예루살렘이 이슬람에 의해 점령되면서 순례자들이 그곳으로 순례를 가지 못하게 되었다. 그러자 1189년 교황 알렉산더 3세는 성스러운 해(산티아고의 축일인 7월 25일이 일요일이 되는 해)에 산티아고로 순례를 가면 지은 죄를 완전히 사해 주고, 다른 해에 순례를 가면 지은 죄의 절반을 사해준다는 대사(大赦)를 선언한다. 이때부터 기독교인들에게 산티아고가 가장 유명한 순례지로 각광을 받게 되고 산티아고 순례길 즉 'Camino de Santiago'가 생겨나게 된다.

순례길 중 제일 유명하고 가장 많은 사람들이 걷는 길은 소위 '나폴레옹 루트'로 불리는 프랑스 길로 2023년 기준 전체 약 45만 명 중 절반 수준인 22만 명이 걸었다. 두 번째는 포르투갈 루트로 20%를 차지하고 있다. 이외에도 유럽과 스페인 각지에서 출발하는 여러 루트(지도 참조)가 있다.

참고로 산티아고 대성당 옆에 있는 순례자 박물관에 산티아고 길에 대한 역사와 전통을 간단명료하게 요약해 놓은 영문판 글이 있어 인용한다.

St. James, History, tradition and legend

In the 820s in the westernmost tip of Europe the discovery and identification of a tomb that was reputed to contain the body of Saint James the Great(Santiago in Spanish) marked the origin of the veneration of the Apostle and the pilgrimage to his tomb. Historical references about these events and about the life of the Saint have always been shrouded in a mixture of tradition and legend. Although the tradition regarding the burial of the Apostle in Gallaecia predates its discovery by Teodomiro, the Bishop of Iria, the documents that describe the finding and the transporting of the body from Jerusalem were written after the event, often with a particular intention in mind.

From the 6th Century there was a widespread belief that the

Apostles were buried where they had been preaching and according to Western tradition Saint James had been preaching in Hispania(Roman Spain and Portugal). This explains why prior to the discovery of his relics(inventio) there were various writings that described ancient traditions, passed on possibly by the Visigoth Church, that pointed to Finis Terrae as the last resting place of St. James.

야고보 성인의 역사와 전통, 전설

820년대 유럽 최서단에 야고보 성인의 유해가 안치되어 있다고 알려진 무덤이 발견되고 확인되면서 사도에 대한 숭배와 함께 그의 무덤으로 가는 순례의 기원이 시작되었다. 이러한 사건과 성인의 생애에 대한 역사적 언급은 전승과 전설이 항상 혼합되어 있다. 사도의 갈리시아 매장에 관한 이야기는 이리아의 테오도미로 주교에 의해 발견되기 이전부터 존재했지만, 예루살렘에서 시신을 발견하고 이송하는 과정을 기록한 문서들은 종종 특정한 의도를 가지고 사건 이후에 작성되어 왔다. 6세기부터 사도들이 설교하던 곳에 묻혀 있다는 믿음이 널리 퍼져 있었는데 서방 전승에 따르면 성 야고보는 히스파니아(스페인과 포르투갈)에서 복음 활동을 했다고 한다. 이는 유해 발견(인벤티오) 이전부터 서고트 교회에서 전승되었을 가능성이 있고, 고대 전통을 다루는 다양한 기록들이 야고보 성인의 마지막 안식처로 피니스테레를 지목하는 이유를 설명하고 있다.

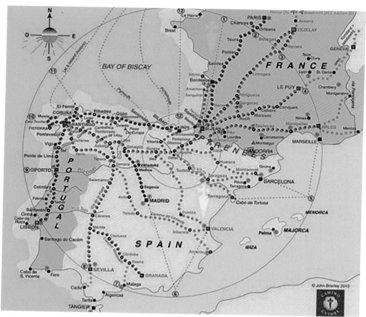

▲ 수많은 Camino de Santiago(출처: 구글)

날짜별 루트 요약

일자	구간	거리	숙소	비고

1부(3일) Before the Camino

일자	구간	거리	숙소	비고
3/12(화) ~ 3/13(수)	Seoul ~ Madrid ~ Lisboa		A&Z Villegas Hotel	KE 913 UX1153
3/13(수) ~ 14(목)	Cascais		Hotel Estal-agem Muchaxo	추모식, 리스본 관광

2부(7일) Lisboa ~ Tomar 165km(163km)

일자	구간	거리	숙소	비고
3/15(금)	리스본 대성당 ~ Santa Iria	25km	Hostal Miratejo	
3/16(토)	Santa Iria ~ Vila Franca	20km	Hostal DP	
3/17(일)	Vila Franca ~ Azambuja	20km	Hotel Ouro	
3/18(월)	Azambuja ~ Porto de Muge	19km	Quinta da Burra	
3/19(화)	Porto de Muge ~ Santarém	16km	Hostal Villa Graça	
3/20(수)	Santarém ~ Azinhaga	26km	Casa de Azzancha	

3/21(목)	Azinhaga ~ Asseiceira	27km	Casa de Azzancha	
3/22(금) ~ 23(토)	Asseiceira ~ Tomar	12km	Templario Sonolento	파티마 방문

3부(11일) Tomar ~ Porto 238km(227km)

3/24(일)	Tomar ~ Tojal	24km	Templario Sonolento	
3/25(월)	Tojal ~ Ansião	24km	Casa Sophie Alojamento	
3/26(화)	Ansião ~ Conimbriga	32km	Conimbriga Albergue	
3/27(수) ~ 28(목)	Conimbriga ~ Coimbra	19km	Gouveia Residence	코임브라 관광
3/29(금)	Coimbra ~ Mealhada	25km	Hilario Albergue	
3/30(토)	Mealhada ~ Agueda	25km	Cuve 30 VN	
3/31(일)	Agueda ~ Oliveira	40km	Dighton Hotel	
4/1(월)	Oliveira ~ Grijó	30km	Paulista Hotel, Porto	
4/2(화) ~ 3(수)	Grijó ~ Porto	19km	Paulista Hotel, Porto	와이너리 투어, 포르투 관광

4부(9일) Porto ~ Tui 136km(131km)

4/4(목)	Porto ~ Vilarinho	29km	Casa da Laura	
4/5(금)	Vilarinho ~ Pedra Furada	20km	Flag Hotel, Barcelos	
4/6(토)	Pedra ~ Tamel S. Pedro Fins	20km	Flag Hotel, Barcelos	
4/7(일)	Tamel S.Pedro Fins ~ Ponte de Lima	27km	Fernandes Apartments	

4/8(월)	Ponte de Lima ~ Rubiães	19km	Paredel de Coura Hostal	
4/9(화)	Rubiães ~ Tui	21km	Colón Tuy	

5부(6일) Tui ~ Santiago 182km(180km)

4/10(수)	Tui ~ Porriño	19km	Porriño Orballo	
4/11(목)	Porriño ~ Redondela	18km	Fogar do Caminente	
4/12(금)	Redondela ~ Pontevedra	20km	Hotel Madrid	
4/13(토)	Pontevedra ~ Caldas de Reis	23km	Caldas Apt.	
4/14(일)	Caldas de Reis ~ A Picaraña Cruce	29km	Glorioso Hostel	
4/15(월)	A Picaraña Cruce ~ Santiago	16km	Santiago Charo 2	
4/16(화)	Santiago ~ Negreira	22km	Hotel Millán	
4/17(수)	Olveirao ~ Cee	19km	Hotel Insua	Negreira ~ Olveirao 차량
4/18(목)	Cee ~ Finisterre	16km	Fistera Castimeira	

After the Camino

4/19(금)	Finisterre ~ Muxia ~ Compostela		Castro Apt.	버스 이동
4/20(토)	Compostela ~ Madrid		Motion Hostel	
4/21(일) ~ 22(월)	Madrid ~ Seoul			KE914

🐚 33일간 총 721km(700km)

*괄호 안은 안내 책자 기준 거리

산티아고 그 두 번째,
포르투갈 길

© 정선종, 2024

1판 1쇄 인쇄__2024년 11월 10일
1판 1쇄 발행__2024년 11월 20일

지은이__정선종
펴낸이__홍정표

펴낸곳__작가와비평
　　　　등록__제2018-000059호

공급처__(주)글로벌콘텐츠출판그룹
　　　　대표__홍정표 **이사**__김미미 **편집**__백찬미 강민욱 남혜인 홍명지 권군오
　　　　디자인__가보경 **기획·마케팅**__이종훈 홍민지
　　　　주소__서울특별시 강동구 풍성로 87-6 **전화**__02-488-3280 **팩스**__02-488-3281
　　　　홈페이지__www.gcbook.co.kr **메일**__edit@gcbook.co.kr

값 20,000원
ISBN 979-11-5592-348-1 03810